最愛キャラ（死亡フラグ付）の嫁になれたので命かけて守ります

七里瑠美

Rumi Nanasato Presents

fairy kiss

この作品はフィクションです。
実際の人物・団体・事件などに一切関係ありません。

最愛キャラ（死亡フラグ付）の嫁になれたので命かけて守ります

序章

それは、あまりにも突然だった。

「え……えええええっ⁉」

驚愕のあまり、蘭珠《らんじゅ》の口からはこの場にはふさわしくない悲鳴じみた声が上がる。場に居合わせた全員の視線が蘭珠に突き刺さった。

――ちょ……ちょっと、待って！　ここは、ええと……。

自分が置かれている状況を把握しようと、蘭珠は周囲を見回す。

今、蘭珠がいるのは、庭に面した客をもてなすための部屋だ。正確には、そこの縁側に客人と向かい合って座っている。二人の間に置かれた盆には、菓子と茶が載せられていた。

――ええと、今日はお見合い……で……。

目の前にいるのは玲綾国《れいりょうこく》の公主である自分が将来結婚するかもしれない相手。それはきちんと理解できている。

目を閉じて、数度深呼吸を繰り返す。

――いや待て落ち着け、落ちつけったら……これは、夢……目を開けば、ほら、現実が。

言い聞かせて目を開いたけれど、夢じゃない、これは現実。

右手を頬に伸ばして抓《つね》ってみれば、鈍い痛みに襲われる。

「ゆ……夢じゃないぃぃぃぃ……！」

床の上に座り込んだまま、器用に手と足を使ってずだだだだっと後ずさるが、先はなかった。

「姫様！　危ないっ！」

少し離れた場所に控えていた侍女達が悲鳴じみた声を上げ、慌てて蘭珠を抱きとめようと立ち上がりかけるが届くはずもない。目の前にいた少年が手を伸ばしてくれるのも間に合わず、そのまま縁からころんと庭に転がり落ちた。

「い……いたあぁぁい！」

その拍子に、したたかに肘を打ち付け、じわりと涙が滲んで、これが夢ではないのだとまた改めて認識させられる。

「だ、大丈夫か……？」

縁側の上から手を差し伸べてくれた見合い相手の少年は、蘭珠の方に心配そうな目を向けていた。

彼の名は大慶帝国《だいけいていこく》第三皇子・劉景炎《りゅうけいえん》。将来、蘭珠が嫁ぐことになるかもしれない相手。

差し出された手を取ることもできず、蘭珠は地面に座り込んだままだった。

——なんで、なんで、なんで。

同じ言葉がぐるぐると頭の中を駆け巡る。

「どうした？　ほら、摑まれ」

呆然と見上げている蘭珠に対し、景炎の方はまるで変わらない。

蘭珠より四歳年上だから、彼は今十二歳のはず。

深い紺の袍《ほう》に、金糸で刺繍の施された紺の帯。髪は結わずに流したままだ。涼やかな目元に笑みを浮かべている形のよい唇。大柄で落ち着いているせいか、本来の年齢より年上に見える。

たった今まで和やかに談笑していた相手が、いきなり後ずさったその次には縁側から転がり落ちたのだから、怪訝に思われてもしかたない。

それなのに、彼は心配そうな目を向けてくれた。

――だけど、これは現実じゃない。だって、私の名前は陽《よう》蘭珠じゃなくて畑本愛梨《はたもとあいり》。

差し出された彼の手を取ることもできないまま、往生際悪く、蘭珠――愛梨はそう考える。

きっと昨日、ライトノベル『六英雄戦史』を読みながら寝てしまったのがいけないのだ。

実家の二階、自室のベッドでごろごろしていたのが最後の記憶。

だから、目を覚ましさえすれば、今のこの状況からは逃れられるはずなのだ。

こんな――自分の好きなラノベの最愛キャラと見合いしているなんて。

――起きろ、起きろ、起きろ。

目を覚まして、朝ご飯を食べて、それから大学に行かないと。

必死に自分に言い聞かせるけれど、現実は蘭珠の思った通りにはならなかった。

「お前、妙なやつだな。ほら、立てるだろ」

「ふえ……」

いつまでも地面に座り込んでいる蘭珠に業を煮やしたらしい景炎が庭まで下りてくる。両脇の下に手を差し入れられて、そのままひょいと立ち上がらされた。

「腕、見せてみろ」

衣の袖を捲られると、打ち付けた肘はひどい痣になっていた。

二人の間に割って入るのをためらっていたらしい侍女達が、ようやくここで声をかけてくる。

「景炎殿下、姫様を助けてくださってありがとうございます」

「姫様、お怪我はございませんか」

「ああ、長裙《スカート》の裾が汚れてしまって」

口々に侍女達が言うのも耳に入ってこない。

今、自分が直面している現実から逃れようとしていても、ムダだということをようやく悟る。

同時に、自分が本当にライトノベルの世界に生まれ変わっていることにも。

――それなら、『日本』の私はどうなったの？

「う……うわあああああんっ！」

現実を理解しても、心の方がついてこない。盛大な蘭珠の泣き声が部屋中に響き渡った。

第一章

——なんで、なんでこんなことに。

床に敷いた敷物の上にぺたりと座り込み、鏡を見ながら蘭珠はため息をついた。

まじまじと鏡を見つめれば、そこに映るのは小さな顔。冷静に見れば、とても可愛らしい顔立ちの女の子だ。黒目がちの大きな瞳は、びっしりと睫に囲まれていた。小さな鼻は形がよく、唇は紅で彩られている。

見事な艶を持つ黒髪は、先ほどまでは編み込みや輪をいくつも作った複雑な形に結い上げられ、そこには頭が重くなるほど大量に黄金の髪飾りが挿されていたけれど、今は解かれてまっすぐに流れ落ちている。

——落ち着いて考えなきゃ。

言い聞かせてはみるが、まだ事態を完全に把握できているというわけではない。

鏡の縁を両手で摑んではぁっとため息をついた。

結局あの後、蘭珠が大泣きしたことで景炎との見合いはお開きになってしまった。医師が呼ばれ、甘ったるい薬を飲まされて、そのまま寝所に送り込まれた。

付き添っていた侍女達は眠いと言って追い払ったけれど、こんな状況で眠くなるはずもない。

──昨日の夜は『六英雄戦史』を読んでいたはず……なのに、今、ここにこうしているということは。

鏡の縁を摑んだまま、蘭珠は考え込む。

──こちらの世界に来てからの記憶は……たぶん、全部ある。

もちろん生まれたばかりの頃のことを覚えているわけではない。

一番古い記憶は三歳の誕生祝いの時。国王である父の膝の上で、大好物のお菓子を口に入れてもらったところ。

それから、公主として何を学んだかも覚えているし、今朝侍女に起こされた時のことも覚えている。

──だけど。昨日まで、日本にいた……のも覚えてる……。

大学の講義は昨日は休みだったから、一日アルバイトを入れていた。カフェのアルバイトは予定の時間に上がって帰宅。家族と夕食を食べて、お風呂に入って、いつものようにベッドに転がって『六英雄戦史』の新刊を読んで──。

それなのに、気がついたら登場人物である陽蘭珠──しかも八歳の頃の姿になっているということは、読んでいた本の世界に赤ん坊として生まれ変わってしまったということなのだろう。

『六英雄戦史』とは、蘭珠が愛梨として生きていた頃、ものすごいヒットしていたライトノベルのタイトルだ。

滅びた王国の血を引く英雄、林雄英《りんゆうえい》。そして、大陸に存在する五つの王国出身の英雄達。魅力的なキャラクター達と複雑に絡み合った謎。

幾分硬派な作りで、最初の人気はほどほどといったところだったけれど、コミカライズされたことをきっかけに原作も爆発的なヒットをすることになった。ちょうど物語はクライマックスを迎えており、あと数冊で大陸を統一するのではないかと予想されている。

劉景炎は雄英に剣を教える師匠であり、兄のように慕われる、いわゆるお兄ちゃんキャラであり、特に人気が高いキャラクターだった。作中、雄英をかばって死亡するシーンは作中屈指の名シーンとされている。

愛梨は、コミカライズされる前からの熱烈なファンだった。きっかけは、友人が貸してくれた原作の一巻。

その中にあった、たった一枚の挿絵。

国境の貧しい地域に現れた盗賊団。村人を守るべく、必死に剣を手に戦う林雄英と仲間達の前に現れたのが、国境警備隊を率いた景炎だった。それが彼の初登場シーン。

少人数の手勢のみであっという間に賊を蹴散らした彼は、林雄英に手を伸ばす。

『よく頑張ったな』

と言って馬上から微笑む景炎は、雄英少年に強烈な印象を残した。そして、愛梨の心にも。

夢中になって読み進めていた間、雄英が王国を再興させ『王』となった暁には景炎が彼を支えるのだと信じ込んでいた。けれど、愛梨の予想に反し、景炎は物語半ばで命を落とす。

彼の死に動揺したファンも多く、もし、彼が死んでいなかったらという『if』設定の二次創作が溢れかえった。

その一方で、『劉景炎を死なせないためにはどうすればよいのか』と真面目に検証する一派も現れて、愛梨はそこに全力で突っ込んでいった。

作中、雄英達が知り得た情報を元に、

『一巻で起こる黒河の戦いを回避してはどうか』

『いや、それでは雄英が英雄としての一歩を踏み出すことができない』

『三巻で起こる応周の戦い——雄英初の負け戦《いくさ》——を勝利に導いてはどうだろうか』

『それには兵の数が少なすぎる』

『では、兵を集めるにはどうしたらいいのだろう』

などなど。しまいには『いっそのこと、景炎を警護という名目で辺境に追いやった皇帝——景炎の異母兄龍炎《りゅうえん》——を暗殺してはどうだろう』と物騒な案まで飛び出した。

こんな風に毎晩のようにSNS上で議論を戦わせていたから、物語中で語られていた年表については完全に頭に入っている。

——でも今の時代だと、まだ、本編始まってないんだもんね……。

先ほど彼の顔を見た瞬間、一気に記憶が押し寄せてきて混乱したけれど、冷静に考えれば、物語が始まるのは今から十年先だ。蘭珠が嫁ぐのも大体その頃。

それにしても、と鏡から視線を逸らし、自分の身体を見下ろす。視線の先にあるのは小さな手。

爪の先は赤い染料で染められている。

今は寝衣なのだが、先ほどまでは襦《じゅ》という日本でいうところのシャツやブラウスにあたる衣に重ねて長裙をはき、帯は胸のあたり、高めの位置で結んでいた。上からさらに長い衣を重ね、ストール——ひらひらとした被帛《おほひ》という布を腕にかけて、正装していたのだ。

今身に着けている寝衣も、先ほどまでの装いも、上質の絹で仕立てられていて八歳の幼女が身に着けるには豪華な品だ。

——蘭珠は公主だから……この程度の品に囲まれているのも当然なんだろうけど。

陽蘭珠は、景炎の妻として作中に登場する。特に重要なキャラクターというわけでもない。影も薄く、景炎死去の後は彼を弔うために姿を消した。英雄である景炎の妻にはふさわしくないと、どちらかといえば嫌われるキャラクターであったような覚えがある。

——なら、愛梨の身体はどうなったんだろう……。

気になったけれど、なんだか、嫌な想像しかできない。魂がここにあるということは、肉体は空っぽになっているというわけで。

——たぶん、死んでるんだろうな……。

どんな死に方をしたのかまでは考えたくない。一瞬遠い目になったけど、そこからは全力で目をそらすことにした。

——まあいい。いや、よくはないけど、現実を見るしかない。今、私がいるのは『六英雄戦史』の世界。私は陽蘭珠……。

蘭珠の中には、愛梨としての記憶と蘭珠としての記憶が混在している。

八歳の身体に十八歳の魂が入っているという状況は混乱せざるを得ないけれど、当面なんとか乗り切るしかない。

——ってそれどころじゃなかった！

先ほどまで対面していた劉景炎は、蘭珠の夫になる予定、というか物語の世界ではそうだった。

隣国大慶帝国の特使である大慶帝国の皇弟に連れられた景炎は、婚約者になるかもしれない蘭珠の顔を見に来たのである。

——どうしようどうしよう。

彼との対面の途中であったけれど、縁側から転がり落ちた蘭珠がパニックに陥ったことで、中止になってしまった。

「ねえ、誰かいる？　景炎様はもう帰っちゃった？」

慌てた蘭珠の声に、侍女が入ってくる。そして「今日はお帰りになりましたが、改めてお会いしようとのことでした」との返事を聞いて、蘭珠はほっとしたのだった。

侍女を呼んだ時には、景炎は滞在する宮に引き上げていたけれど、翌日、蘭珠とゆっくり話をするためにもう一度来てくれた。

——やっぱり格好いいなぁ……。

昨日と同じ部屋で改めて対面する。蘭珠はうつむきながらも、視線だけでちらりと彼の顔を確認した。

昨日は紺の袍を着ていたけれど、今日は鮮やかな緑の袍に茶の帯を締めている。

蘭珠が知っている彼は、二十代に突入したところだったけど、この美少年がこのまま成長したらものすごくいい男になるであろうことは容易に想像できた。

――どきどきする……今日は失敗しないようにしなきゃ。

記憶が戻ったばかりで、まだ心と身体が一致しない。

ちらりと膝の上に目をやれば、爪を赤く染められた小さな手。そのまま視線を前方にやったら、膝の上に置かれた景炎の手が目に入った。

昨日は、あの手が蘭珠を抱え上げてくれた。あの時はそんな余裕もなかったけれど、今改めて見たら、彼の手が大きいことに気がついて、ふわぁっと顔が熱くなる。

「蘭珠、怪我は大丈夫か？」

「……うん」

名前を呼ばれて顔を上げる。今の返事はどうかと思ったけど、彼は気にした様子も見せなかった。

蘭珠が泣き出したのは、打ち付けた肘が痛かったからではない。前世の記憶を思い出したからだけれど、それを口にしてもきっと彼には理解してもらえない。

「そうか、それならよかった。ほら、手を出せ」

彼がにっこりと笑って、また心臓が跳ねる。

どぎまぎして言う通りにすると、手のひらに載せられたのは、珊瑚《さんご》を使った髪飾りだった。彼の指先が手のひらをかすめた瞬間、体温が上がったような気がする。

「……これは？」

「叔父上がくれた。女が泣いたら、玉をやるとすぐに泣き止むって言ってた」

しれっとした顔で景炎は笑う。

――わあ。

蘭珠は、彼の顔から目が離せなくなった。

記憶が蘇ってからはろくに彼の顔を見ることもできなかったけれど、笑うとますます格好いい。

整った顔立ちは一見近寄りがたく見えるのだが、笑顔はとても親しみやすいのだ。

手のひらに乗せられた髪飾りに目を落とす。

玉、というのは宝石や宝石を使った美しい品のことを指す。たしかに珊瑚の髪飾りはとても綺麗でうきうきする……けれど。

――こんな美少年にどういう教育してくれちゃってるのよ――！

思わず心の中でつっこんだ。でも、嬉しいのも本当だったから、できる限り無邪気さを装って礼を述べた。

「ありがとうございます、景炎様」

――今の私は、八歳……八歳。

と言い聞かせながら。

「ホントに泣き止んだ」

面白そうに笑う顔を間近に寄せられて、胸が摑まれたみたいになる。どうやら彼は、存外人なつっこいところがあるようだ。つられて蘭珠の緊張もとけた。

「——泣いたのは昨日の話！」

彼の腕をぴしゃりと叩きかけて、大国の皇子相手にそれはありなのかと手を途中で止める。

蘭珠としての意識と、愛梨としての意識がごちゃごちゃで、どこまでなら許されるのかよくわからない。

——本当に、この人が劉景炎なのかなあ……。

彼の顔を見ながら、ぼうっと考え込んでいた。

なにせ、蘭珠の知っている彼は二十代だから、今、目の前にいる少年と一致させるのは難しい。

——私は、この人を死なせたくないと思ってた……ううん、今でも思ってる。

たぶん、端から見たら馬鹿みたいなことをしていたと思う。たかがライトノベルの登場キャラクターを死なせたくないからって、毎晩のように熱い議論を交わすなんて。

今、目の前にその本人がいて、蘭珠に笑いかけてくれる。頭がくらくらするような気がした。

「大丈夫か？　具合悪いか？　昨日、頭は打ってなかったよな」

「うん……打ってない」

すかさず蘭珠の具合をたずねてくれる彼の様子に、心臓のどきどきが止まらない。

——でも、この人は。

高鳴る鼓動を押さえつけるように、蘭珠は自分の胸に手を当てた。

彼は、天寿を全うすることはできない。蘭珠はそれを知っている。

「じゃあ、俺といるとつまらないか?」

「ううん、そんなことない」

こうやって向かい合っているだけで、胸が高鳴る。蘭珠の頭の中は、彼のことでいっぱいだ。

「それなら、俺のところに嫁に来るか? 俺はお前がいてくれたらそれでいい」

「……うん」

約束の印に小指を絡め合う。

どうやら景炎の方も蘭珠を気に入ってくれたらしい。結婚することは決まっているのだからそれも当然かもしれないけれど。

——だけど、まだ物語は始まっていない。

前世の蘭珠達が議論していた時には、物語が始まって以降のことしか話題に上らなかった。

だけど、今は物語が始まる十年前。劉景炎が物語に登場するまでには、まだ時間がある。そして彼が死ぬのは、それから七年後——今から手を打てば、未来を変えることができるかもしれない。

——もしかしたら。私は、この人を救うために生まれ変わったのかもしれない。

その予感に、蘭珠の胸はいっぱいになった。


無事に婚約が成立し、その他もろもろ必要な話し合いを終えてから、景炎と特使である彼の叔父は帰国した。

そして彼らを見送った数日後、蘭珠は王宮内でも普段出入りを許されない区画に入り込んでいた。

「高大夫《こうたいふ》、高大夫はおられませぬか――！」

声高に呼べば、大慌てで白髪の老人が走ってくる。彼が高大夫だ。この国において『大夫』とは、官職を授かっている貴族全般のことを指す。

高大夫は元は大臣だが、今は政治の表舞台から退いて、王宮の一角で歴史書をまとめる職務にあたっている。それが表向きの姿で、実は重要な任務についていることは、前世の記憶で知っていた。

「姫様、こんなところにおいでになって、何をなさっているのですか」

「……ああ、よかった。蘭珠は、高大夫にお会いしたかったのです」

蘭珠は、胸の前で手を組み合わせ、目上の者に対する礼を執った。愛らしい公主が礼を執る姿に、行き交う大人達の表情も驚きから柔らかなものに変化する。

「高大夫に大事なお話があるのです。お時間を作ってはいただけませんか」

「姫様が、私になんのご用でしょうかな？」

腰を屈め、蘭珠と目の高さを合わせながら、彼はたずねてくる。

――これからが、肝心だから。

話の切り出し方を間違えれば、高大夫の協力を得ることはできない。慎重に相手の様子を探りながら、『八歳の蘭珠』らしい態度を装う。

「それは、ここではお話しできません。とても大事なお話なのです」

つんと顔をそむけると、孫を見るような優しい目になった高大夫が蘭珠を手招きした。

「それでは、こちらへどうぞ」

そこは、彼が歴史書をまとめるのに使っている部屋だった。

部屋中に竹簡や巻物が散らばり、墨の香りが漂っている。一段高くなった場所に火鉢が置かれ、その傍に敷物が二枚敷かれていた。

「姫様、こちらにおかけください」

蘭珠が真剣な様子であると理解したのだろう。彼は一人前の女性に対するような恭《うやうや》しさで敷物を勧めてくれ、迷うことなく蘭珠はそこに正座した。

――だって、ここで引くわけにはいかないんだから。

正直なところ、ここにいたるまで蘭珠自身に迷いがなかったわけではない。

頭の中で何度も何度も繰り返し考え、他に方法がないと思ったからこそ、ここに来たのだ。

火鉢にかけられた薬缶《やかん》は、ちょうど湯が沸いているところだった。茶道具の載った盆を引き寄せ、彼は丁寧な手つきで茶をいれ始める。

「さあ、どうぞ。陛下からいただいたおいしいお茶ですぞ」

「ありがとう」

茶碗を受け取り、蘭珠は大夫の様子をうかがってから口を開いた。

「高大夫に、お願いがあります。蘭珠は、自分の間諜が欲しいのです」

「――はい？」

手にしていた茶碗を取り落としかけ、それから大夫は慌てた様子でその茶碗を盆の上に戻す。

「はて、それで私のところにいらしてどうなさるおつもりですか」

「だって、水鏡省《すいきょうしょう》の長は、高大夫でいらっしゃるのでしょ？　隠してもムダです。蘭珠は、ちゃーんと知ってるんだから。そのくらい調べてからここに来ました」

この世界では、どの国の王宮も間諜部隊――わかりやすく言うとスパイ部隊――を持っている。自分の国で育てた間諜を他国に送って内情を探らせるというのは当たり前のことなのだ。

玲綾国においては、高大夫が率いる『水鏡省』がその役を負っている。全てを映し出す水鏡のように真実を見つけ出すというところからつけられた名前だ。

高大夫本人については作中にちらっと顔を出すだけなのだが、水鏡省で働いている間者の一人が、作中の重要人物である。

「姫様が、間諜が欲しいとそうおっしゃる理由は？」

「大慶帝国に嫁ぐことになったからです」

ぴしっと正座した背筋を伸ばし、蘭珠は高大夫を見つめた。膝の上に置いた手を強く握りしめる。

「――他国に嫁ぐ以上、情報は必要です。その時、最適な判断を下すために」

前世において白熱した議論を戦わせていた頃、決定的に足りないのは情報だった。

もちろん、作者の頭の中には緻密な情報があったのだろうけれど、読者に見せてもらえるのはその一部でしかない。作中でも、情報が足りないが故に、敵も味方も誤った結論にたどり着くという展開が何度もあった。

――正しい判断を下すためには、情報が必要だ。

それは、蘭珠としての判断ではなく、愛梨としての経験も踏まえた上での判断だった。

こちらの世界にはインターネットなんて便利なものはないから情報を集めるのは大変なのだ。それを集めるための手段は、一つしか思いつかなかった。

「は、面白いことをおっしゃる」

長い沈黙の後、ようやく高大夫はそう口にした。だが、許可を出すとは言っていない。

「お、面白くなどありませんっ！　蘭珠は、一生懸命考えました！　どうしても、必要なんです！」

——一度で受けてもらえるとは思ってなかったけど。

何かもう一つ、押すための条件が必要だ。

「誰が味方で、誰が敵か——見分けるために。皇宮での戦には情報が必須なのです！」

言葉を重ねて、大夫を説得しようとする。両手で長裙をぎゅっと摑み、半分涙目になって訴えた。

「真面目に考えました！　勉強ももっと頑張ります！　剣の稽古だっていたします——だから……だから……だから」

他に言葉が出てこない。どうしたら、高大夫を説得することができるんだろう。言葉を探して、必死に頭を回転させる。

——劉景炎を助けたいのならば、私が自分で動くしかない。

それは、景炎が帰国した後も考え続けて出した結論だった。

前世での情報によれば、『戦史』本編の蘭珠は、箱入りのお姫様。

景炎に向ける愛情はあったかもしれないけれど、彼が戦いに赴く時、何の役にも立たなかった。

彼の遺骨を抱いて、物語本編からそっと姿を消すなんて、そんな未来を迎えるのはごめんだ。

情報さえあれば、彼の敵の目的を的確に見抜き、先手を打つことができる。そして、この世界で情報を集めるのに、一番手っ取り早いのが自分の手足となる間諜を持つことだった。

間諜さえいれば、蘭珠が行くことのできない場所にも赴き、必要な情報を見つけ出してくれる。

そうは思うもののやはり言葉が出てこなくて、唇が震えた。

けれど、必死の訴えはなんとか大夫に通じたみたいだった。

「姫様、姫様。そう興奮なさらずに。姫様がお望みでしたら、この爺《じい》、全力で協力いたしますぞ。姫様は、国外に嫁がれる身。ご自分の間諜をお持ちになるのも悪くはないでしょう」

「……ホントに？」

「爺は、嘘はつきません。そのかわり、花嫁修業の方もみっちりやっていただきます。爺の教えることにばかり気を取られては困りますのでな」

「う……は、はい……」

勉強するといったくせに、花嫁修業のことは完全に頭から飛んでいた。

この世界で花嫁修業といえば、まず基礎の読み書きに裁縫。それに琴の演奏に舞。毎日の料理は必要ないが、いざという時には自分で料理できる方が望ましい。きっと、これからは慌ただしい時間を過ごすことになるのだろう。

やらねばならないことの多さにいきなり挫折しかけたけれど、蘭珠は高大夫の前で深々と頭を下げた。

「よろしくお願いします、老師」

「……任せてくだされ」

ゆっくりと顔を上げた時には、蘭珠の瞳には強い光が浮かんでいた。

――これで、最初の手は打てた。

嫁ぐまでにどれだけの手を打つことができるのだろう。

まだ十年ある。いや、あと十年しかない。

どちらの考え方を取るにしても、今できるのは未来に備えることだけだった。

◇◇◇

蘭珠が景炎と顔を合わせてから十年近くが過ぎたある日のことだった。

「お手紙をくださるのは嬉しいんだけど、この薬、苦手なのよね……」

世間的には「蘭珠公主は病弱なので、とてもではありませんが公《おおやけ》の場には出られません」ということになっているので、あまり外に出ないようにしている。

自室に引きこもり、口の固い侍女に誰も通さないように見張らせる。そうやって病弱設定で引きこもりを装っては部屋を抜け出し、蘭珠も間諜候補者達と一緒に修業に明け暮れていたのだ。

この設定はお忍びで出歩くのにもちょうどよかったので、蘭珠も積極的に病弱を装っていたけれど、その病弱ぶりは大慶帝国まで伝わっていたようだ。

蘭珠の前に広げられているのは、景炎からの手紙だ。景炎が国に帰ってからも、二人はずっと文通を続けており、その手紙の中でも、彼はなかなかの気遣いを見せてくれていた。

――こういうところは、本編の通り……なのよね。

弟子のような立ち位置になった雄英を叱り、励まし、落ち込んだ時にはそっと差し入れをしたりと、戦史本編でも景炎は気配りの人だった。その様子が実体験できて嬉しいやら気恥ずかしいやら。

ついでに滋養強壮によいという薬が毎回手紙に添えられてくるけれど、はっきり言えば苦くてマズイ。蘭珠がため息をつくと、側に控えていた侍女の鈴麗《りんれい》が笑った。

「景炎様からの贈り物でしょう。蘭珠様が、健康になりますようにって」

鈴麗は、ここ五年の間、蘭珠に仕えていてくれる侍女だ。

といっても、ただの侍女ではなくて高大夫の教えを受けた間諜であり、蘭珠の護衛も兼ねている。厳しい修業を一緒に乗り越えたせいか、侍女というだけではなく気の置けない友人、もしくは姉のような存在だ。

「わかってる！　それはわかってるんだってば……」

彼の心遣いはわかっているのだ。ただ、苦くてマズイものはマズイ。

「だめですよ？　景炎様のお心遣いなんですから、全部頂かなくては」

「うー」

蘭珠の景炎に向ける想いを知っている鈴麗は、その様子を見てにやにやとしている。

「……鈴麗にはお菓子あげないんだから」

「ああ、それは困りますぅぅぅ」

鈴麗はわりと色気より食い気なところがあって、蘭珠の菓子箱の中にある菓子が気になるらしい。

蘭珠は、厨房から取り寄せた菓子箱を取り上げた。

蘭珠が一番好きなのは、杏仁酥《アーモンドクッキー》だ。上に乗っているアーモンドとさくさくとした生地の食感がおいしい。それを二枚取り出し、一枚は鈴麗に渡してやる。

「……それと、もう一つ。百花《ひゃっか》から連絡が入りました」

菓子を受け取った鈴麗がにやりとして、懐から手紙を取り出した。

蘭珠は、高大夫の協力を得て作り上げた組織のことを、『百花』と名付けた。今では、高大夫の配下である水鏡省とは協力体制にある。

百花の娘達は、『身よりのない子供を集めて育てている豪商の家』ということになっている施設で修業を積み、そこから外の世界に出ていった。

彼女達は身寄りがなかったり、親が罪を犯して奴隷階級に落とされたりと生きていくのが難しい者が多い。間諜になるのは、彼女達にとっては生きる手段だったのだけれど、高大夫の修業はそれはもう厳しいものだった。娘達と一緒になって、その修業を受けた蘭珠は、その厳しさを身をもって知っている。

全員が最低限の読み書きをたたき込まれたのは当然のこと。男達と正面からやり合うには、強さも必要だから剣の訓練。どこに行っても人に紛れることができるよう変装術も。

毒を持ったキノコや植物の見分け方に、その毒を抽出して利用する方法。

三日三晩、水だけで飢えに耐える訓練をさせられたこともあった。

冬場、薄い衣一枚で庭に放り出されたこともあったし、多少の拷問には耐えられるように、爪の間に竹串を刺されたり、水責めなんかも経験した。

——爪の間に竹串を刺されるのは、痛かったわね……。

思い出して、蘭珠はちょっと遠い目になった。

基本的な訓練を終えた後は、それぞれの適性に合わせてさらなる教育が施される。

貴族の屋敷に侍女として送り込まれる者。商家に使用人として働きに行く者。

楽師として旅する一座に紛れる者。働きに行った先で結婚相手を見つけ、妻になった者もいる。

彼女らは家族に知られぬよう間諜活動を続けてくれている。

間諜として働くのは、身の危険はあっても、ただ死を待つよりはずっとよかったと、全員が蘭珠に忠誠を誓っている。たぶん、蘭珠も一緒になって訓練を受けていたからこそ、そこに同志愛みたいなものが生まれたのだろう。

そんな娘達の中でも鈴麗は、特に蘭珠に対する忠誠心が深かった。

宮中で無実の罪を着せられた鈴麗の両親は処刑。娘の鈴麗は命こそ助けられたものの、奴隷階級に落とされた。

正しい情報を拾い上げる訓練の最中に蘭珠は鈴麗の両親が無実であることに気づき、それを証明して、鈴麗を奴隷階級から解放したのである。

蘭珠に感謝した鈴麗は、罪を着せた相手が極刑に処された後、間諜としての修業を行い、蘭珠の手足となることを誓ってくれた。たぶん、蘭珠が死ねと命令したら、自分の首をはねるくらいのことは軽々とやってのけると思う。

自分が思い出に浸りかけていたことに気づいて、蘭珠は首を横に振った。

今、鈴麗が持ってきた手紙は、施設を卒業し、一般の民に紛れて情報を集めるために国外に嫁いでいった者から届いたものだった。大慶帝国の都、成都《せいと》でも有数の菓子屋『三海《さんかい》』に嫁ぎ、今では女将《おかみ》として店を切り盛りしているという。

「……ふむふむ。『遠縁の者の結婚が決まりました。三男なので、今後のことも考えて、玲綾国の取引先から嫁を取るそうです』ですって」

「蘭珠様のことでしょう。たしか、景炎殿下は第三皇子でいらっしゃいますよね」

「そう……だけれど……高大夫はなんておっしゃってた?」

「蘭珠様の縁談がいよいよ本格的に動き始めることになる。お相手は景炎殿下で間違っていないだろうとのことでした」

本来であれば、十五になった年に嫁ぐ予定であった。

それが伸びてしまったのは、当時大慶帝国内が荒れていて、しばらく待ってほしいという申し入れが景炎の方からあったからだ。また昨年には大慶帝国と敵対していた蔡国《さいこく》との間で戦が始まり、道中の安全が図れないということで再度延期された。

そんなわけで、蘭珠はまだ自国にとどまっていたのである。

——破談になってもおかしくはない状況だったけれど、そうはなってないものね、まだ。

市井《しせい》に紛れて暮らしている百花の娘達は、街中の噂話をこうやって『養い親』への手紙として送ってくる。これは、高大夫の手配によって完成した仕組みだが、公文書ではなく私的な文書として送られてくるために、途中で紛失したり、誰かに読まれたりする可能性がある。そのため予《あらかじ》め決められた符丁で書くことになっていて、想像力で補わなければならない部分もかなりあった。

「……読み間違えなくてよかった」

ほっとして、蘭珠は受け取った手紙を火鉢の中に放り込む。証拠隠滅だ。

「使いの者にお礼を言っておいて」

「かしこまりました」

ぺこり、と頭を下げて鈴麗は下がっていく。そして戻ってきた時には、大きな団扇《うちわ》を持っていた。

「さあ、蘭珠様。お昼寝の時間でございますよ——お身体は大事にしなければ」

「いやよ、疲れてなんかないもの」

「いけません。疲れたお顔をしておいでです。あまり丈夫ではないのですから、気をつけませんと」

「いや、だからそれは設定——って、あれ?」

どこをどうされたのかわからないうちに、寝台に運び込まれ、上掛け布団にぐるんぐるんに包み込まれている。

——私、一応成人女性なんだけど?

一応も何も、十七になった時に成人の儀式はすませたから立派な大人だ。同年代の女性と比較して、極端に華奢な体型というわけでもないと思う。

それなのに、鈴麗はあっという間に蘭珠を寝台へと担ぎ込んだ。いったい、どんな手を使ったんだろう。

「……お休みなさいませ、ここに鈴麗がおりますから」

——考えるだけ、ムダね。鈴麗を止めることはできないんだから。

「そうね。少し休んだ方がいいかもしれない。鈴麗、ありがとう」

「とんでもございませんっ！　蘭珠様がぐっすりお休みくださることが大事ですから」

寝台から出られないようぐるぐる巻きにした割に、暑くならないようにと風を送ってくれている。

——鈴麗の言うことも間違ってないかも。

朝からずっと書物に目を通していたから、かなり疲れているようだ。

それに、考えなければならないことはたくさんある。

鈴麗の言葉に従い、蘭珠はおとなしく目を閉じた。

婚儀の話は、それから数日後に現実のものとなった。ばたばたと鈴麗が部屋に飛び込んでくる。

「蘭珠様っ、蘭珠様っ！　陛下がお呼びですよ。いよいよ婚姻のお話ではないでしょうか」

「……わかったわ」

父の前に出るのにくつろいだ格好ではいけないと、鈴麗の手を借り、慌てて身なりを整えた。

鈴麗が部屋に飛び込んできたのと同じくらいの勢いでずんずんと廊下を突き進み、父の待つ部屋へと足を踏み入れる。

そこにいるのは父だけだった。ちょうど朝儀を終えて戻ってきたところらしく、朝服のまま少し疲れた表情で脇息《きょうそく》にもたれている。

「お父様。蘭珠、参上いたしました」

「まあよい、そこに座れ」

父は、蘭珠を手招きすると自分と向かい合う位置の敷物を示した。蘭珠は遠慮なくそこに座る。

「景炎皇子からお前を迎えたいという話が来た」

「──わかりました」

蘭珠がなんのためらいもなくその言葉を受け入れたのに父は驚いたようだった。わずかに首を傾げ、蘭珠へと問いかける。

「婚約が調《ととの》ってから十年、今さらだとは思わないのか」

「破談にしなかったのはお父様でしょう？　……それに、大慶帝国内部も揉めていてなかなか私を迎える機会がなかったのでしょう。昨年の戦の時に輿入れはもう少し待ってほしいとお話があったではありませんか」

異母兄である皇太子龍炎との仲があまりよろしくないということもあり、景炎は宮中では若干肩身の狭い思いをしているそうだ。彼と十年の間やりとりをした手紙にそんなことは書かれていなかったけれど、蘭珠のところには別のところから情報が入ってくるから知っている。

「さすがだな。〝病弱〟でめったに表に出ないのによく知っている。好きに動いているようだな」

蘭珠は父を見つめた。

父、玲綾国王も戦史本編に登場する。物語序盤、主人公である林雄英と娘婿である劉景炎に力を貸してくれた。比較的早い時期に物語中から退場するけれど、彼の力を借りることができたおかげで、景炎達はその後の難を逃れられたのだ。

自分の前では娘に甘い父親に見えるけれど、その裏には英明な国王としての顔を持っていることを蘭珠は知っていた。

「高大夫にいろいろ教わっているから。お父様もそれはご存知でしょうに」

「さまざまな花を育てているのだろう？　その花は、どう育ったのだ？」

父は小さく笑って身を乗り出した。

——ほら、やっぱり気づいてた。

この父が『百花』について何も言わなかったのは、言う必要がなかっただけ。悪影響だと思っていたら、高大夫にやめるように命じていたはずだ。

「どの花も——見事ですよ、お父様。お見せできないのが残念なくらい」

あいにくと、蘭珠個人の組織なので父に会わせるわけにはいかない。残念、と父は笑ったけれど、それもまた当然のこととして受け入れてくれた。

「そうか。それなら、景炎殿に嫁ぐ準備を始めなければな」

「……はい」

彼の名前を聞くだけで、心臓がどきどきし始めて、息が苦しくなってくる。

けれど、この感情になんと名前をつけたものか、自分でもまだわからない。ただのファン心理なのか、それとも。

――恋をしている。そう言えたらいいんだけど。

父の前から下がった後もしばらくの間、蘭珠の胸はどきどきしっぱなしだった。

◇　◇　◇

輿入れする公主の馬車に乗り込んでいるのは、蘭珠と鈴麗だけだった。

「……もうすぐ国境でございますね」

そう言った鈴麗は、少々お疲れの様子だ。こんな長距離を馬車で移動したことはなかったから、蘭珠自身も疲れを覚えている。

「これから国境になっている川を越えて三日。そこが成都だそうよ」

「あと三日も馬車に乗るのだと思うと、腰が痛くなってきますね、蘭珠様――そろそろ休憩を入れるように頼みましょう」

「まだ大丈夫なのに」

「いけません、蘭珠様。お身体には気をつけないと」

――本当に、心配性なんだから。

蘭珠は窓にかけられている布の覆いをそっとずらして、外の様子をうかがう。

玲綾国の都を離れてから十日が過ぎ、あたりの風景はずいぶんのどかなものへと変化していた。

見渡す限り続くのはどこまでも続く畑とまだ耕されていない大地、そして点在する家屋。遠くで農民達が牛を追って畑を耕しているのが見える。

——あの人に再会したら、いったいどんなことになるんだろう。

不意に胸の奥がざわりとする。

十年たったら、景炎に向ける気持ちについてある程度の答えが見えてくるかと思っていたけれど、そんなことはなかった。

十年前のあの時は、最愛キャラに会えたというだけで盛り上がっていたけれど、手紙のやりとりの中で、その気持ちは少しずつ変化していた。

恋心にも似た何かだろうし、鈴麗などは完全に恋をしていると思い込んでいる。けれど、それは手紙のやりとりの中で蘭珠が作り上げた人格に恋しているだけなのかもしれなかった。

作られたキャラに対する感情なのか、生身の人間に対する感情なのか。今でもまだ、よくわからない。それが結婚に対する不安を煽る。

——これまで秘密を守り続けるのも大変だったし。

八歳の時に前世の記憶が戻ったから、それ以降は愛梨として振る舞いがちだった。蘭珠としての記憶も残っていたからなんとかやってこられたけれど、たぶん公主としてはちょっと変わっていたと思う。

それから後も馬車は走り続け、国境となっている川のところで一時停止した。これから、船の用意をする間、軽く休憩を取るのだ。

見張りを立て、小麦粉の団子と干した果物と水、といった簡単な食事をすませる。

鈴麗のいれてくれる上質の茶がつくことだけが違いで、蘭珠も兵士達と同じものを食べる。

「都に入ったら、この食事からも解放されますね」

「そうね……お店のある所に行ったら、お菓子くらい買えないかしら」

夕方は温かい食事が出るけれど、鍋の中に食材を放り込んでごった煮にしたものと、木の杭に挿して焼いた餅くらいだ。米に汁物、焼いた肉や揚げた魚に青菜の漬け物、新鮮な果物——そういった品々が並ぶ普段の食卓が恋しくなってもしかたない。

食事を取っている間に船が用意され、荷が積み込まれた。

大きな帆を張った船に馬車も乗せられ、蘭珠達が乗り込むのを待ってゆっくりと船は進み始める。

河口に近いこの場所は、川の幅も広い。向こう岸ははるか遠くて、越えるのにかなりの時間がかかりそうだ。本来なら船室に入らなければいけないのだろうけれど、蘭珠も鈴麗も甲板にとどまったままだった。

——この川を越えたら、もう引き返すことはできない。

ここからでは都を見ることなどできるはずもないけれど、故郷に最後の別れを告げたかった。

「……鈴麗」

「はい、蘭珠様」

「もし、国に帰りたくなったらそう言って。百花から人材を補充次第、国に帰す手配をするから」

蘭珠は帰ることができなくても、侍女である鈴麗は帰ることができる。

――親の無実を証明したとはいえ、鈴麗の人生を厳しいものに変えてしまったのは事実だから……嫌々従ってほしくはない。

嫌になったら、いつでも下りていいのだと、今、改めて告げる。

「とんでもありません。蘭珠様と離れるなんて――追い出したいというのなら話は別ですが、追い出されてもいつでも蘭珠様の側に駆けつけることができる場所にいますとも」

「……ありがとう」

鈴麗は、蘭珠の側から離れない。

わかっている。わかっていて、それでも問わずにはいられなかった。

――それなのにあえてたずねるなんて、私もずるいわね。

この場でもう一度問いかけてしまったのは、鈴麗だけではなく百花の娘達みんなの人生を変えてしまった後ろめたさからなのかもしれなかった。

「さあさあ、そんなことより……蘭珠様、水の上は冷えますから、外套をお召しになってくださいませ。風邪を引いたら大変です」

――だから病弱なのは、仮の設定なのに。

鈴麗もわかっているはずなのに、こうやって過剰に世話を焼きたがる。どうもこれは彼女の性質らしい。

「それなら、あなたも外套を羽織らないとだめよ」

鈴麗にも外套を羽織らせ、甲板に立ったまま故郷への名残を惜しんだ。

やがてゆっくりと川を横断した船が大慶帝国側の岸に到着し、蘭珠達が乗る馬車が下ろされて馬を繋ぎ終えた時だった。

「——敵襲！」

誰かが声を上げる。蘭珠が声の方向に目をやれば、騎馬の一団がこちらへと向かってくるところだった。

「このあたりを荒らしている盗賊のようです！　姫様は、馬車の中に避難なさってください——侍女殿も！」

護衛隊長の言葉に、蘭珠と鈴麗は顔を見合わせた。それから、かねてから打ち合わせていた通りに馬車に逃げ込む。

帝国は広大だから警備隊の目も行き届かなくて、辺境にはこうやって盗賊が跋扈《ばっこ》するのだ。

座席に身を寄せ合うようにして二人が座ると、慌ただしく馬車が走り始めた。

「……私達だけでも逃がそうというのね」

「この場に踏みとどまって、敵を迎え撃つ者と、馬車を護衛して逃げる者とに分かれるはずです」

警備体制の詳細については聞かされていないけれど、護衛隊長達に任せておけば大丈夫なはずだ。それでも、いざという時のために備えておかなければと中で〝準備〟を進めているうちに、馬車は走り始めていた。

「——国境の治安が悪いというのは本当でございましたね」

鈴麗が長衣を脱ぎ捨て、座席の下から剣を取り出す。

「鈴麗、私の分の剣もちょうだい」

蘭珠も公主としての装いである長い衣を脱ぎ捨て、身軽な格好になった。鈴麗が蘭珠へと手渡した剣は、一般的な剣より少し細身で短く軽めに作られている。

自身の剣を大事に腕の中に抱え込みながら鈴麗が微笑んだ。

「ご安心なさいませ、蘭珠様。鈴麗がお守りいたします――我が身に代えても」

「代えてもらっては困るの。嫁いだ後、愚痴をこぼす相手がいなくなってしまうじゃない」

蘭珠は笑いを交えて返した。

――今まで剣術の稽古を重ねてはきたけれど、これだけの人数に囲まれるのは初めてかもしれない。

馬車の窓にかけられた布をずらして外の様子を確認すれば、かなりの人数の賊がこちらの馬車を追いかけてきているのがわかる。

「……お互い、生き残ることを考えましょ。私のために命を落とそうなんて、考えないで。そんなことのために、ここまで連れてきたわけじゃない」

――『戦史』にはこんなこと、書いてなかったけれど、しかたないんでしょうね。

蘭珠は脇キャラもいいとこだったから、過去について詳細な記述なんてあるはずもない。

とはいえこれからあと十数年は生きているはず。こんなところでは死なないだろうとわかっていても、実際に襲われたら恐怖を覚えずにはいられない。

「――どこまで逃げることができるでしょう?」

隣でそう言う鈴麗の顔を見たら、血の気が引いて真っ白になっていた。

悲鳴にも似た馬のいななきが聞こえてきたかと思ったら、馬車がさらに速度を上げる。がたがたと揺れる馬車の中、蘭珠はますます強く剣を握りしめた。

けれど、逃走も長いことは続かなかった。男の悲鳴が響いたかと思ったら、がたんと大きく揺れて馬車が停止してしまう。

――今の悲鳴は……御者が、倒された？

蘭珠達の馬車を御しているのは、護衛としてついてきた兵士達のうちの一人だ。役目を放棄して逃げ出すなんてするはずないから、きっと倒されてしまったのだろう。

――逃げる……どこへ？　護衛隊長達が駆けつけてくれるまで、しのぐことができる？

頭をめまぐるしく回転させる。こんなにも早く馬車が停められるとは予想外だ。右側の扉が大きく開かれて、人相の悪い男がのぞき込んでくる。

「ぶ――無礼者！　玲綾国、蘭珠公主の馬車と知っての狼藉か！」

非難の声と共に、鈴麗の持っていた剣が閃き、馬車の中に上半身を押し込んでいた男の胸にためらうことなく突き立てられる。

男がうめき声を上げて崩れ落ちるより先に、鈴麗は剣を引き抜いた。

――怖い。

滴り落ちる血の色は生々しくて、目をそむけたくなる。実際に目の前で人死にを見るのは初めてだ。男の死体が引きずり下ろされ、別の男が乗り込んでこようとするが、その男もまた鈴麗の一撃によって崩れ落ちた。

「ここでは狭い！　表に出ます、蘭珠様は中に！」

そう叫ぶのと同時に、今自分が殺したばかりの男の身体を外へ蹴り出し、鈴麗が飛び降りた。

「ここにいられるものならいたいけれど――それは無理そう！」

反対側の扉が破られる。乗り込んでこようとする男の顔に思いきり剣の鞘を叩きつけ、ひるんだところで蹴り倒すのと同時に身を翻す。鈴麗が飛び降りた方の扉から、馬車の外へと飛び降りた。

――大丈夫。私は、大丈夫……頑張れる、から。

周囲は騒然としていた。盗賊は公主の嫁入り行列で財宝を山ほど持っていると知っていたのだろうか。次から次へと現れてきりがない。

「鈴麗、こちらに！」

「……はいっ！」

「動かされないように馬車を倒して！」

二人の力を合わせて、馬車を横倒しにする。

その馬車を背中側の守りとし、二人並んで左右から切りつけてくる敵と必死にやり合う。

誰のものかわからない剣を受け止め、はじき飛ばし、肉体の一部でいいからと傷つける。

永遠とも思えるほど長い時間が過ぎたのち――不意に角笛の音が響いてきた。はっとしたように、盗賊達が音のする方向に目をやる。

盗賊達の攻撃の手が一瞬緩み、蘭珠は彼らの視線が向いている方へ目線を向ける。

そこにずらりと並んでいたのは揃いの装束――軽い革の鎧――に身を包んだ兵士の一団だった。五十人ほどいるようだが、恐ろしいほどに統率が取れている。

「――かかれ！」

一際立派な鎧を身に着けた男の号令と共に兵士達は動き始めた。

――すごい！

普通の娘なら、そこまで見抜くことはできなかっただろう。

けれど、蘭珠は高大夫の教えを受けている間に、父や兄の指揮する軍を見る機会があったし、こっそり盗賊征伐についていったこともあるから、この援軍の強さをすぐに悟ることができた。

――玲綾国の軍より、断然上……！

「くそう、こうなったら目の前の獲物だけでも！」

「蘭珠様！」

鈴麗の声にはっと我に返る。上段から振り下ろされた剣をなんとかかわした。勢いあまった相手の剣が、背中を守るのに使っていた馬車に食い込む。

「くそっ！」

剣を手放そうとした男の腹に膝をたたき込む。身体を二つに折った男の肩に、鈴麗の剣が振り下ろされた。

そうしている間にも、救援にやってきた兵士達によって、盗賊団は次から次へと斬り伏せられていく。

現れた軍勢は、あっという間に盗賊達を追い払ってしまった。あり合わせの布で盗賊の返り血を浴びた手を拭った蘭珠は、兵を率いてきた武将の方へと目をやる。

——きっと……間違いない。あの人だ。

不意にそんな予感がして胸が震えた。

たった一枚の絵で彼が気になってしかたなくなった。彼の全てを知りたくて、ありとあらゆる情報を探し回ったあの頃。

今、彼に向けるこの感情にどんな名前をつけるべきなのかはまだ見えていないけれど、それでも胸が熱くなる。

「遅くなって悪かった。俺は——劉景炎。お前の夫となる男だ」

馬を寄せてきた彼が高らかに宣言する。

まるであの時の光景が、目の前で再現されたみたいだった。

盗賊達を蹴散らし、未来の王を救い出したあの時。

『よく頑張ったな』

馬上からこちらを見下ろす彼の口元には、恐れを知らない笑みが浮かんでいた。

「陽蘭珠にございます——救援、感謝いたします。景炎様」

——これが、再会になるなんて。

十年ぶりに見た彼はますます素敵になっていて、蘭珠は赤くなった頬を隠すように丁寧に頭を下げたのだった。

襲撃を受け、傷を負った兵士達を手当てしたり散乱した荷物を拾い集めたりしているうちに夕方になってしまった。景炎の部下によって案内されたのは、近くの宿場町だ。この町一であろうと思われる宿に通される。

——ずいぶん、気を配って準備してくださったみたい。

飾られた花、上質の敷物。一国の公主を迎えるのにふさわしいだけの支度が調えられている。部屋には火鉢が置かれ、茶をいれられるように湯が沸かされていた。

宿の湯殿を借りて血や泥を洗い落とし、紅の長裙を合わせた襦裙《じゅくん》と呼ばれる装いを整え、白の長衣を重ねて着る。きちんと結い直した髪には、景炎から贈られた珊瑚の髪飾りを挿した。

——疲れた。

窓枠にもたれるようにして椅子に座り、顔を腕の間に埋めてしまった蘭珠の側に、静かに鈴麗が付き添う。彼女も疲れているだろうに、蘭珠の世話を焼くのはやめようとしなかった。

「温かいお飲み物を用意しましょうね。ええと……ああ、生姜茶《しょうがちゃ》があります。これにしましょう。それと、胡麻のお団子があります。いただきましょう」

「そんなにばたばた動かなくてもいいのよ？」

「甘いものと温かいものは心を落ち着けますからね。さあ、召し上がれ」

てきぱきと鈴麗が用意してくれた生姜茶を口に運ぶと、お腹の底から温まってくる。正直なところほっとしたから、鈴麗のやることにはやっぱり間違いがないのだろう。

胡麻をまぶして揚げた団子は表面がかりっとしている。この世界では高級な品とされている砂糖を惜しみなく使っているらしくて、甘さたっぷりなのも嬉しい。

「鈴麗、あなたもお団子を食べなさいな。疲れてるでしょうに」

「ああああっ、だめですっ！　蘭珠様がそのようなことをなさるなんて――――！」

「ふふん、やったもの勝ちだものねー！」

鈴麗の隙をついて急須を奪い、蘭珠は鈴麗の分も生姜茶をいれてやった。胡麻団子の入った皿も鈴麗の方に押しやる。

「うぅぅ……い、いただきますぅ……うあぁ、おいしいですねぇ……」

鈴麗も甘いものには弱い。一個目をあっという間に食べ終えると、全身で幸せだと表現するみたいに大きく息をついた。それから二個目に手を伸ばしたかと思ったら、続いて三個目が彼女の胃におさめられる。

甘いものと温かいお茶でほっとしたところで、蘭珠は改めて口を開いた。

「鈴麗、景炎様の兵士達をどう思う？」

「よく鍛えられていると思います。盗賊達を追い払ったのも見事な手際でした」

「……そうよね」

窓にもたれかかって見下ろせば、景炎の兵士達が警護のためあちこち行き来しているのが見える。その動きにも無駄はないようだ。

「それにしても、百花の失態でございます。国境の襲撃を予想できないなんて……」

「それはしかたないでしょう。いつどこで盗賊が襲ってくるかなんて、私達にわかるはずもないし」

「そうでしょうか。単なる盗賊にしては、妙に統制が取れていたような気もするのですけど。だって、今回ついてくださった警護隊長は、玲綾国の軍人の中でも、有能な方ですよ。それなのに、あんなに苦戦するなんて」

「うーん、言われてみたら……そう……か……しら……」

言われてみれば単なる盗賊にしては妙に強かったかもしれない。とはいえ、間諜訓練の中で盗賊討伐を見に行ったのは一回だけだし、自分で相手にするのは初めてなのでよくわからなかった。

扉の外に誰が来た気配がする。鈴麗がすかさず立ち上がって様子をうかがいに行き、そして強ばった表情で振り返った。

「あ、あの蘭珠様……景炎様がお越しです」

「入るぞ」

蘭珠の返事も待たず、景炎は室内に足を踏み入れる。

——ど、どうしよう……！

頭の中が真っ白になって、蘭珠は窓枠にもたれたまま景炎の顔を見上げることしかできなかった。

彼も着替えをすませたようで、先ほどまでの軍装ではなく青い袍に身を包んでいた。紺の腰帯には金糸で刺繍が施され、腰に大剣を吊っている。

先ほどまで激しい戦闘を繰り広げていたとは思えないくらい、彼は悠然としていた。

「怪我はないか」

問われた言葉にも、首をかくかくと振ることしかできない。自分がこんなにも言葉につまるなんて考えたこともなかった。口を開いたり閉じたり、落ち着かないことこの上ない。

――だって、またすぐ会うなんて思っていなかったから。

十年前に顔を合わせた美少年は、立派な青年へと成長していた。

怜悧な目元、形のよい唇。蘭珠が、というか前世の愛梨が知っていたのは今より少し年を重ねた姿だけれど、それでもどこか懐かしいようなそんな想いさえこみ上げてきた。

そんな蘭珠の様子を見ていた景炎は、破顔すると、自分も手近な椅子を引き寄せる。その仕草一つにもまた鼓動が跳ねた。

「そこの侍女、しばらく席を外してもらえるか」

「だめです、離れません。蘭珠様をお守りするのは鈴麗の役目でございます」

「え、えええと……」

――この状況は、どうかと思うのよ！

気がついたら、鈴麗の腕の中に抱え込まれていた。

鈴麗は蘭珠の側にぴたりと張り付いているだけじゃなくて、自分の腕の中に蘭珠を抱え込み、自分の衣の袖で蘭珠の顔を隠している。牙を剝いて唸っているライオンの姿が想像できて、蘭珠は困惑した。

鈴麗は蘭珠を守ろうとしてくれているのだろうが、結婚相手にまでこんなにがるがるしなくてもいいんじゃないかと思う。国元にいた頃は景炎との仲を応援してくれてる節もあったのに。

「えええと、ね……大丈夫、だから。下がってくれて大丈夫」

「油断してはダメです、蘭珠様。男はみんなケダモノだって、出立前に聞かされました」

――ケダモノって……！

一体誰だ、そんな考えを吹き込んだのは。

そんな鈴麗の様子がおかしかったようで、景炎がくっと笑う。

「要は俺が主《あるじ》に何かすると警戒しているわけか。それなら、この椅子に両手を縛り付けておくか？

俺はそれでもかまわんが」

面白がられているからまだいいが、この状況はあまりよろしくない。

こほん、とわざとらしく咳をしてから、蘭珠は厳しい声を作って鈴麗に命じた。

「お下がりなさい」

「……でも」

「扉のすぐ外で、誰もこの部屋に近づけないように見張っていてちょうだい……わかるでしょう？」

重ねて命令すれば、渋々といった様子で鈴麗は部屋の外へと出ていく。

「大丈夫ですね？　本当に何もしませんね？」

と、出ていく直前まで何度も景炎に確認しているのを聞いて、蘭珠の肩が落ちた。

――気遣ってくれているのはわかっているんだけど……。

「侍女が、大変失礼な真似を。お許しいただけますか」

そう詫びの言葉を口にしながら、胸が痛いくらいにどきどきしているのを自覚する。

襦裙の胸元を摑んだまま、かちかちになって景炎を見上げている自分はおかしいのだと思う。

だって、こんなにも心臓が早鐘を打っている。

景炎が手を伸ばしてきて、蘭珠の手を取った。その大きな手の温かさにめまいを起こしそうだ。

「十年ぶりか。身体が弱いと聞いて心配していたのだが。俺の送った薬はちゃんと飲んだか」

「の、飲みました飲みました……！　全部すっかり飲みました！」

そう返す声が上ずっているのを自覚して耳が熱くなった。

彼から送られてきた薬は正直苦かったけれど、彼の気持ちだからと毎日欠かさず飲んだ。

「先ほどはなかなか見事な立ち回りだった。病弱とは思えない腕だな」

「え、えええと……それは、です、ね」

なんて返したらいいいんだろう。彼に警戒心を抱かれているのはわかる。

特に睨まれているわけではないけれど、正面から蘭珠の瞳をのぞき込んでいる彼には嘘を見抜こうとしているような気配が感じられた。

——景炎様は、私の様子を……探っている？

今まで積み重ねてきた訓練から、蘭珠はそれに気がついた。蘭珠に対する好意のようなものが見えているのも本当だけれど、それよりも今は警戒心の方が大きいようだ。病弱とか言いながらぶんぶん剣を振っているのだから、替え玉の可能性を疑っているのかもしれない。

うまく回らない頭をどうにか回転させて、ようやく答えを見つけ出す。

「か、身体を動かすのが健康にいいって聞いて、剣術の師匠をつけてもらったら……ええと、めきめき上達して、身体も丈夫になってしまって……この一年は熱も出していません」

——本当のことなんて言えるはずない。

病弱なのは自由に動ける時間を確保するための口実だ。実のところ蘭珠はかなりの健康優良児である。景炎から送られてきた薬を欠かさず飲み、剣術の訓練で適度に体を動かしていたからだろう。必要以上に病弱という話が広まっているのは、蘭珠と高大夫が意図的にそんな情報を流したというのも一因である。その方が、表に出なくても不自然に思われないから。

「……そして、この手に剣を持つ、か。侍女も手練れを連れてきたようだな。一体何を企んでいる？」

蘭珠の手を掴む彼の手に力がこめられた。

——本気で警戒されている……。

「た、企んでませんっ！　企んでません！」

必死に首を横に振った。実際より無邪気に見せる術《すべ》も学んできたはずなのに、景炎の前ではうまくいかない。

——たしかに、企んではいるんだけど……。

その企みは、景炎を守るためのものであって。彼を害そうというものではない。

とはいえ、堂々と『間者連れてきました！』と宣言できるはずもなく、蘭珠にできるのは首を横に振ることだけ。

「手練れを連れてきて正解だったじゃないですか！　道中は危ないって言うし！」

身を捩って逃げ出そうとしたら、彼が不意に顎を掴んできた。

「この髪飾り、まだ使っていたのか」

あっと小さな声を上げて、蘭珠は髪に手をやった。着替えた時に挿してもらったのは、昔、彼が蘭珠に贈ってくれた髪飾りだ。

これを選んだのは、これを挿していたらなんとなく心が強くなるような気がしたから。

――まさか、覚えているとは思わなかった。

これはあの時、特使として一緒に来た皇弟――景炎から見れば叔父――が、「女が泣いたら、玉をやるといい」と景炎に譲ったもののはずだ。その話が本当なのだとすれば、景炎の手元にあったのはわずかな時間。

それなのに、覚えているとは思わなかった。また、胸がどきどきしてきて、目を伏せる。

「は、はい……だ、大事に……ひゃあっ！」

身を捩った拍子に彼の手から顎が解放されたのはよかったとして、そのまま椅子から滑り落ちてしまった。口からみっともない声が上がって、蘭珠は涙目になった。

「――お前、本当に落ち着きがないんだな」

笑いを含んだ声で、景炎が言う。もう少し、いいところを見せたいのに彼の前ではうろたえっぱなしだ。

「お……落ち着きがないわけではっ！」

「初めて会った日も、縁側から転がり落ちたじゃないか」

「あ、あれは！」

あれは、いきなり前世の記憶がよみがえったからだ。あの時は、自分がどういう状況に置かれているのかわからなくて、完璧に頭が真っ白になった。

ずるりと椅子から転がり落ちたままでいる蘭珠の身体を抱え起こし、彼は元のように座らせてくれたけれど、蘭珠は羞恥にうつむいたままだった。

「——今日は遅くなって、すまなかった」

優しい声が耳に届いて、思わず蘭珠は顔を上げた。

驚くほど近くに景炎の顔がある。涼やかな切れ長の目に、通った鼻筋。少し薄めの唇も好ましくて——。

彼の表情からは、先ほどまでの面白がっていた気配は完全に消えていた。それどころか、今までとは違う熱のようなものがこもっているようで。

先ほどまでの余裕のある大人の表情もいいけれど、こうした真摯なまなざしにも心臓が跳ねる。

そんな彼の顔が近づいてきたかと思ったら、柔らかなものが唇に重ねられて蘭珠は固まった。

——こ、これは……キ……キ……ス……され……！

いくらなんでも再会したばかりで手が早すぎだろう！　何もしないって言ってたのに！

どんと勢いよく、景炎の胸に手をついて押しやろうとした。けれど、彼の力にはかなうはずもなくて。

「り……鈴麗！　鈴麗！」

「蘭珠様、何かありましたか！　——ぶ、無礼者！　離れなさい！」

抱え込まれた蘭珠を見て、鈴麗が声を上げる。相手は婚約者なのだから、無礼も何もないけれど、蘭珠が慌てているからそれが鈴麗にも伝染したみたいだ。

「誰が無礼だ、誰が――明日からは、俺も護衛に加わる。成都まであと三日、安心するといい」

面白そうに言うなり、身を翻した景炎は部屋を出ていってしまう。呆然と見送っていた蘭珠は、彼の姿が見えなくなってからようやく気がついた。

――私ったら、嫌われてもしかたのないことをしてしまったじゃないの！

あまりにも思いがけないことだったから、頭の方がついてこなかった。

「り、鈴麗、どうしよう……！」

半泣きになっているから説得力も何もあったものじゃないけれど、少なくとも嫌じゃなかった。

「油断も隙もないったら！　鈴麗は、婚儀まで蘭珠様のお側を離れませんからね――！」

それって大丈夫なんだろうか。

そう思ったけれど、今はそれ以上追及する気にはなれなかった。

第二章

結局、国境の川のところで玲綾国の兵士達は帰されることになった。ここから蘭珠に付き添ってくれる玲綾国の人間は、鈴麗だけだ。

国から乗ってきた馬車は戦闘で壊れてしまったので、新しい馬車が用意された。蘭珠と鈴麗が乗り込んだその馬車のすぐ側を、馬に乗った景炎が進む。

「おい、鈴麗」

「──ダメです」

外から声をかけてきた景炎を、鈴麗はぴしゃりとはねのけた。

「まだ何も言ってない。本当にうるさいお目付役だ」

「ダメなものはダメです」

──景炎様を怒らせたらどうする気なのよ！

という蘭珠の心の叫びを鈴麗は気にしている様子もない。「うるさい」と言いながらも景炎の声音には面白がっている気配もあるから、まだ許容範囲なんだろう。

「蘭珠、昨日はちゃんと眠れたか」

「あああ、えっと、はい、ちゃんと眠れました！」

——問題は、私の方よ。い……嫌じゃなかった……のに……。

馬車の壁にもたれるようにして、蘭珠はがくりとうなだれた。

再会そうそう口づけられた、キスされた、接吻された——言い方はどうでもいいけれど、あんなにうろたえるべきじゃなかった。慌てふためいて鈴麗を呼ぶなんて、まるで「ものすごくものすごく不愉快でした！」と宣言しているみたいで、いたたまれない。

——上手くやっていけるかどうか……まだわからないのに。

たぶん、丁寧には扱われている。警戒心がありながらも、それなりの好意も示されている。だけど、共に生活していく相手としてはどうなんだろう。実際会うのは二度目なのだから全く想像がつかない。

その不安が、蘭珠をうろたえさせる。もっと、この人のことを知りたいとそう願っているのに。

「それならいい」

景炎の言葉が終わるか終わらないかのうちに鈴麗が素早く窓の覆いをかけてしまって、外の様子をうかがうことができなくなる。

——昨日のこと、謝ることもできなかった。

嫌だったからではなくて驚いただけ。きちんと伝えたかったのに、そんな余裕なんてなかった。

「蘭珠様、そのお顔はどうなさったのですか」

表情が沈んでいたらしく、鈴麗が不安そうなまなざしでのぞき込んでくる。

「――だって、変なのよ。落ち着かないの」

――こんなにどきどきしてるのは、きっと私だけ……なんだろうけど。

恋とは落ちるものだ――なんて言葉を今まで馬鹿にしていたけれど、実際にその立場に置かれてみれば、自分が間違っていたのだという気がしてくる。

落ちかけている、恋に。そんな予感がしてならない。

手紙をやりとりしていた間に、ふわふわした気持ちは芽生えていた。だけど、それは手紙のやりとりの中で生まれた想像上の人物への気持ちと、前世で知っていたキャラクターに対する感情が交ざったもので名前のつけようがない感情なのではと思っていた。

けれど、再会したあの時。彼の姿を見たとたん、胸の奥で何かが動いた気がした。

顔を見て、声を聞いて、身体に触れて。再会した彼の全てが、蘭珠には好ましいものとして映った。もっと彼を知りたい。その想いが、今も少しずつ大きくなっているみたいだ。

たぶん、彼を生身の人間として意識し始めている。

「――蘭珠様が、そのような顔をなさるなんて」

「……おかしい？」

「おかしくはありませんが、気に入りません」

「気に入らないって」

あまりな言いぐさに、思わず笑ってしまった。鈴麗も本気で言ってるわけじゃないと思いたい。

「だ、大事にしてくださると思うけど……ああでも、いろいろしでかしてしまったからどうかしらね？　あの状況で悲鳴を上げるとかありえなくない？」

鈴麗の言葉にいちいち上ずった声で返してしまうのが情けない。

事前に集めた知識で、もう少し毅然と対応できると思っていたのに。

「ま、見てくれはよろしいですけれどもね。宮中での地位は不安定ですから、あまり安心してはいけないと思います」

鈴麗はすっかり景炎を敵認定してしまったのか、ばっさりと切り捨てた。

――そうなんだけど、ね……。

手を伸ばしてもう一度窓の覆いをずらし、すぐ側を進む景炎の横顔に視線をやる。また、胸がどきりとするのを覚えた。

現在大慶帝国の皇帝には、数名の妃がいる。皇太子龍炎と第一公主春華は、皇后の産んだ子供だ。

戦史本編の時代では、皇太子龍炎が皇帝として即位していた。この異母兄と折り合いが悪かったことから、景炎は辺境に追いやられて、そこで主人公、林雄英と出会うことになった。

――折り合いが悪いのは、『百花』達からの情報でも聞いていたけれど。

それから違う妃の産んだ第二皇子がいて、その次が景炎。

他に何人かの皇子や公主がいるけれど、彼らについては、母の身分が低くて政治の中枢からは遠いところにいたり、まだ幼くて勉学に励んでいたりと、今のところ重要視する必要はなさそうだ。

「でも……景炎様には人望があるのでしょう？」

――たしか、『戦史』でもそんなキャラだった。

人望があったからこそ、皇帝となった龍炎に疎まれ、僻地に追いやられた。

「人望だけで渡っていけるほど、世の中甘くはありませんよ。現に皇太子の正妃は、有力者である田《でん》大臣の娘ですからね」

蘭珠の言葉を、鈴麗は鼻を鳴らして軽くいなした。

「それから、第二皇子。こちらの方も有力貴族、呂《ろ》大臣の娘を奥方に迎えています」

「第二皇子は、権力闘争からは一歩引いているんだったわよね？」

「そうですね。皇太子や景炎様と比較すると凡庸というのが、家臣達の判断ですね。ただ、能力が著しく劣るというわけでもなさそうです。穏やかな人柄で、争いが苦手とのことでした」

――第二皇子は、国が平和な時期ならちゃんとした君主になれる人なのかもしれないけれど、今の時点では未知数ってことね……。

たぶん、皇太子や景炎と深くかかわらず、権力争いから距離を置いているところからして、時勢を見る目は持っているのだろう。

ちょうど馬車が停まり、窓の外に視線を向けたら、景炎が部下達に指示を出しているところだった。

「このあたりにも盗賊団が出てるだろう。近隣の被害状況を確認するのに十人回せ。手が足りなくなるだろうから、次の駐屯地に使いを出して、兵をよこしてもらえ」

「かしこまりました」

景炎の命令に従って、兵がばらばらと散っていく。

――国境に盗賊団が出た以上、近隣にもまだ潜伏してる可能性が高いということなのかしらね。

蘭珠の最初の態度が最悪だったためか、景炎は蘭珠に必要以上に接しようとはしなかった。が、視線に気がついたのか、彼がこちらへと歩いてくる。

「問題ないか？　馬車から降りて少し身体を解しておけ」

「あ、はい。そうします」

蘭珠が扉を開けて外に出ようとしたら、景炎が手を差し出してくれる前にすかさず鈴麗が立ち塞がる。

「婚儀が終わるまでは、ダメです」

「……わかったわかった」

「あー、何なさるんですかっ！」

ひょいと鈴麗を持ち上げてどかしておき、景炎は蘭珠を馬車から降ろしてくれた。

「婚儀までは待てそうにないな。宮に戻るまでがせいぜいだ」

蘭珠の耳に彼がそうささやく。こめかみに柔らかなものが触れて、そこに口づけられたのだと知る。鈴麗の悲鳴が響き、真っ赤になった蘭珠の側で彼が口角を上げた。

「あの、景炎様……」

昨日のことを謝ろうと思っていたのに、景炎を呼ぶ兵の声がそれを邪魔する。

「また、後でな」

そう言い残し、景炎は兵士達の方へ歩いていく。

――また、謝れなかった……けれど。

今の行動からすると、景炎は昨日のことを怒っているわけではなさそうだ。

「絶対、婚儀が終わるまでは、蘭珠様の側には近づけませんからねーっ！」

鈴麗の悔し紛れの声が響いた。


宿泊地についても、景炎とゆっくり過ごす時間なんてあるはずもない。

「蘭珠、鈴麗。よく休んでおけよ。明日も早い」

「わかりました」

――やっぱり、忙しそう。

蘭珠と鈴麗は休むようにと言っているくせに、景炎自身は座る間もなく次々に兵士達に命令を出している。

二階の部屋に通された蘭珠は、窓のところからそんな景炎を眺めていた。

「景炎様、盗賊団による被害状況の調査報告です」

「今夜のうちに見ておく。それから、被害に遭った住民に見舞金を出すよう手配しておけ」

入れ替わり立ち替わりやってくる兵士達の言葉に耳を傾け、命令を出す。その理知的な様子を見るだけで、彼が有能であることがわかる。

――林雄英の側にいる時も、こんな感じだったんだろうなぁ……。

物語の世界でも、彼の側にはたくさんの人が集まっていた。兵士達も皆、景炎の指示を受けて動いていたのだ。

本を読みながら想像していた光景が、今目の前で繰り広げられてドキドキする。

こっそり様子をうかがっていたら、景炎がこちらを見上げて、手を振ってくる。

――気づかれた！

にやにやしながら見ていたのに気づかれたのではないだろうか。慌てて窓から離れたら、「よく休めよ！」という声が後から追いかけてきた。

結局、三日の間彼はずっとこんな様子で、一緒に食事をすることさえないままだった。

――寂しいって思ったらいけないんだろうけど。

最初の日に口づけられた瞬間、彼を押しのけたのは蘭珠の方。もう少しなんとか話をしたいと思っているうちに、時間だけが過ぎていく。

今日は都である成都に到着するという日。順調に走っていた馬車が速度を落としたと思ったら、そのまま停止した。

「何か、あったのかしら」

鈴麗と顔を見合わせていたら、外から窓を覆っている布が跳ね上げられる。

「きゃあっ」

思わず二人そろって声を上げた。身を寄せ合うようにしている蘭珠と鈴麗を見て、景炎は愉快そうな声を上げて笑う。

「悪かった、脅かすつもりはなかった――今、出てこられるか」

「だ、大丈夫です！」

半分転がり落ちるようにして馬車から降りる。彼の前に出ると挙動不審になってしまうのがわかるから、なんとなくいたたまれない。

「もう少し、落ち着きを持ってもいいと思うんだがな」

「あああああっ、それはダメですー！」

地面に降り立ったとたん、蘭珠の手を取った景炎に向かい鈴麗が大声を上げた。

「このくらい大目に見ろ」

「ぎゃーっ！　私、お嫁に行けなくなるー！」

ぽんと鈴麗の頭に景炎が手を置いた途端、鈴麗が色気のない悲鳴を上げる。

「鈴麗。ええと……大丈夫、だから。あなたの縁談については後で考えましょう」

「いえ、考えなくていいですっ！　鈴麗は一生蘭珠様のお側にいますとも！」

――いつまでもこの調子じゃ、やっぱり困る……。

とりあえず、鈴麗とはあとでしっかり話をしよう。

それより、今は景炎が自分達をどこに連れていくつもりなのかの方が気になる。

「……ほら、あそこを見ろ」

馬車から降りたのは小高い丘の上で、蘭珠に景炎が示したのは、はるか向こう側に見える成都だった。

「……すごい」

それきり、蘭珠の口からは言葉が出ない。

だって、こんなところから都の様子を見せてもらえるなんて予想もしていなかったのだ。

成都の周囲は高い塀でぐるりと囲まれていて、何カ所かに設けられた門からだけ出入りすることができるらしい。その門の屋根の瓦は灰色で、高い塀の向こう側もここからうかがうことができる。

——たしか、都の端から端まで五キロ、だったかな。

頭の中で、日本の単位に置き換えて考えてみる。

こうして見ると圧倒的な広さだ。綿密な都市計画に基づいて作られた都の中は、碁盤の目のように道が走っていて、この位置からでも馬車が忙しく行き来しているのがわかる。

そして都の奥、少し高くなった場所が皇宮だった。皇宮の屋根だけが赤い瓦で統一されている。時折太陽の光を反射して眩しく煌めくのは、屋根に載せられている金の魔除けだろう。

ここからは見えないけれど、皇宮の周囲も赤く塗られた塀でぐるりと囲まれているはずだ。

大慶帝国と玲綾国の間には、大きな国力の隔たりがあるのは知っていた。蘭珠が、大慶帝国の皇宮に入ったなら、田舎者と侮られるのは間違いない。

「蘭珠、あの中に入ったら、父上の許可が無い限り二度と都から出ることはかなわないぞ。よほどのことがなければ、国に帰してやることもできない。市場をのぞくくらいなら俺の許可で可能だが」

そんなこと、問題にはならない。

——だって、私は。

景炎を生かしたいからこそここに来た。あの時前世の記憶が戻ったというのなら、きっと彼を生き永らえさせるのが蘭珠に与えられた使命。成都から出る必要なんてない。

「何を考えている？」

「すごく広い、と……考えてました。私の国とは大違いです。……それと景炎様。ずっとお聞きしたかったのですが」

今、このことを口にするつもりはなかった。けれど、今を逃したら二度と聞く機会はないような気がして、彼の袖を摑む。

「あの、おおおお妃様は、他にもうお持ちですか？」

「……妃？」

「私、新参者だし……な、仲良くしていただけたらなって……」

「そんなものはいない。余計な気は回すな」

なんだか、空回っているような気がしてならない。うまくいかない……とため息をついていたら、景炎が身を屈めてきた。

「俺はお前がいてくれればそれでいい。十年前に約束したろ？」

蘭珠の目をまっすぐに見る彼の目。肩にかけられた彼の手の温かさ。また心臓が暴走を始めて、呼吸するのも難しくなる。

「……なっ」

さっと額を口づけがかすめて、ぽんっと顔に血がのぼった。

馬鹿みたいだ。いくら前世の最愛キャラだからって、彼の一挙一動にこんなに胸がどきどきするなんて。彼を見上げる目が潤んでいるのが自分でもわかった。

「――はいはいそこまで。そこまで、です」

ぐっと後ろに腕を引かれたかと思ったら、身体が鈴麗の背後に回されていた。

――い、いつの間に……！

置いてきたはずなのに、ちゃっかり景炎と蘭珠の間に割り込んでいる。鈴麗の顔を見た景炎は、肩を揺らして笑った。

「……鈴麗がついていてくれるのなら、安心だな。よし、そろそろ出発するから馬車に乗っておけ」

「お……お願いだから、もう少し景炎様とうまくやって……！」

それきり彼はくるりと踵を返していってしまい、蘭珠はうなだれた。

「だめです。ああいう男は油断したらいけないんですよ！　男はみんなケダモノです」

「だからその知識どこで仕入れてきたのよっ！」

「それはヒミツですっ！」

二人が馬車に乗り込むのを待って、一行は再びゆっくりと進み始める。

――さすがの賑わいね。

馬車が大慶帝国の都である成都に入ってから、蘭珠は窓の覆いを外して外を眺めていた。

今、馬車が走っているのは大通り。おそらくここが成都の中心街だ。

道の両脇にはさまざまな店が立ち並び、多くの人々がそれらをのぞき込んでいた。

「……今朝、揚がったばかりの魚だよ！」

「少しまけてくれない？」

「しかたないなあ……」

なんて、魚屋の前で店主と客がやりとりしている。

そこから少し進んだ先にあるのは、軒下にたくさんの衣が下げられた店だ。たぶん、古着屋なんだろう。店の前では、蘭珠と同じ年頃の少女達が楽しそうに衣を選んでいる。

「あら、この衣素敵じゃない？」

「いいわね。私、赤い衣が欲しかったのよ」

蘭珠達の馬車とすれ違うようにして、たくさんの荷を積んだ車が走っていく。その様にもまた、蘭珠は目を奪われた。隣にいる鈴麗も、ぽかんと口を開けて街の賑わいに見とれている。

「蘭珠様、蘭珠様。あの店でございますよ！」

その鈴麗が、蘭珠の袖を引く。鈴麗が指さしたのは、一軒の菓子屋だった。とても流行っているらしく、店内にたくさんの人がいるのが馬車の中からでもわかる。

「……ええと、『三海』……間違いないわね」

大慶帝国の北と西と南は海に面している。その三つの海から入ってくる商品——つまり、全世界のお菓子がここにあるぞと宣伝しているわけだ。

「ちょっと落ち着いたら行ってみましょう。許可を取ったら、街中には出かけてもいいって景炎様も言ってたし」

「甘いものが恋しいですねぇ……」

「胡麻団子食べたばかりじゃない」

「三日前のことなんてもう忘れました」

宮中にいれば、毎日甘いものを食べる機会があったけれど、旅の途中ではそういうわけにもいかない。鈴麗は、それがちょっぴり不満みたいだった。

「もし、うまいこと出かけられなかったら、女将を呼び出してお菓子を献上してもらいましょうね」

『三海』の女将は、『百花』の構成員だ。彼女の手紙は、高大夫を通じて蘭珠のもとへと送られてきていた。施設にいた頃、蘭珠も何度か顔を合わせたことがある。

——幸せになっていたらいいんだけど。

彼女は修業を終えた後、近くにある菓子屋で働いているところを、取引に来た『三海』の先代旦那に、「息子の嫁に来てほしい」と見初められて嫁いでいき、店を間者達の拠点とした。

見初められたのは偶然だが、この縁談がなかったなら別の形で拠点を設ける予定だったので渡りに船というわけだ。

——厳しい人生を選ばせてしまったから、できる限り幸せになってほしい。

運命に任せて死ぬか間者になるか——年端もいかない少女達に二者択一の厳しい選択を迫ったのはわかっている。

「ああ、もうすぐ皇宮ですねえ……先ほど見た時もなんて立派なのかと思ったんですけど」

「そうね」

——気を引き締めなきゃ。

景炎には真実を告げることはできないから、ここから先、心を許せるのは鈴麗だけだ。

蘭珠は改めて、覚悟を決めた。


馬車は都の大通りをゆっくりと走っていって、そのまま皇宮へと入る。そこからさらに少し進んだところで停車した。

鈴麗が先に飛び降り、その後に蘭珠が続く。馬を人に預けた景炎がこちらに向かって歩いてきた——かと思ったら、いきなり肩の上に担ぎ上げられる。

「え？　あ、あのですねっ！　私、荷物じゃないんですが！」

どう見ても肩に担がれた姿は米俵……。とんとんと拳で背中を叩いてみたけれど、景炎はまったく動じた様子も見せない。

「何をなさるんですか、乱暴な！」

「鈴麗、荷物がちゃんと運び込まれたか、お前は監視しておけ。俺の部下は信頼してくれてかまわないが、念のためだ。頼むぞ」

鈴麗がくってかかるのを、彼は片手で軽くいなす。それからいきなり大股に歩き始めた。

「ちょっ、揺れっ、揺れっ、ますっ！」

大股に歩くというより半分走っているような勢いだから、頭がぐらんぐらんする。

蘭珠が肩の上で身体をばたつかせたら、歩く速度を緩めてくれたが、下ろしてくれるつもりはなさそうだ。彼の勢いは衰えず、そのままずんずんと進んでいく。周囲の様子を確認する余裕もない。

た。


「なんだ、景炎。その娘は」

彼が止まってほっとしたのもつかの間、不意にかけられた声は前方からだった。

景炎の肩に担がれている蘭珠は、上半身を無理矢理持ち上げ、身体をひねって前方へ視線を向けた。

――誰？

思う間もなく揺さぶられて、元の体勢に戻される。彼の肩に腰のところで引っかけられたみたいになって、手足を振り回した。

「痛いっ、なんなんですかっ、もうっ」

背中に向かって話しかけてみるものの、彼は蘭珠に答えを返してくれるつもりはなさそうだ。上半身を持ち上げようとしたら、また揺さぶられて元の体勢に戻された。

「兄上――この娘か？　これは玲綾国の公主だ。つまり、俺の嫁」

――嫁って！

いや、間違いなくそうなんだけれど。肩に引っかけられる体勢のまま、蘭珠は顔を赤くした。

「そうか、顔くらいは見せないのか？」

「――断る。婚儀が終わった後だ」

「まあいい。俺は父上のところに行く」

ふん、と笑った気配に続き、こちらへと歩いてくる足音がしたかと思ったら、そのまま青年は蘭珠を担いだ景炎の側を通り抜ける。

「おい、蘭珠公主」

「は、はい？」

名を呼ばれたので、首を捻じ曲げ、彼の方を見た。

こちらに半分振り向いた格好で立っていたのは、背の高い青年だった。二十代前半、景炎と同じくらい背が高い。少し、彼より細身だろうか。色白の肌に切れ長の目、深い緑に金で刺繍を施した袍の似合う涼やかな美貌の持ち主ではあったけれど、なんだか軽薄そうな雰囲気も感じる。

蘭珠を見た彼は薄い笑いを浮かべて言った。

「……まあ、悪くはないな」

「あ、あの――こんな格好で、スミマセン……？」

――どなたなのかしら。

首を傾げながら蘭珠も返す。けれど、二人の会話はそこで打ち切られてしまった。蘭珠を抱えたままの景炎が再び足を速めたから。

「しまった、袋に入れておくんだったな」

「は？　袋？　私、真面目に荷物ですか？」

青年の姿が見えなくなって、ようやく景炎は蘭珠を下ろしてくれた。それから、蘭珠の手を勝手に握って歩き始める。

「お前を兄上に見せたら、面倒なことになると思ったんだ――ま、しかたないか」

「面倒って」

問い返しかけたけれど、そこで蘭珠は言葉を止めた。

――ということは、今すれ違ったのは。

景炎は第三皇子であり、彼の上には皇太子と第二皇子、二人の異母兄がいる。第二皇子は、皇太子との権力争いを嫌がって距離を置くくらいだから穏やかな人だろう。景炎にあんな尊大な態度で接する可能性は低そうだし、蘭珠と顔を合わせたくらいで景炎が言う『面倒なこと』になるとも思えない。

「……今の方は……皇太子殿下、ですか」

「ああ、そうだ。お前の美貌なら、兄上が興味を持つ可能性が高いというか、間違いなく興味を持つと思ったんだ」

――そう言えば、女癖が悪いって聞いてたっけ。

「ごめんなさい、そういうことだったんですね。でも、皇太子殿下が私なんか気にすることもないでしょうに」

何を言っている、とぐしゃぐしゃと頭をかき回される。

「お前はとても美しいぞ。俺が言うんだから間違いない」

――美しいって！

気配りの人なのは知っていたけれど、こんなことをさらっと言う人だなんて、手紙の文面からは想像もできなかった。彼と再会してから赤面する回数が急に増えた気がする。

大慶帝国の皇宮において、皇帝一族が暮らす区画の中までは馬車で入ることができない。

そのため、皆、庭園の入り口のところで馬車を降りることになる。そこから先、皇帝や皇后は、侍従達の担ぐ輿《こし》に乗るのだそうだ。

並んで歩き始めてすぐ、通路が妙に狭く、入り組んだ作りであるのに気がついた。

「ここ……迷路、みたいですね」

「そうだな、ここは昔からこういう作りだ。俺の宮は、一番手前にある」

敵に攻め込まれた時に、一気に突破されないようあえて複雑に作っているのだろう。ところどころにある開《ひら》けた空間は、野外での宴会にも使えるだろうけれど、いざという時に敵を迎え撃つための場所でもありそうだ。日本の城でも、同じように城内の通路を狭くしていた城もあったように記憶している。

「皇族の方は、全員がここに住んでるんですか？」

「いや、城下に屋敷を持っている者もいる。俺は、皇宮の守りを任されているから」

景炎は将軍の地位を授かって軍部に身を置いているために、皇族達の住まいとなる皇宮の中で一番手前となる区域を与えられているのだそうだ。

そこから奥の方に皇子や公主達に与えられている宮が点在し、一番奥に皇帝の妃達の住まい――いわゆる皇帝の妻と成人していない子供達の住まう『後宮』にあたる区画がある。

そんな説明を聞きながら、景炎に手を繋がれて歩いていると妙にそわそわする。

担がれたり、振り回されたり、でも、嫌な気はしない。

――たぶん、きっと。

やはり、恋に落ちかけているんだろう。彼は、蘭珠よりずっと懐が大きくて、蘭珠には彼のすべてをとらえることはできない。そんな彼に、本当に恋に落ちかけている。

「さて、ここがしばらくお前の住む場所だ。俺の住まいはあちらの宮。婚儀が終わったら俺の宮に移ってもらう」

この国では、『宮』とは皇族が住まうところを表しているが、蘭珠に与えられたのは居心地のよさそうな小さ目の『房』と呼ばれる建物だった。景炎が自分の住まいだと言った宮と蘭珠の房は、外廊下で繋がれていて、庭に下りなくても直接行き来することができるようになっていた。

「はい」

そう返事をしたところで、房の中から鈴麗が長裙の裾を持ち上げて飛び出してくるのが見えた。

「蘭珠様っ！　どこに行ってしまったのかと――」

完全に景炎のことは無視している。鈴麗、と小さな声でたしなめたけれど、彼女の耳には届いていないみたいだった。

「少し、庭を案内してただけだ。そうかっかするな」

鈴麗の目の前で蘭珠の肩を抱き寄せるものだから、鈴麗がぷくっとふくれっ面になる。

「さあ、お部屋に入りましょう。景炎様もいらっしゃいますか？」

全身で「来るな」という雰囲気を発しながら誘っているのだから、説得力ゼロだ。景炎は笑って手を振った。

「いや、国境での戦いの後始末もある。明日にでもまた会おう」

手を振った彼がいなくなるのを見送ってから、蘭珠はぐったりと鈴麗の肩に額を預けた。

「お願いだから、もうちょっと景炎様と仲良くして……！」

「ダメです、油断は禁物です」

「うーん……」

それってどうなんだろう。とはいえ、鈴麗をこれ以上刺激するのもまずそうなので蘭珠は静かに口を閉じたのだった。


蘭珠には鈴麗の他、大慶帝国出身の侍女が何人かつくことになった。

父が用意してくれた嫁入り道具は、全て昨日のうちに鈴麗の指示によって片付けられている。

いくつか景炎にたずねたいことを思いついて、朝になってから侍女のうちの一人を景炎のところにやったけれど、朝儀に行ってしまっていて、戻りは昼過ぎになるという。

——荷物も全部片付けてもらったし、今は少し考える時間が欲しいな。

鈴麗含め、全ての侍女に退室してもらって、蘭珠は静かに考え込んだ。

戦史本編で皇帝として登場した龍炎は、君主としてはきちんと義務を果たしていても、景炎の人望に嫉妬する比較的凡庸な男として描かれていた。

蘭珠として今世で集めた情報からも、女好きという以外にはあまり特筆すべき点はない。女好きといっても、皇太子という立場からすれば許容範囲だろう。度が過ぎていれば、皇帝が止めているだろうし、もっと噂になっているだろうから。

それともう一人、気にしなければならない人物がいた。

――あとは、春華《しゅんか》公主よねえ……。

龍炎の同母妹、景炎にとっては異母姉である春華公主については、皇后の産んだ娘ということもあって皇宮内での地位は比較的高い。現時点では、皇太子妃より彼女の勢力の方が強いそうだ。

彼女についても注意が必要だ。なにしろ『戦史』本編では、春華公主は敵国である蔡国の王妃、そして物語中最大の悪女として登場する。

物語が始まる前に蔡国に嫁いでいったのだが、彼女の権力志向は恐るべきものだった。

嫁いだ時には、結婚相手には他に妃がいたけれど、自分が唯一の妃となるためにその全員を葬り去った。蔡国内の権力争いにも積極的に参戦し、敵対する者は一族全てを殺し、見せしめのためになぶり殺しにした者もいたらしい。

さらには王となった夫に薬物を盛って廃人とし、自分が王の代理として権力を握り、大慶帝国を滅ぼそうとするのだ。

――景炎様の死に、直接関係しているわけじゃないんだけど……。彼女の動きにも注意しておかないと。

考えなければいけないことは山のようにあるのに、判断する材料が全然足りていない。

――鈴麗を連れてくることができたから、皇宮内の噂話は集めてもらえるわね。

皇宮でも侍女として勤めることになった鈴麗には、皇宮内の噂話を集めてくる役も頼むことになっていた。

甘い菓子や比較的安価な装身具など、女性の喜びそうなものを気前よくばらまく必要があるけれど、そこには費用を惜しむなと言ってある。

──あとは、脱出経路よね。暗殺者が送り込まれる可能性だってあるわけだし。

蘭珠が組織した『百花』には暗殺役を担っている者はいないけれど、水鏡省や他の間諜組織では情報を集める役と暗殺役を兼任している間者も多いそうだ。

蘭珠も鈴麗も自分の身を守ることくらいはできるが、暗殺者を送り込まれた時の用心のために逃げ道は確保しておくべきだ。

皇宮の広大な庭園は迷路のような作りになっていて、突っ切って最短ルートを行くことができないのは昨日見せてもらった範囲でも理解できた。

──庭園全体の地図が欲しいし、少し、庭園を歩いてきた方がいいかもしれない。

皇宮の地図というものは公には存在しない。

何かあった時に、敵の手に渡ったら困るからとされているが、広い皇宮内には秘密の場所もたくさんあるはずだ。

玲綾国は平和だったからあまり例はないけれど、城内では気に入らない者を拷問したり、さらにそういった過程でできた死体を密かに埋めたりしているなんて話も聞いたことがあった。

とにかく、いざという時のために、皇宮内を知っておくことは必須だ。

もう少し慣れたら夜に忍び歩くつもりではあるけれど、今の時点ならば、退屈紛れに歩き回っていると言った方が何かと言い訳もしやすいかもしれない。

――早めにできるところからだけでも手をつけておいた方がいいわね。

婚儀の準備でこれから忙しくなると聞いているから、できることは先にやっておいた方がいい。

「鈴麗！　鈴麗はいる？」

「はいはいここにおりますよ！」

部屋の入り口のところで呼ぶと、待ちかねていた様子で鈴麗が出てくる。

「散歩に行くから一緒に来てちょうだい。あとは……あなたと、あなたも一緒に来てくれる？　案内してもらえると助かるわ」

本当なら鈴麗一人を連れていきたいけれど、国許から連れてきた侍女ばかり贔屓《ひいき》していると噂になっては困るから、ぞろぞろと三人の侍女を連れて出ることにした。

建物の外に出て歩き始めると、すぐに様々な色合いの衣を着ている宮女達に気がついた。

「ねえ、あの紺色の衣を着た人達は？」

「皇后様の宮に仕える者です。宮によって、衣の色が決められておりまして、蘭珠様にお仕えする私達は明るい黄色で統一しております」

鈴麗にも与えられた揃いの衣は、各宮ごとに色分けされているとのことだった。となると、見慣れない衣を着ているのは、客人ということになりそうだ。

――昨日も思ったけど、この庭園はややこしいのよね。

ぐるぐると歩き回っている間に、どこで何度曲がったのかわからなくなってしまった。ちらりと鈴麗の方に目をやれば、彼女も眉間にものすごい皺を刻み込んでいる。

「……ここはどなたの宮かしら」

「ここは、皇太子殿下のお住まいです」

侍女の一人がそう言った。そう、と返したきり、蘭珠はそこで立ち尽くす。

ということは、皇太子妃の住まいもこの近くにあるのだろう。

この宮の周囲を歩き回っている侍女達が身に着けているのは、水色の襦裙だ。肘からひらひらと垂れている披帛も美しい。

「……ここから、私の房まではけっこうあるのかしら？　歩いてきてはみたけれどどこがどうなっているのかさっぱりわからないわ」

「直線距離でしたら近いと思いますが、道は入り組んでますし……」

「そうよね。あなた達がいなかったら、戻るのに苦労しそう」

庭園は、樹木や花壇に塀といったもので通路が狭くなるように作られている。その細い道はうねうねと左右に曲がり、時には行き止まりもあって本当に迷路みたいな作りだ。

侍女の説明によると、ところどころに設けられた開《ひら》けた空間は、昨日推察した通り花や木々を鑑賞するための宴を開いたり、皇宮内の女性達が馬に乗ったりするのに使うらしい。

――ここから、急いで外に出るとしたらどうしたらいいかしら。

蘭珠は周囲に目をやる。何度も歩き回って、最短の距離を見つけ出すしかなさそうだ。

「何を考えてらっしゃるんですか」

侍女達から離れてぼうっと皇太子の住まいを眺めていたら、鈴麗が蘭珠に近寄ってくる。

「この庭園から逃げるなら……どの道を通るのがいいのかしらって。景炎様の宮は比較的に楽に逃げられそうだけど、皇太子の宮はだいぶ奥の方でしょ？」

「そうですねぇ……屋根の上とか走ってみます？　あと、灌木で区切られている場所は無理ですが、塀の上は走れそうでしたよ」

たしかに屋根や塀の上を走るというのは、一つの手ではあるけれど、例えば火災が発生した時のことを想定するとちょっと怖いし、そういうところを走るような訓練は受けていない。

——抜け道みたいなものがあるはずなんだけどな。

きっと巧みに隠されているのだろうが、こういうところでは抜け道も用意されているはずだ。

「なんだ、お前逃げるつもりなのか」

「景炎様っ」

背後からがしっと頭を掴まれて蘭珠は声を上げた。彼の手は大きくて、蘭珠の頭を軽々と掴むことができた。その力と大きさにどきりとする。

少し離れた場所にいた大慶帝国の侍女達が恐れ入った様子で頭を下げた。

——し、心臓に悪いったら！

彼が気配を一切感じさせなかったのも怖い。人の気配を感じる訓練も一応はしてきたはずなのに。

「な、なぜ……こちらに……？」

「国境までお前を迎えに行けと言ってくれたのは、姉上だからな。その礼をしてきたところだ」

蘭珠に会えて嬉しいとの気持ちを表すかのように彼は蘭珠の頭を手でかき回した。

春華の住まいは、ここから少し行ったところにあるそうだ。

――景炎様が助けに来てくれなかったら、どうなってたんだろう。春華公主は、今のところ景炎様の味方？

春華は戦史本編の世界では、物語中最大の悪女だった。彼女の思惑についても一度きちんと探っておいた方がいいかもしれない。

蘭珠の目の高さに自分の目の高さを合わせ、景炎は正面から目をのぞき込んでくる。

――警戒されているというか、面白がられてる気がするのよね……。

彼は、蘭珠の意表をついたところから現れる。

「これからお前のところに行こうとしていたら、逃げるとか言っているのが聞こえたから声をかけてみた」

「に、逃げるというか――どこに行っても、避難経路は大切でしょう？」

それもまた本当のことだから、言い訳としてするすると口から出てきたけれど、こうして真正面から目をのぞかれるとそわそわしてしまう。後ろ暗いところがあるとは、思われたくないのに。

「蘭珠は心配性だな」

「……それは、そうかもしれませんけれど」

「心配性なくらいでちょうどよいんでございますっ！　何があるかわかりませんからね！」

うろうろと視線を泳がせている蘭珠を背後にかばうようにして、鈴麗が立ち塞がる。

「お前な、もう少し俺を信頼しろ。蘭珠の夫になる男だぞ？」

「まだ、なってません！　婚儀が終わるまでは、鈴麗は信用いたしません！」

「鈴麗、用心深いのはいいことではあるんだがな……ま、いいか」

「ぎゃーっ！」

——あ、鈴麗も軽くあしらわれてる。

蘭珠にするように鈴麗の頭もぐしゃぐしゃにかき回している。悲鳴を上げた鈴麗の様子がおかしくて、蘭珠は思わず噴き出した。

「悪かった、用心深いのはいいことだ。抜け道を一つ教えてやるから機嫌を直せ。ああ、他の侍女達は先に帰れ。鈴麗だけついてこい」

むぅっと唇を尖らせていたら、景炎は笑いながら鈴麗以外の侍女達を追い払ってしまった。そして、するりと蘭珠と鈴麗の間に入り込む。

「いつの間に……！」

声を上げる鈴麗にはかまわず、景炎は蘭珠の手を引いて歩き始めた。

——だから、困るのよ……こういうのは。

大きな手に自分の手が包み込まれる感触。

剣を握ることの多い蘭珠の手は、公主の手にしては、少しごつごつしている。景炎の手はもっとごつごつしていて、その手が蘭珠の手を包み込む。

指を絡めるように手を繋がれたら、そこから彼の体温が伝わってくる。

——生きてる。

その体温に、安堵した。彼は、生きてる。蘭珠のすぐ側で。

そしてこの温かさに、心臓が早鐘を打ち始めるから……困る。

ちらりと背後に目をやれば、鈴麗は目を伏せながら数歩離れたところをついてきていた。

「よかったのですか？　こちらの侍女達を帰してしまったのに、鈴麗だけ連れてきて」

「いいだろ。どうせ、お前と二人になろうとしても、鈴麗は離れないだろうし」

そんな会話をしている間も、なんだか耳が熱くてしかたない。自分で自分の感情がうまく制御できない。何か言わねばと思うのに、言葉が喉に詰まってしまったみたいだ。

「蘭珠？　何が気に入らない」

「ごめんなさい、気に入らないわけではなくて――ええと、手……手、が気になる……から」

「手？　気にするほどのことじゃないだろ。どうせ、あと三月《みつき》もすれば婚儀なんだから」

手を引き抜こうとしたら、逆に強く掴まれた。それだけではなくて、そのままぐっと引き寄せられる。

「ひゃあっ！」

「――ぎゃあっ！」

続いて景炎の手が肩に回されたから、蘭珠の悲鳴と鈴麗の悲鳴が重なった。

――耳が、熱い。

自分は今、どんな顔をしているんだろう。それがわからないから怖い。

ただ、彼を死なせたくないと、夢中でこの十年を過ごしてきた。それなのに、当の本人を目の前にしたら、適切な言葉を見つけることさえできない。

「婚儀まで……！　婚儀までは……！」

鈴麗の声が後ろから聞こえてくるけれど、景炎は気にしていない様子だ。蘭珠の肩にかけられた手に力がこもる。

「ぎゃあああああっ！」

柔らかな感触。こめかみにそっと景炎の唇が触れて、後ろにいる鈴麗がまた悲鳴を上げる。

「蘭珠、このくらいは、許せ」

そうささやく声は甘くて、蘭珠の心の奥まで入り込んでくる。また、頬が熱くなった。

――許せと言われても……嫌じゃないっていうか、むしろ嬉しいっていうか。

再び景炎は歩き始め、しばらく行ったところで足を止めた。石造りの塀の前に飾られている大きな庭石の前だ。

「ほら――ここから、近道をすることができる」

「この、庭石ですか」

「そうだ。よく見なければわからないが、この石は簡単に動かすことができるから見てろ」

景炎が片手で石を押すと、あっさりと石が動く。蘭珠は目を見張った。石がどかされた後には、人一人くぐることのできそうな穴が空いていたからだ。向こう側にも庭石が飾られていたけれど、こちら側から押したら、すぐにどかすことができた。

その穴をくぐり抜けて向こう側に出ると、なんとそこは先ほど景炎と顔を合わせた場所だった。

何度も角を曲がり、ぐるぐる回ったから、正確な距離をはかることはできないけれど、歩いた速度とかかった時間から考えると、普通の道を移動した距離は数キロというところだろうか。それがあっさり短縮できてしまった。

「私達に教えてしまってよかったんですか？」

「まあな。このくらいなら、たいしたことはない。ここは、侍女達も使っているから教えてもいいんだ。他に、皇族しか知らない道もあるが、それは教えてやらない」

「ありがとうございます。覚えておきます」

――他の道も見つけておかなくては。

全てを見つけ出すことはできなくても、ある程度把握しておけば、もっとこの皇宮内で動き回りやすくなるだろう。

景炎を死なせないために何ができるのか。蘭珠が考えなければならないことは、まだまだ多い。

「景炎様、お願いがあるのですが、聞いていただけます？」

「俺にできることか？」

「剣の稽古をしたいんです。国境を過ぎた後、稽古する機会がなかったから、腕が鈍《なま》ってしまったような気がして。どこかいい場所をご存じありませんか」

「なんだ、そんなことか。それなら、俺が相手をしてやる。鈴麗とまとめてかかってきてもかまわないぞ」

それを聞いて、俄然やる気になったのは鈴麗だった。衣の袖をまくり上げて、指をぽきりと鳴らす。

「やりましょう、蘭珠様。ふふふ、腕が鳴ります」

「鳴らしちゃダメだってば！」

目が据わり始めた鈴麗を蘭珠は慌てて止めた。本気になったところで景炎にはかなわないだろうけれど、何かとよろしくないような気がしてならない。

「俺にかなうと思うなよ。そうだな、あまり人目につかない場所の方がいいだろう。国境でのことがあるから、剣を使えるのは知られているだろうが、どの程度の腕なのかまでは知らしめる必要もない」

「ありがとうございます！」

蘭珠は思いきりよく頭を下げ、景炎は落ち合う場所を指定してくれた。


急いで部屋に戻ると、動きやすい服装に改めて、待ち合わせの場所に向かう。そこは景炎の宮の陰にあって目立たない場所だった。

「えいっ！　この剣、こんなに重かった？」

とりあえず携えてきた訓練用の剣を振ってみる。前はもっと軽々と振り回していたような。

「国境を越えてから、素振りもしてませんでしたからねぇ……」

国では師匠がついて稽古していたけれど、ここでは違う。しばらく持っていなかっただけで、こんなに重く感じるなんて想像したこともなかった。

「早かったな。よし、二人まとめてかかってこい」

大剣を手にして待っていた景炎が、手を上げて挑発する。二人一度で大丈夫かなんて問えるはずもなくて、鈴麗と顔を見合わせる。

少しの間、そうしていたけれど、蘭珠はにっと笑った。

――劉景炎と剣を合わせるチャンスなんて、めったにないじゃないの！

たぶん、これは過去のファン心理と、彼の腕を知りたいという現在の好奇心が合わさったものだ。劉景炎はこの世界では稀代の武人として知られているし、物語中では、六人の英雄のうちで一番の達人だった。

主人公である林雄英に剣の稽古をつけてやったり、新しく仲間に加わった兵士に指導してやったり。暗殺者に林雄英が襲われかけた時、真っ先に剣を取って彼をかばったのも景炎だった。

国境で盗賊達に襲われた時には、彼の腕を確認している余裕なんてなかったから、どの程度なのか見てみたいという気持ちもある。

間違いなく蘭珠と鈴麗二人でもきっとかなわない。ならば、真剣にやってみてもいいではないか。全力でぶつかってみたら、その先に何か見えるかもしれない。

「ふふん、後悔しても知りませんからね！　蘭珠様、お先！」

あっという間に剣を抜いた鈴麗が、景炎に打ってかかる。

「――速いっ！」

思わず口をついて出たのは、彼があまりにも素早かったからだ。とはいえ、蘭珠も先に行った鈴麗を追っていた。

景炎がさっと鈴麗を躱したところに、すかさず蘭珠がつっこむ。上段から振り下ろされた蘭珠の一撃は、軽く剣を合わせただけで弾かれる。

——そうよね、こちらの剣は軽いから……。

蘭珠も鈴麗も、力という点では普通の男性にすら及ばない。だから、身のこなしを徹底的に学び、技術と速度で相手を上回ろうと心がけてきた。

だが、景炎は蘭珠の速度をあっさりと上回ってきた。蘭珠を軽くいなして、にやりと笑って見せる。

「今度はこちらから！」

蘭珠が弾かれたのを見て、すかさず鈴麗が斬りかかる。

——今なら。

景炎が鈴麗の方に向きを変えたのを見て、蘭珠は彼の背後に回り込んだ。鈴麗とはずっと一緒に剣の腕を磨いてきた。だから、鈴麗と組んでかかればそれなりの戦いができると思っていた。

斬りかかってきた鈴麗を軽く足をさばくことで避けた景炎は、そのまま蘭珠の方には見向きもせずに振り下ろされた剣を受け止めた。

「あっ……！」

一瞬力比べになるが、圧倒的に蘭珠の方が分が悪い。

退こうとしたその刹那。彼が勢いよく剣を跳ね上げた。蘭珠の方も力一杯打ち込んでいたものだから、うまく流すことができずによろめく。

手にしていた剣を取り落とし、体勢を立て直すことができずそのまま倒れ込みそうになった。

「――おっと」

蘭珠がよろめくことまで想定していたのかと思うくらい的確な位置に、景炎の腕が差し出された。抱き留められる形になって、かっと頬が熱くなる。

「あ……ありがとう、ございます」

「立てるか。怪我はないか」

「大丈夫です……参りました……もうちょっといけるかと思ったのですが」

降参の印に頭を下げ、それから地面に落ちた剣を拾い上げる。鈴麗も剣を収めて、頭を下げた。

「二人とも、悪くはないな」

「そんなこと言われても、説得力ないですよ。鈴麗と二人なら、あと二度くらいは打ち合えると思ったのに」

剣を片手に文句を言ったら、愉快そうに景炎が破顔する。それから彼はもう一戦しようと誘いをかけてきた。悔しい。このままやられっぱなしでは悔しいじゃないか。

「――鈴麗」

名を呼んで鈴麗の方に目をやったら、彼女も同じ意見みたいだった。それだけで、次にどう動くべきかすぐに理解する。

「左から行くわ！」

「私は右からっ！」

今度は鈴麗が先にかかり、上段から狙いを定め――と見せかけておいて上半身を横なぎに払う。蘭珠が続いて上から振り下ろした剣を、景炎は素早く飛び退くことでかわす。

「まだまだぁっ！　鈴麗っ！」

「はいっ！」

今度は鈴麗が足下を、蘭珠が上半身を狙う。ガシンッと金属同士がぶつかり合う音がして、鈴麗と景炎が迫《せ》り合いになる。

「行っけぇ――！」

せめて一太刀。景炎の肩に狙いを定めるも、彼は鈴麗を身体ごとはじき飛ばした。

捻るような身体の動きとともに、蘭珠の剣を受けとめる。激しく刃がぶつかり合って、じんと手に痺れが走り、蘭珠の剣が再び宙に舞った。

「うー！」

悔しくて、うなり声が出る。

鈴麗と二人がかりでも、一太刀も浴びせることができないなんて。情けなくて唇を噛む。

最低限、自分の身さえ守れればいいと思っていたけれど、もし、送り込まれてきたのが景炎並みの腕の持ち主だとしたら、逃げるための道を開くことさえできないだろう。

「……もう一度、お願いできますか？」

痺れる手をさすり、取り落とした剣を拾い上げてたずねれば、にっと笑った景炎が無言のまま手をひらひらとさせた。

むかっとして、鈴麗と顔を合わせた蘭珠は、剣を握り直して景炎に打ちかかる。踏み込みが浅いだの、敵の動きを予測しろだの、景炎はその度に声をかけてくれた。

むっとしたのは最初だけ。剣を合わせる度に楽しくなってきて、いつの間にか時を忘れていた。

「……さすがに……もう、無理……！」

蘭珠が音を上げた時には、日もだいぶ傾きかけていた。

「なんだ、存外だらしないな」

「――だ、だらしないって！　何刻打ち合っていると思ってるんですか！」

蘭珠が侍女達を連れて皇宮の探検に出かけたのは、昼餉《ひるげ》を終えてさほど時間のたたないうちだった。それから皇太子の宮から少し離れたところで景炎に会って、彼の宮に戻りながら抜け道を一箇所だけ教えてもらって、その後ここで待ち合わせをした。

それ以降ずっと打ち合っている。もうすぐ日は完全に沈んでしまうだろう。

景炎の体力は正直化け物じみているんじゃないかと思う。さすがにこんなことは戦史本編を読んでいた時は想像もしていなかった。

日本の時間に換算するならば二時間以上は動きっぱなしだったわけで、身体のあちこちが痛い。

「鈴麗、あなた無事？」

「……明日は身体中痛くなりそうです」

「私もよ。景炎様ったら、限度を知らないんだもの」

顔を見合わせてため息をついたら、景炎が不満そうな声を上げた。

「お前達が飽きずにかかってくるからだろうが。そうじゃなかったら、俺だってここまでやったりしない」

「……そうですね、ありがとうございました。すごく勉強になりました」

「俺が時間を取れる時は、いつでも相手をしてやる。自分の身は自分で守りたいという心構えでいてくれるのは俺としても安心だからな」

「な――ちょっと！　それは困りますっ！」

大きな手で頭をかき回されたから、今の打ち合いで乱れた髪がさらに乱れてしまった。慌てて髪を撫でつけながら、蘭珠は唇を尖らせる。

――なんだ、大丈夫じゃない。

初対面の時には縁側から転がり落ちたし、次に会った時には蘭珠は敵の返り血を浴びて全身どろどろだった。

それから会話する機会もあまりないままここに来てしまったから、正直なところ不安もあった。嫌われるのではないかと思ったりもしたけれど、少なくとも彼は蘭珠に敵意は持っていない。

彼とはうまくやっていくことができそうだ。


こうして新しい生活が始まったけれど、三月後の婚儀の準備に蘭珠は追われていた。

なにせ、長い儀式の手順を全て頭にたたき込まなければならないのだ。

前世で受験は経験してきたけれど、その百倍くらい覚えることが多そうだ。間諜の訓練も大変だったが、あれは自分の命がかかっていた。だからさほど大変だとは思わなかった気がする。

——こんなの、受験勉強の百倍大変じゃないの！

と内心で嘆いたけれど、当日までになんとかするしかない。

それから婚儀の時に身に着ける花嫁衣装の準備。

赤と金で仕立てられたそれに、集まってくれた侍女達と一緒に刺繍を施していく。

大部分は既に職人の手によって繊細な模様が刺されているけれど、仕上げに花嫁自身の手で刺繍を施すのがこの国の決まりなのだそうだ。

時間があれば自分で仕立てるところから手を動かす花嫁もいるそうで、侍女達にとっても腕の見せ所だった。皆、張り切って手伝ってくれる。

午前中のうちにやらねばならないことは片付けてしまって、午後になってからは鈴麗を相手に剣を打ち合わせたり、皇宮内を探索してみたり。

この国に来て一週間のうちにそんな習慣ができあがっていた。

「鈴麗、皇宮内の侍女達の顔は覚えた？」

「ええ、だいたい覚えました。名前も覚えましたよ」

皇宮内に誰がいるのか、ある程度は押さえておきたい。互いの宮の人間関係を知るためにも、各宮の人間を把握しておくことは必要だ。

「私は、まだだわ。あなた達はどう？」

蘭珠達が問いかけると、全員の名前を覚えているだの、新参者はなかなか覚えられない、だのとおしゃべりが始まる。

皆で和やかに話していたら、誰かが訪れる気配がした。

「蘭珠様、春華公主の使者がお見えでございます……こちらを」

立ち上がった侍女が持って戻ってきたのは、挨拶をしたいのでこちらに来てほしいという春華の文《ふみ》だった。

「あら、まあ……ええと、この場合どうしたらいいのかしら？　教えてくれる？」

大慶帝国の侍女達を見やれば、一斉に弾かれたように立ち上がる。

一人が長衣を取りに走り、別の者が髪を整えてくれる。今まで羽織っていた長衣が引き剝がされて、豪奢な刺繡を施した長衣が肩にかけられ、さっと化粧を直せば出かける支度が完成する。

春華公主の宮に行くと、侍女が茶を振る舞ってくれるということで、鈴麗とは離れ蘭珠だけが春華の部屋に通される。

招き入れられた部屋は、薄桃色を基調に整えられていた。白い壁の上から、薄桃色の紗《しゃ》がかけられている。敷物も薄桃色の絹で作られたものだった。螺鈿《らでん》細工の施された紫檀《したん》の家具。隅に置かれた翡翠《ひすい》の香炉からは、よい香りが漂っている。

「――陽蘭珠でございます」

「お待ちしていたわ。お疲れのところ、呼び立ててしまって悪かったわね」

「……いいえ、それはかまわない……のですけれど」

あいまいに微笑みながら、蘭珠は春華公主の様子を確認した。

後宮の、実質的な第二の権力者。

背はどちらかと言えば高い方だ。大国の公主として生まれた自信からなのか、立ち居振る舞いは堂々としている。季節の花を細やかな細工で刺繍した襦裙は、蘭珠の目から見ても見事な品だった。

切れ長の涼やかな瞳は、どこか景炎の面差しにも似ていると思う。ぽってりとした赤い唇、女性らしい豊かな曲線を描く身体。

——傾国の美女って、こういう人のことを言うのかもしれない。

「さ、そこに座ってちょうだい」

「素敵なお部屋ですね」

「いいでしょう、自分で何年もかけて作ったのよ。景炎とはどう？　仲良くやっていけそう？」

「ええ、とても優しくしてくださると思います」

その発言に嘘はなかった。春華は蘭珠に親しげな笑みを向けてくれる。

——でも、この人を完全に信じるのは危険……よね。いずれ……敵になるのだから。

劉春華。景炎の異母姉であり、皇太子龍炎の実の妹。後宮内で現在皇后に次ぐくらいの権力を持つ彼女は、いずれ悪女化するはずだ。それも物語最大の悪女。

そんな蘭珠の内心を知っているのかいないのか、春華はまた笑みを浮かべた。

「あなたは、この皇宮の事情がよくわかっていないと思うから、話はしておこうと思って。姉のように思ってくれてもいいのよ」

「お気遣い、ありがとうございます」

優しげに語りかけてくる春華を見ていたら、蘭珠は国内に嫁いだ姉のことを思い出した。

——まるで、本当のお姉様みたい……とはいえ、油断はできないのだけれど。

つい、蘭珠の全てを受け入れてくれそうな春華の微笑みに取り込まれてしまいそうになるのが怖い。

「景炎の立場は……さほど強くないもの。正妃にあなたを迎えたのもその証。あなたを、兄——ああ、皇太子の龍炎のことよ——その兄の妃の一人に、という話もあったのだけれど。玲綾国は小国だから、大臣達が皇太子の妃にはふさわしくないと反対したのよね」

蘭珠の前でくつろいだ様子で座っている春華は、鷹揚な仕草で扇子を開く。緩やかな風を自分に送りながら、扇子越しに蘭珠を流し見た。彼女が扇子で仰ぐたびに、ふわりとよい香りが漂う。

「皇太子には気をつけなさい。私の兄ではあるけれど……景炎を追いやろうと必死だわ」

「なぜですか？　皇太子殿下が国を継ぐともう決まっているでしょうに」

この国に来た蘭珠の立場では、知らない方が自然だろう。そう装った方が情報を引き出しやすいと、驚いたような声音で返す。

「……景炎に人望があるからよ。家臣達は彼を慕っている。次の皇帝である皇太子をないがしろにしたりはしないだろうけれど……景炎に心を寄せる者も多いでしょうね」

「そうなのですか……それは、知りませんでした」

そう返したけれど、本当は間諜達からの報告で知っていた。

皇帝は、龍炎を皇太子と定めたが、家臣達の人望は景炎に集まっている。龍炎もそれなりに優秀な人間ではあるのだが、景炎と比較するといささか物足りないというのが周囲の見解らしい。

だからと言って、皇帝が理由もなく皇太子を廃嫡するはずもないし、家臣達が景炎を祭り上げようという動きも今のところはない。だが、それでも不安を抱いた龍炎は、景炎を排除する機会をうかがっているのだという。

情報として知ってはいても、この国で生きてきた人の口から聞かされれば重みが違う。

「いいえ、あなたがわかってくれるのなら、それでいいの。景炎の身の周りに気をつけてあげて」

「私で、できますかどうか――でも、精一杯、お勤めさせていただきます」

手をついて、蘭珠は頭を下げる。

こんな優しげな女性が本当に悪女となるのかわからない。必要以上に敵を作ることもないし、今のところは仲良くしておいた方がいいだろう。


春華との面会を終えて自分の部屋に戻ろうとしたら、するりと鈴麗が近づいてきた。外で待っている間、春華付きの侍女達と噂話をしていたらしい。

「春華様のことですが……あのお年でまだ後宮にいらっしゃるのは不自然だとは思いませんか?」

「でも、去年婚約者の方が亡くなったのだから、当然でしょう?」

春華は皇后の娘であるから、公主達の中でも一番身分が上とされている。後宮内の権力が皇后に次ぐということは、彼女を妻に迎えたいと思う者はいくらでもいるはずだ。加えて景炎と同じ年である彼女はとっくに嫁いでいてもおかしくはない。

それができないのは、彼女が現在、喪中だからだ。

「それに、三年前にも婚約者の方が亡くなったって……『三海』の女将のところからも報告があったじゃない。すぐに結婚する気にはならなくてもおかしくはないと思うけれど」

最初の婚約者については有力貴族の息子という情報しか入手できていないが、昨年死んだ婚約者については同じく貴族で、かつ立派な武将だったという話を聞いている。となれば、戦死したという可能性も十分に考えられた。

「いえ……そうではなくて、皇太子殿下に暗殺されたというのがもっぱらの噂です。侍女が口を滑らせました」

「暗殺……？」

あまりの言葉に、蘭珠はそれ以上何も言うことができなかった。

たしかに、身内の配偶者であっても意に沿わない相手を暗殺するというのはよく使われる手だ。

「……でも、なぜ？」

「お相手が、景炎様の友人だったからではないかと」

「……そんな」

武人肌である景炎には友人も多い。会ったことはないけれど、景炎がしばしば彼らの屋敷に招かれているらしいと言うのは蘭珠も知っていた。

「だからって……そんな、暗殺なんて」

「春華公主と景炎様の仲が近づくのを恐れたのでしょう。公主を妻に迎えたとなれば、景炎様の友人の発言力も増すでしょうし、ご友人ならば皇太子のためではなく景炎様のために動くでしょうから」

景炎に味方する者にこれ以上力を持たせたくないという龍炎の気持ちもわからなくはない――けれど。

「何も、そんなことまでしなくたって」

――春華様は、自分の身に起こった出来事を、どう思っていらっしゃるんだろう。

春華は、今日、そんなことを話したりはしなかった。

油断はできない。

けれどその不遇さを考えると、今のところは春華とはいい関係を構築しようと改めて心の中で決めた。

第三章

景炎の許可をもらい、鈴麗と護衛を伴って街中に出かけたのは、大慶帝国に入って二週間が過ぎようかという頃だった。今日、景炎は用事があって留守にしているというから、彼がいない間に自由に街中を見て回るつもりだったのだ。

蘭珠は、鈴麗とともに馬車に乗り込んで皇宮の外へと出た。もちろん、護衛の兵士達が馬車の周囲を囲んでいる。

街中の空気を肌で感じたかったから、街に着いたら馬車は待たせておくことにした。鈴麗と並んで歩く蘭珠を、少し離れたところから護衛の兵士達が見守っている。

「蘭珠様、どこから行きましょうか」

初めて成都を歩き回ることになって、鈴麗はわくわくしているみたいだった。

「ええとまずは書物でしょう、それから装身具を見て……お腹が空いたら、『三海』に入るのもいいわね」

「では、まずは書店に参りましょうか」

紙を製造する技術は一般化しているものの、印刷技術はまだ完成していない。だから、書物というのは筆写するしかなくて大変高価なものだった。

「何の書物をお探しなのですか」

「この国の歴史を書いたものがあるといいわね」

「でしたら、景炎様にお願いしたら入手してくださるでしょうに」

「そうかもしれないけれど……景炎様のところには届かないような書物を探してみたいと思って」

高大夫の協力を得て蘭珠が育てた『百花』の間諜達からは、さまざまな報告が上がっている。

その情報を取捨選択する術も蘭珠は学んでいたけれど、まだ、足りないものがいろいろあるとも思っていた。

「この国では田大臣が権力を持っているでしょう。皇太子に娘を嫁がせるくらいだもの。どうしてそうなったのかとか、そういうことを知りたいのよね。景炎様はよくご存じだろうから、ご自分でそのあたりのことが書かれている本を持っているとも思えないし」

学士達が書いたり訳したりした書物は、人の手によって写されて世の中に流通している。数は少ないから、書店に流れているものは少なく、たいていは自分の屋敷で写し、自分の屋敷で保管するものだ。けれど、書物の持ち主である学者や貴族が亡くなったり、金銭に困窮して売り払った時などには、大量の書物が世の中に出ることがある。

蘭珠が今向かおうとしているのは、そういった書物を扱っている店の一つだった。

「ああ、ここね。あなた達は、店の外でしばらく待っていてちょうだい」

護衛の兵士達にそう言い置いて店内に入ったけれど、目的に合う書物は見つからなかった。見つかったら連絡してもらえるように頼んで外に出る。

それから装身具を商う店に行き、宮中の侍女達の口を軽くするための安価な髪飾りや腕輪を買い求める。今日留守番をしてくれている侍女達への土産にする銀の髪飾りも。

「次はどちらに行かれますか？」

護衛の兵士に問われて、蘭珠は微笑む。

「そうねえ……『三海』にしようかしら。店内でお茶が飲めるのでしょう？　茶房って行ったことがないんだもの」

先ほどから思いつきのように話しているが、実はその店に行くのが今日の蘭珠達の一番の目的だ。幸い、ここからさほど遠くないところにあるからそちらに向かっても不自然ではない。

店は混み合っていたけれど、すぐに二階にある個室に通される。護衛の兵士達は、やはり店の前で待たされることになった。

彼らには少し申し訳ないのだが、全員店内に入れるわけにもいかないのでしかたない。

やがて、茶菓を運んできた女将が、蘭珠の前で頭を下げた。

「女将でございます」

「久しぶりね。元気そうでよかった！」

「ええ、亭主も大事にしてくれますから幸せでございますよ」

「本当に、よかった」

案内してくれた女将が幸せそうなことに安堵して、素早く情報交換を行う。蘭珠は、皿に盛られた菓子に手を伸ばした。

「今日食べて気に入ったから、今後も鈴麗を使いにやるってことにするわ……あら、本当においしい。今日、留守番してくれている侍女達への土産にしたいから、日持ちするお菓子を詰めてもらえるかしら」

「かしこまりました」

一礼した女将が去ると、鈴麗もほくほくした顔で皿に手を伸ばした。

蒸しパンのような菓子は優しい甘さでおいしい。いくつでも食べられそうだ。本来は、中秋節《ちゅうしゅうせつ》という月見の行事の時に食べるものなのだが、こちらでは一年中流通している甘い餡を詰めた月餅《げっぺい》もある。

「あまり待たせるのも気の毒ね。女将がお菓子を持ってきてくれたら帰りましょ」

窓からちらりと下を見れば、護衛についてきた兵士達が待っているのが見える。彼らが立っていることで、店に入るのを諦めてしまった客もいるみたいなので本気で申し訳ない気分になってきた。

「こちらのお饅頭、おいしいですよ」

「そうね。いただくわ」

口いっぱいに菓子を詰め込んで、鈴麗がもぐもぐとしているのを見ていると、なんだかほっこりしてきてしまう。蘭珠も手を伸ばして、蒸籠に入って運ばれてきた饅頭を手に取った。

小麦粉を練った生地に甘い餡を包み、蒸したもの。わかりやすく言えばあんまんだ。

前世では、コンビニエンスストアに並んでいるのをよく見かけていた。冬場の朝食には肉まんかあんまんを食べることも多かったから、懐かしくなってくる。

――帰れるはずがないのもわかっているんだけど。

こちらの世界に完全に馴染んでいるけれど、不意にこうして過去の記憶に囚われそうになる。きっと、いつかこの記憶もさほど気にならなくなるのだろうけれど。

「どうかなさいました？」

「ううん、なんでもないの。ああ、女将がお菓子を持ってきてくれたわ。鈴麗、籠を持ってちょうだい」

鈴麗に持ち帰り用の籠を持たせ、店の外に出たら、そこに意外な人間が待ち構えていた。

「女の買い物は時間がかかると言うが、ここまで時間がかかるとは思ってなかったぞ」

――なんで、この人がここにいるのよ！

驚いた蘭珠を見て、景炎はにやりと笑う。悪びれない様子の景炎に、蘭珠はすっかり目を丸くしてしまった。

「お前達、ここはもういい。自由時間にしてやるから、夕方には持ち場に戻れ。蘭珠は俺と一緒に来い」

「あ――待ってください、景炎様！　なんで！　ここにいるんですか！」

たしか、今日、景炎は用があって留守にすると言っていた。だから、彼が戻る前に帰ればいいと思っていたし、外出の許可を求めた時も、彼は何も言わなかった。

「なんでって、今日の市中見回り当番は俺だ。そしてその役はもう終わって、夕方まで暇だ。お前が街に出てきているんだから、合流したっていいだろう」

「そ、それはかまいません……というか――今日市中見回り当番だって聞いてないです！」

「だろうな。明日の当番だったのをさっき代わってもらったから」

蘭珠を見る彼の目元が柔らかくなった。蘭珠の髪を撫でつける彼の手は、どこまでも優しい。落ち着かない気持ちになって一歩後退しようとしたけれど、彼は蘭珠の手を摑んでそれを許さなかった。

――代わってもらった、って。

それは、蘭珠と一緒に街中を歩いて回りたいということだろうか。頰に血が上るのを自覚して、落ち着きなくもじもじしてしまう。

「ええと、でも」

「俺と一緒では、不満ということか？」

――そういうわけじゃないけど。

不満なんて、あるはずない。景炎が蘭珠の方へ長身を屈めて正面から目をのぞき込んでくる。すごく近い位置まで顔を近づけられて、蘭珠は目のやり場に困ってしまった。

けれど、彼の目に探るような色があるのに気がついて、ひゅっと背中が冷たくなる。

恋愛感情か違う感情かは別問題として、彼の蘭珠に対する〝好意〟は間違いのないところだ。だが、それとは別に〝警戒〟しているのも彼の表情からわかってしまう。それは再会した頃から変わらない。

――そうよね、当然よね。

「どうした。不満か？」

もう一度問われ、ぶんぶんと首を横に振る。彼の思惑がどうであれ、一緒に来てくれるというのを拒む理由はない。というより、純粋に蘭珠が彼と一緒に歩きたいのだ。

――疑われてもしかたない状況だし。

人に言ってはいけない秘密を抱えている自覚はある。

何より、これから何が起こるのかを知っている、ということを景炎には知られたくない。きっと、そんなことを口にしたら、魔物でも見たような目で見られるだろうから。

「お前、この店よく知っていたな」

「し……知っていたわけではないです。成都に来た日、前を通りがかったから気になって」

「そうか？　最近、人気なんだぞ。女将が玲綾国出身で、そちらから持ち込まれた菓子が人気だと姉上が言っていた」

春華と景炎は、比較的よく行き来しているらしい。

――春華様が、景炎様に近づく理由なんてあるのかな。

今のところ、景炎の宮中における立ち位置というのはさほど有利というわけでもない。冷遇されているというわけでもないが、皇帝は皇太子の方に意識を向けている。

「よし、それでは行くか。外出は、どうだった？」

彼が先に歩き始めるから、蘭珠も彼に従って歩き始める。籠を持った鈴麗が、さらに後ろからついてきた。

「どうって……そうですね、お茶もお菓子も美味しかったです。国にいた頃は、茶房に入ったことがなかったので、楽しかった……です」

「そうか。では、今度一緒に行ってみることにしよう」

「……あっ、そんな、景炎様が行くような……」

彼を止めかけて、それが不自然な言動であることに気づく。あの店は茶だけではなくて酒も出す。景炎が行ってみたいと思っても不思議ではない。

――『三海』に、あまり景炎様を近寄らせたくないんだけど。

なんだか、彼には全てを見透かされてしまいそうな気がする。

「俺と一緒では嫌か。どうせなら、お前と一緒に行きたいんだけどな」

彼がむくれた表情になる。警戒ではなくごく自然な表情だ。そんな表情を見せてくれるのは嬉しい。蘭珠こそ、彼の目を警戒しなければいけない立場なのに、それがどんどんと崩されていく。

「いえ、そんなことないです……今度は一緒に行きましょう。あとは小間物屋と反物屋も見てみたいと思ってました。刺繍糸と、手巾《ハンカチ》にする布が欲しくて」

――景炎様が喜ぶかどうかは……わからないけれど。

こちらの世界では春を告げるウグイスが、幸福の象徴とされている。ウグイスを刺繍した手巾を渡したら、想いを告げることになるのだとか。蘭珠も景炎に渡す手巾を作るつもりだった。

結婚が決まっているのだから、今さら想いも何もないだろうけれど、少なくとも、感謝の気持ちを表すことくらいはしたいと思う。

「刺繍糸なら、頼めばもらえるだろうに。布も城の倉にたくさんあるぞ」

「そうですけど、自分の目で見て歩くのって楽しくないですか？」

こちらの世界に生を受けて十八年。今ではすっかり馴染んだ生活ではあるが、本来公主は気軽に街に出られるような身分ではない。めったにないこの機会を蘭珠は満喫していた。

「そう言えば、お前はよく出歩いているな。この間も、兄上の宮の近くで会った」

「宮にこもってばかりでは、身体も鈍ってしまうので散歩しているんです」

蘭珠は真面目に返したけれど、景炎は小さく笑う。笑われるようなことでもないと思ったから、自然とふくれっ面になった。

「何が面白いんですか？」

「ああ――いや、お前は悪くない。蘭珠公主は、病弱だと聞いていたから、まさか――こう出歩いているとは思ってもいなかった。丈夫になったと国境で会った時に言っていたが、あれは強がりではなかったのだな」

「あ、あれは」

蘭珠はうろうろと視線を泳がせた。

病弱設定は、国許にいた頃、自由に出歩くために作ったものだ。今、改めて口にされるとなんというか、落ち着かない。

「……それは」

後ろめたいところがあるから、蘭珠は視線を泳がせた。

そういった設定で公の場に出るのをサボっていた分、蘭珠は自分の好きなこと、やりたいことに熱中する時間を取ることができていたわけで。

「――景炎様がくださったお薬をせっせと飲んで、剣の稽古をして身体を動かしたからです。とても苦くてまずかったけど、ちゃんと全部飲みました」

失礼なのはわかっているが、落ち着きのなさをそうやってごまかす。その反応に景炎は笑った。

「そんなにまずかったか？」

「最近は慣れたけど、子供の頃は本当に苦くて。毎回、蜂蜜を用意してもらってたんですよ」

「それは悪かった。俺は飲んだことなかったしな」

「いえ、苦いのには慣れました……それより、贈ってくださったお気持ちが嬉しかった……です」

こうして話していると、蘭珠の知っている『彼』と、こちらの世界の『彼』が重なるみたいで嬉しかった。

剣の相手をしてくれるのも、庭の抜け道を教えてくれたのも。こうやって街中で顔を合わせたら案内してくれるのも――全部、彼の気遣いだ。

だから、ありがたく受け入れなくては。もちろん、蘭珠自身もそれを受け入れたいと思っていることであるし。

――死んでほしくないから。

蘇ってきた過去の想いにまかせ、強く景炎の手を握りしめる。

「どうした？」

「いえ……ごめんなさい、なんでもないです……ただ、その居心地が悪いというか、なんというか」

護衛の兵を連れている景炎の姿は、街中でもとても目立っている。その彼に手を引かれて歩いている蘭珠の姿もまた、とても目立っているみたいだった。

「なんだ、そんなことか——気にしなくていいのに」

「気にしましょう、景炎様」

人の視線を感じる度に、頭に血が上るような気がする。けれど、そんな蘭珠を連れて歩くのが、彼は楽しくてしかたないみたいだった。

◇◇◇

蘭珠のもとに一通の手紙が届けられたのは、景炎と出かけて数日後のことだった。

差出人は皇太子妃翠楽《すいらく》だ。使者が返事を待っているというので、その場で折りたたまれた文を開く。

——皇太子妃ってどんな人だったっけ。

皇太子龍炎とは、この国に来た時にすれ違ったけれど、翠楽とはまだ顔を合わせたことはない。

翠楽は『六英雄戦史』本編に、龍炎の正妻として登場する。

とはいえ、蘭珠がそうであったように、名前はついていてもほぼモブキャラ扱いで、ほとんど出番はなかった。彼女について知っているのは、そう遠くない将来皇后になるということと、彼女の地位を守っているのは父親である田大臣の権力ということだけだ。

――皇太子妃が、私に何の用なんだろう。

彼女の夫である皇太子龍炎と景炎は犬猿の仲とまではいかなくても、龍炎の方は一方的に景炎を嫌っている。だから、翠楽とて景炎の妃になる蘭珠に近づく必要はないはずなのだ。

――とはいえ、招待を受けないわけにはいかないし。

「明日、お茶をいかがとは書かれているけれど、私と何を話そうというのかしら。鈴麗、わかる？」

「さあ……蘭珠様から、何か情報を引き出そうとしているとか、でしょうか。皇太子は皇太子妃のところにはめったに顔も出さないそうですし……何か、景炎様の弱みを摑んで皇太子に取り入ろうとしているのかもしれません」

「そのくらいしか、私を呼び出す理由ってなさそうよね」

自分の夫の地位を高めるために、皇宮の妃達の間では微妙な争いが繰り広げられている。いよいよそこに突っ込んでいかなければならないかと思うと気が重い。

明日は特に予定もないし、断る理由もないが、特に仲良くしたいような相手でもないから「お招きありがとう」という気分にはなれないのだ。

――皇太子について、何か聞ける……かも……？

いらない波風も立てたくなかったし、結局、そう結論づけるしかなかった。

「返事を書いている間、皆は下がっていていいわ。終わったら呼ぶから」

そう命じておいて、出て行きかけた鈴麗を引き留める。

「この間『三海』で買ってきた菓子があったでしょう。皆で分けてちょうだい。杏仁酥だけ二枚残しておいて」

「かしこまりました」

女将からの報告書を受け取るためには、菓子の献上を命じるか鈴麗を使いにやらなければならない。いずれにせよ接触の理由を作るために、気前よく『三海』の菓子を侍女達にばらまくことにする。甘いものがあれば口も軽くなるから、せっせと宮中での噂話に花を咲かせてくれればいい。

「皇太子妃様についても話を聞いてまいりましょうか……？」

「お願いできる？」

春華のことばかりに頭がいって、皇太子妃のことを後回しにしたのは失敗だった。

――私に近づく理由って、他に何かある？

龍炎が景炎を追いやろうとしているのはわかっている以上、向こうの思惑に素直に乗ってしまうのもしゃくだ。

それでも、墨をすり、紙を広げ、文を書きながら大きく息をつく。

――この返事を書いたら刺繍をしよう。

誘いを受けると書いた返事を使いのもとまで運ばせる。それから、針道具を持ってくるようにと侍女に命じた。

花嫁衣装の準備も進めないといけないし、景炎に贈る手巾も仕上げてしまいたい。無心に針を動かしている方が健全だ。

手を動かす――考え込んで手が止まる――また、手を動かす――そんなことをしているうちに、昼食の時間となっていた。

昼食を終えてから、蘭珠は鈴麗を連れて庭に出た。

どのくらい強いのか知らなくても、蘭珠が剣を使うというのは侍女達も皆知っている。一緒に学ぼうと誘ったらついてくるかもしれないけれど、今はそんなつもりもないので鈴麗だけを伴っても不自然ではない。

練習場所へと歩きながら、蘭珠は鈴麗へたずねた。

「皇太子妃について、何か聞けた？」

「――あくまでも噂話の範疇《はんちゅう》ですけれど。権力者である田大臣の娘ということはご存じですよね」

「ええ、知っているわ」

先の戦で手柄を立てた田大臣はその後皇帝に重用されているから、娘の翠楽が皇太子妃の地位についても驚くほどのことではない。

「田大臣の正妻と皇后陛下が仲のよい友人ということもあって、皇太子妃は幼い頃からしばしば皇宮に出入りしていたようです」

宴があれば、翠楽は母親と共に呼ばれることも多く、自然皇子達とは幼なじみのような仲であったのも本当のことらしい。

「ということは、皇子達とは幼なじみってことになるのかしら」

「そういうことになりますね」

ということは、翠楽は蘭珠の知らない幼かった頃の景炎のことを知っているのかもしれない。

――やだな、私……皇太子妃に焼き餅焼いてる。

けれど、鈴麗は蘭珠の胸がちくりとしたことには気づきもせずに続けた。

「一時期は、春華公主のところに侍女として仕えていたこともあるそうです」

「そこを、皇太子が改めて見初めた――ということかしら」

皇太子龍炎と春華は、同母の兄妹だから、彼らの繋がりは他の兄弟達と比較するとかなり強いと思う。龍炎が春華に会いに行った時に翠楽と再会した、というのはありそうな話だった。

「いいえ、それが……、皇帝陛下と皇后陛下のご命令でのご結婚だったそうですよ。そのせいか、皇太子は不満を持っているようですね」

「では、夫婦仲はあまりよくないのかしら」

「残念ながら、そのようですね。皇太子はお妃様や愛妾を何人も持っているし……皇太子妃の住まいには滅多に通わないようです」

「……そう、なの」

――この後宮という制度には、やっぱり慣れないな。

と思ってしまったのは、たぶん、どこかに日本人としての感覚が残っているからだろう。一夫一妻制度ならよかったのに。

「皇太子妃は一心に皇太子を慕っているようではありますが……皇太子が、皇太子妃の宮を訪れるでもない話ですよ！」

のは、月に数回だという話ですね」

「それ以外の時は？」

「お気に入りの愛妾のところにいるみたいです。その愛妾もとっかえひっかえだし、まったくとんでもない話ですよ！」

拳を握りしめる鈴麗の話を聞いているうちに、だんだん憂鬱になってくる。

——景炎様はそうじゃないって思いたいけど……。

王家の血を絶やさないために、複数の妃を持つのも愛人を抱えるのも許されるどころか推奨されている。前世が日本人の蘭珠にとっては、受け入れがたい制度なのだが、何か言える立場でもない。

「でも、ようございました。少なくとも、景炎様はそんなことはなさいませんもんね」

鈴麗はほっとした様子で微笑んだ。

「え……そう？　そう……かしら？」

「そうですとも！　……ああああ、でもやっぱりダメです！　もっと蘭珠様を幸せにしてくれるように努力していただかなければ！　人望はあっても、皇子達の中では軽い扱いですからね！」

断言しておいて、鈴麗は目を泳がせた。

——少しずつ、景炎様のことを認め始めている？　この前の手合わせのせい？

それなら、それでかまわない。いや、その方が嬉しい。

その時には、いつもの練習場所に到着していて、蘭珠は上に羽織った衣を脱いで、鈴麗の方へ「始めましょうか」と声をかけた。

◇　◇　◇

翠楽の住まいは、龍炎の宮のすぐ側にある独立した房だった。

鈴麗を供に連れて、彼女の房を訪れた蘭珠は、素早く建物を観察する。

——皇太子の宮とは、屋根が続いてないのね。

蘭珠は婚儀までの間、景炎の宮と外廊下で繋がっている房を住まいとしている。庭に下りなくても行き来できる造りであったから、景炎は毎日ふらりとやってくる。

けれど、翠楽の住まいはすぐ側とはいえ、廊下で繋がっていない。夜、彼女のもとを訪れるのは少々面倒だろうと思えた。

——こんなに近くにいるのに。

翠楽が龍炎に対して、どんな思いを抱いているのかはわからない。けれど、蘭珠が景炎から同じような扱いを受けたなら、きっと胸が張り裂けそうな気がすることだろう。

蘭珠の訪れを待っていたらしく、翠楽は自ら外まで出迎えに来てくれた。

「どうぞ、中にお入りになって——侍女は、ここで待つように。私の侍女が相手をするわ」

翠楽が示したのは、房のすぐ横にある縁側だ。蘭珠が昔、景炎の目の前から転がり落ちた部屋も同じような作りをしていた。そこには茶菓の用意がされていて、少なくとも鈴麗についても歓迎する意思があるのだということを示している。

「侍女にまで、お心遣いありがとうございます。では、鈴麗、ここで待っていてね」

「行ってらっしゃいませ」

半分友人のような鈴麗だけれど、ここではきちんと主従の関係を表に出す。鈴麗は、翠楽の侍女と共に頭を下げて二人を見送り、蘭珠は翠楽に導かれるままに房に足を踏み入れた。

――そうね、すごく綺麗な人なんだけど……なんだか、あまり幸せそうには見えない。

一歩先を行く翠楽は、華奢な女性だった。病的なほどに色が白く、少し下がった眉と潤んだ目元のせいか、普通にしていても今にも泣き出しそうに見える。首も細く、高々と結い上げた髪と、そこに挿された豪奢な髪飾りがいかにも重そうで、今にも首が折れてしまいそうに見えた。

宮の中に一歩入ったとたん、よい香りが漂ってくる。

「いい香りがしますね」

「春華様からいただいたの。殿下はこの香の香りがお好みだから、と」

翠楽と、春華の間にも行き来があるということらしい。

――二人の仲がどの程度のものなのか調べておいた方がいいかも。

春華が翠楽と結んで景炎と蘭珠を陥れようとしている可能性も否定できない。

「そうなのですね。春華様には、私も先日ご挨拶させていただきました」

「私のことを妹のように可愛がってくださるの。私のことも、名前で呼んでくださる？」

「では、お言葉に甘えてそうさせていただきますね」

――つまり、自分は春華様と親しくしているのだと私に見せつけているのね。

皇太子妃でありながら、寵愛が薄いということもあり、皇宮内における翠楽の勢力はさほど強くない。とりあえず、自分が蘭珠より上の立場に立っていると見せたいのだろう。

それはともかく、この部屋は蘭珠の住まいとはかなり趣が異なっていた。蘭珠の部屋は茶と紺を中心に調えてあるのだが、この部屋は赤が多い。

――なんだか、落ち着かない。

むろん、宮で使われる赤だからけばけばしいというわけではなく、品よく調えられてはいる。けれど、この部屋に入るとそわそわしてしまうのはなんでだろう。

「以前からゆっくりお話ししてみたいと思っていたのですが……なかなか時間もなくて。婚儀の準備は進んでいますか？」

「……ええ」

――美人なんだけど……覇気がないというか薄幸そうというか。

それから蘭珠が携えてきた手土産を差し出し、翠楽からは彼女自らいれた茶が差し出される。

「さあ、召し上がれ。お口に合うといいのですけれど……」

「変わった香りのお茶ですね」

鮮やかに彩色された陶器の茶碗を手に取ると、なんとも言えない香りが立ち上った。

「実を言うと、蔡国との国境近辺でのみ作られているお茶なの。だから、なかなか手に入らなくて……」

「そうなんですね。初めていただきます」

大慶帝国と蔡国との仲はあまりよろしくない状況が続いている。そのため、国境近辺で採れる名産品はなかなか都まで届かない。

――きっと、田大臣の伝手をたどって入手したんでしょうね。

翠楽に勧められるまま、蘭珠は茶碗を口に運んだ。茶の持つ独特の香りが、口に入れるとすっと鼻に抜けてとても飲みやすい。

「とても、おいしいです！」

蘭珠の知識からしたら、紅茶――アールグレイ――に近い香りだと思う。たしか、アールグレイは人工的に柑橘系の香りをつけた茶葉だったはず。

茶碗を卓上に戻すと、翠楽はすぐにおかわりを注いでくれた。蘭珠がもう一度茶碗を口に持っていくのを見て、彼女も自分の茶碗を取り上げる。

一緒に出されていた焼き菓子を摘まみ、茶のおかわりをしながらぽつぽつと話す。

――すごく気まずい……。

最新の美容方法だの、おいしい菓子だの、庭園内は今どこの花が綺麗だのとあたりさわりのない会話を交わすが、盛り上がらないまま時間ばかりが過ぎていく。何のために彼女は蘭珠をここに呼んだのだろう。

――あ、れ……？

不意に視界がぐにゃりと歪んだような気がして、せっかく注いでくれた茶を零さないよう、慌てて茶碗を卓上に戻す。

額に手をあてて、息を整えようとした。脈がどんどん高まっていって、耳の奥がずきずきする。パニックに陥って翠楽の方を見るけれど、彼女に異変は見受けられなかった。

――やだ、痺れ……て……。

視界がぐらぐらするだけではない。手足が震え始め、痺れて座っているのも難しくなってきた。

「す……い、ら……く……さ……ま……？」

彼女を咎めようとしたはずなのに、口もうまく回らない。

――まさか。

翠楽が蘭珠に毒を盛ったというのだろうか。

このまま、ここにいるわけにはいかない。震える手足に力を込めて、なんとか立ち上がる。よろりと入り口の方へと歩こうとしたら、前方に誰かが立ち塞がるのが見えた。

――だ、れ……？

目の前に立っているのが誰なのか、視界が歪んでいるから認識することもできない。両手を前に突き出して相手を押しやろうとする。

「――翠楽、ちゃんと飲ませたのか？」

「の……飲ませ……ました……」

「全然効いている気配がないではないか。あいかわらずお前は使えない」

――誰……何……を……。

相手が何を言っているのかは理解できなくても、自分の陥っている状況がよくないことだけは理解できる。よろめく足でその場から逃げ出そうとしたら、腕を摑んで引き留められた。そのまま腕を捻られ、鈍い痛みに悲鳴が上がる。

「やっ……だ……！」

ドンッと床の上に突き倒され、重いものがのしかかってくる。

必死に手足を動かそうとするけれど、薬物に支配された身体は言うことを聞いてくれなかった。

蘭珠にできるのは、首を左右に振ることだけ。

「小国の公主だというから景炎にくれてやったが、なかなか美しいな。これなら妃の一人にしてやってもよかったかもしれないな」

「んーっ！」

顎を摑んで、顔を上に向けられる。

「手をつける以上、妃にはしてやるから安心しろ。末席でよいだろう——玲綾国の公主ではこちらにうまみもない」

——皇太子……？

その時、ようやく理解した。自分の上に乗っているのが皇太子龍炎であるということに。

なぜ、とか、どうして、とか。いろいろな言葉がぐるぐると頭の中を駆け巡る。

強引に摑まれている顎が痛い。苦しくて、はっと息をついた。

「翠楽、お前も無粋なやつだな。いつまでもそこにいるつもりか？　下がれ」

「——殿下！」

「うるさい。俺がこの娘に情けをくれてやるところを見ていたいのか？」

なにやら翠楽が叫んだかと思ったら、ばたばたと走り去る足音がする。

――景炎……様……！

心の中で景炎の名を叫んだ。彼が、こんなところに来られるはずはないのに。

「やっ……！　いやっ……！」

じたばたするものの、薬を盛られた身体で男を押しのけることなんてできるはずもない。

――もっと、注意深くしてたらよかった……！

回らない頭の端で蘭珠はそう考えた。

皇太子が女好きであることは知っていたけれど、蘭珠に興味を持つとは思わなかったし、自分の妻である翠楽に協力させるとも思っていなかったのだ。

じたばたする蘭珠をやすやすと押さえつけておいて、龍炎は笑ったようだった。

「景炎のところではなく、俺のところに来い。しばらくの間は寵愛してやろう」

「いや……いやっ――！」

そんなことのためにここまで来たわけじゃなかった。

まんまと龍炎の手の内に飛び込んでしまった自分が情けなくて、目尻から涙が流れ落ちる。胸高に結んだ帯が解かれて、そのまま下に引き下げられた。

相手を蹴り上げようとするが、どこまで足を動かすことができたのか蘭珠自身にもわからない。

衣の合わせ目を解かれようとしたその時、不意に身体に乗っていた重さが吹き飛んだ。

「――兄上！　これはいったいどういうことか！」

――景炎……さ、ま……？

聞こえてきたのはたしかに景炎の声。でも、そんなはずはない。

争う物音がする方に視線をやると、ちょうど龍炎が壁に叩きつけられ、そのままずるずると崩れ落ちていくところだった。

「――思ったより、早い到着だな」

悪びれない顔で龍炎がゆっくり身体を起こす。ぐらぐらとした視界の隅で、龍炎が手の甲でぐいと唇を拭うのが見えた。

――争いに……な……る。

だめだ。ここで龍炎と景炎が争うのは非常によくない。

「蘭珠に――よくも！」

立ち上がったばかりの龍炎の胸ぐらを摑んで景炎が吼える。物音に駆けつけてきた侍女達の悲鳴がそれに重なった。

いつも泰然としている彼が、これほど激昂するのは初めてのことだった。

「お……おやめく……ださ……」

声を上げようとするものの、口がうまく回らない。

「蘭珠様っ……ご無事ですかっ……」

駆け寄ってきた鈴麗が、乱された蘭珠の衣を整えてくれる。

「鈴麗がお側を離れたばかりに……申し訳ございませんっ！　景炎様、早くお医者様に診《み》せないと！」

景炎は龍炎の後頭部を壁に叩きつけてから、絞め上げていた手を離した。ずるりと床に座り込む兄に、上から下まで視線を走らせ、景炎は低い声で脅すように言った。

「兄上、俺の妃に手を出されるのは困る。二度と蘭珠に近づくな。次はない」

気がつけば蘭珠は景炎に横抱きに抱え上げられていた。彼のまとう上質の香の香りが鼻をかすめる。蘭珠は、彼の肩に顔を伏せた。

「……ごめんなさい」

「遅くなって悪かった――行くぞ」

はい、と返事をしたつもりだけれど、声を出すことができない。

足早に部屋を出るのはわかったけれど、そこで蘭珠の意識はぷつりと途切れた。

◇◇◇

意識を取り戻した時には、室内は暗くなっていた。目を開いたとたん、頭が割れそうに痛んで蘭珠は頭を抱える。

「頭……イタイ……！」

「兄上の勧めたものを無防備に飲むからだ」

傍らの椅子に腰掛けていた景炎が声をかけてくる。飛び上がった蘭珠は、彼の方へ振り返った。

「……だって……あの人いなかったし……」

油断していたのは事実だったから、蘭珠は気まずげにぼそぼそと言った。まさか、翠楽があんなことをするとは思ってもいなかった。

「皇太子妃か……あの方もどうしようもないな。なんで、俺の妃に手を出す企てに協力するんだか」

景炎が深くため息をつくのを見ていたら、あの時、不意に身体が痺れてきたのを思い出し、全身が震える。

「──どうした？」

「いえ、なんでも……ない……です……ええと、助けに来てくださって、ありがとうございました」

床の上で姿勢を正して一礼する。その様子を見ていた景炎は、いつものように蘭珠の頭に手をやった。

「礼ならお前の侍女に言え。以前教えた通路を使って、俺のところまで来た。あの時教えなかった抜け道まで使うから驚いたぞ。しかも最短距離だ」

「……そうですか、鈴麗が……」

景炎の話によれば、蘭珠が翠楽の房に入ってすぐ、一人の侍女が出ていったそうだ。その侍女が戻ってきてすぐ、めったに翠楽のもとを訪れることのないという噂の龍炎が、昼間から一人でやってきたのを見た鈴麗は何かあると思ったらしい。

中に踏み込むべきか、景炎を呼びに走るか考えた末、景炎のところまで一気に走ったのだそうだ。

おかげで蘭珠は危機一髪のところで救い出されたというわけだ。

「ご迷惑を……おかけしました」

「何もなかったんだから、それでいい。皇太子妃については、俺も問題視していなかったから、俺にも責任はある。あんな企てに協力する気概のある人だとは思っていなかった」

龍炎の女癖があまりよろしくないのは聞かされていたけれど、いくらなんでも正妃の翠楽のところでそれを発揮するというのは想定外だった。

——それにあんな地味な女《ひと》が、あんなことをするなんて。

地味、という言い方は失礼かもしれないけれど、翠楽に関してはやはり地味とか覇気のないという表現がぴったりはまる。

ふと、身体中の血が一気に下がったように感じられて、手を擦り合わせた。肩から上掛けを掛けているのに、それでもまだ寒い。

「どうした」

「さっきから、すごく……寒い、んです……」

「薬の影響だな。熱が出るか体温が下がるか、どちらかだと侍医は言っていたが——鈴麗！」

「はいぃっ！」

声高に景炎が鈴麗を呼ぶと、扉のすぐ側に控えていたらしい鈴麗が慌てた様子で走ってきた。

「生姜茶に蜂蜜を入れて持ってこい。大急ぎで、だ。あと、石を温めさせていただろう、それを持ってきて床《とこ》に入れろ」

「かしこまりましたっ！」

鈴麗に茶を言いつけておいて、景炎は蘭珠を膝の上に横抱きにする。自分も一緒に上掛けにくるまると、彼は蘭珠の手を自分の衣の内側に入れさせた。

「え……あ……え？」

直接肌に触れさせられ、頭がついてこない。あわあわしていたら、さらに強く引き寄せられる。

「もっと寄った方がいい。手を衣の外に出すな」

「……ええと」

「いいから、黙って俺にくっついてろ」

後頭部に手がかかって、胸に顔全体を押しつけられる。額がちょうど彼の心臓部分に当たる形になって、頭に血が上るのを自覚した。

体温を分け与えられるなんて、蘭珠の許容範囲を超えていて、違う意味で頭がぐらりとしてくる。意図して深い呼吸を繰り返しているうちに、冷えていた手足にも血が通い始めてきた。

「生姜茶をお持ち――うひゃあ！」

茶を持って入ってきた鈴麗が、その様子に悲鳴を上げる。

「お前、本当に騒々しいな！」

「べ、べべ別に私、騒々しいわけではありません！　男はケダモノ……ケダモノ……ああでも、ケダモノは皇太子で、景炎様は違うし……ああもうっ！　鈴麗は何も見ておりません！」

とんでもない言葉を吐いておいて、どんっと鈴麗は盆を卓上に載せた。

「今は！　大目に見ますが――婚儀が終わるまで必要以上の接触はいけません！」

「必要以上に接触したらどうなる？」

指を突きつけた鈴麗に対し、笑い交じりに景炎が返す。

「――ぶん殴ってでも引き離します」

「今は困るな。蘭珠がもう少し落ち着くまで待て」

やはり景炎は怒ってはいないらしい。

――言い切った、鈴麗ってば！

抱え込まれたまま青ざめていたら、鈴麗はぴしりと姿勢を正した。それから、二人のいる寝台に向かって深々と腰を折る。

「蘭珠様を助けてくださって、ありがとうございました。力及ばず、申し訳ありません。どんな罰でも受け入れます」

「待って、鈴麗。あなた何も悪くない……」

景炎の腕から抜け出して鈴麗を止めようとしたら、力強く引き戻された。蘭珠を腕の中に抱え込んだまま景炎は言う。

「罰は与えない。鈴麗がいなかったら、蘭珠が危なかっただろう。よく、あの場で気づいて助けを求めに来てくれた」

「……ありがとうございます。すぐに温石《おんじゃく》もお持ちいたします」

蘭珠は生姜茶の入った器で、両手に体温をうつす。彼に背をもたれるようにすると、規則正しく心臓が鼓動する音が伝わってきた。

静かに茶を飲んでいる間に、鈴麗が焼いて熱くした石を布で包んだものを運んでくる。それを床に入れて、身体を温めようというのだ。

「鈴麗、俺はもう行くから、蘭珠に付き添ってやってくれないか。俺は、今日の始末をつけなければならない」

「……でも」

茶の容器が空になった頃を見計らって、景炎が立ち上がる。蘭珠を寝台に横にならせた彼は、額に手を当ててきた。

その彼の表情が険しくなっているのに気づき、蘭珠はためらった。

景炎は、龍炎と不仲ではあるが、彼の地位を脅かそうなどという意思は持っていなかったはずだ。その彼が、こんな顔をするなんて。

「余計なことは考えずに、静かに寝ていろ」

「……はい」

額に落ちた髪をそっと払ってくれて、景炎は静かに部屋を立ち去った。

「蘭珠様……本当に、よろしいのでしょうか」

茶道具を片付けてくれた鈴麗がうなだれた。いつもの勢いはどこへ行ってしまったのか、完全にしゅんとしてしまっている。

「私もおかしいと思わなかったんだから、しかたないわよ。第一間に合ったのは、あなたのおかげなんだし」

寝台の傍らに腰を下ろして付き添ってくれている鈴麗を慰めているうちに、だんだん鈴麗も落ち着きを取り戻してくる。

「――いっそのこと、皇太子を殺《や》りましょうか」

「ちょっと待って。目が怖い。本気になってる」

蘭珠としては、甘いと言われようが百花の間諜達にはそんな手は使わせたくない。

それに、皇太子が暗殺されたとなれば、捜査の手は確実に鈴麗に及ぶだろう。

「命に代えても、あの男を殺ってきます」

「鈴麗の命をかけるほどのことじゃないから。かけるなら、もっと違うことにしましょうよ……」

「蘭珠様のご命令でしたら、皇太子の一人や二人や三人や四人――」

「絶対に、ダメ」

鈴麗がこんな発言をするということは、いつもの調子を取り戻してきたということでもあるんだろう。その点では、安心なのかもしれなかった。

けれどすぐに、鈴麗がまた怒りを見せる事態が勃発した。

さほどたたないうちに足音も荒く景炎が戻ってくる。その足音だけで、彼がいらだっているのがよくわかった。

「お前に詫びなければならないことがある」

「……なんでしょう？」

「兄上と皇太子妃の処分についてだ。今回のことは父上の耳にも入っているが――数日間の禁足ということになる」

――あんなことをして、数日間の禁足――謹慎ですむなんて。

蘭珠は、怒りのあまり上掛けの中に潜り込んだ。

小国の出身とはいえ一応公主。景炎の正妃になることが決まっている相手を犯そうとしたのに、数日間の謹慎処分ですむだなんてあまりにも甘い。

「父上にも厳罰をと、お願いはしたのだがな。俺の力不足だ。すまない」

布越しに頭を撫でながら言う景炎が、あまりにも申し訳なさそうだったから、蘭珠の怒りも少し小さくなった。

――そうね。景炎様の地位は、盤石とはいえない。

蘭珠は上掛けの中で首を横に振る。布の陰に隠れていても、その仕草で、きっと景炎は言いたいことを理解してくれる。

「水に流せとは言わない。お前には本当に悪いことをした――だが」

「わかります。皇子の間の序列を崩すことはできない、そうでしょう？」

皇帝の権力は絶大なものだ。望めば、どんなことだってすることができる。その後を継ぐ皇太子もまた、同様だ。景炎と皇太子の間の争いが激化すれば、国が乱れる元になる。だから、景炎も『力不足』と言ったのだ。

「今後は、もっと気をつけます……だから、気にしないでください。皇太子妃の父親からも、きっと横やりが入ったのでしょう」

「田大臣か。よく知っているな」

「……侍女達の噂で、そのくらいはわかります」

——何ごともなかったから、これでよしとしないと。

ここに来た最初の日、皇太子と出会ったあの時。

漠然と彼に対して嫌な雰囲気を覚えたのは、間違いではなかったということなのだろう。

思いきって上掛けから顔を出したら、景炎の腕に引き寄せられる。

そしてこめかみに口づけられるのを、蘭珠は素直に受け入れた。

第四章

「悔しいですね、蘭珠様」

「そうね。悔しいというか……田大臣の横やりさえなければ、もう少し重い罰になったと思うのよね」

「さようでございますねぇ……いっそ、田大臣を殺《や》」

「いえ、それはしなくていいから」

景炎は、宮中の序列というものを蘭珠が思っていた以上に重要視しているのだろう。それが歯がゆくもあるけれど、龍炎は民を虐《しいた》げるような真似はしていない。少なくとも今のところは。

戦史本編中でも、皆に敬愛される英明な君主というわけではなかったけれど、皇帝としての義務はきちんと果たしていたし、景炎が絡まなければ意外と『いい人』な一面も持っているように書かれていた。

——これさえなければ、というのがたいていは一番の欠点だったりするんだけど。

正直なところあんな振る舞いをする龍炎には『去勢してしまえ』と言いたいところではあるが、さすがにそういう訳にもいかない。

「では、どうなさるのですか」

「あら、やられっぱなしではいないわよ。皇太子の後ろにいる人達にちょっと揺さぶりをかけてやりましょう。田大臣の財力に大きく関わっているのは孟《もう》という商人だったでしょ」

孟は武器の材料である鉄を商う商人だ。田大臣とも軍部ともかなり密接な付き合いをしていて、田大臣の方もいろいろと便宜を図ってやっているらしい。孟から田大臣へは山のように貢ぎ物が贈られているが、賄賂は禁じられているから、このあたりをつつかれると双方困ることになるのだ。

「これが、証拠の手紙」

蘭珠の菓子箱は二重底になっている。そこに蘭珠が隠しているのは、のちのち使えそうだと思ったた手紙や書類だった。今取り出した手紙は、孟家に入っている百花の娘がこっそり持ち出してきたものだ。

彼女は下働きとして孟家の厨房で働いている。彼女が孟家に勤め始めてからもう三年もたっているし、この手紙は下働きの者は入れない部屋に作られた壁の隠し物入れから取ってきたものだから、彼女が疑われる可能性はない。

「なるほど。これで揺さぶりをかけるわけですね。さっそく田大臣と対立している者の手に落ちるように手配いたしましょう」

「これくらいで、田大臣の影響力を大きく低下させることはできないだろうけれど、次、何かやったら全部ばらしてやるという脅しくらいにはなると思うの」

もちろん、そのための材料も手元にはそろっている。

「かしこまりました」

「というわけで、指示を出したいから『三海』までお使いに行ってくれるかしら。寝込んでいる私のためだと言って、大量に買い込んでくるのよ。当然食べきれない分は」

「私がいただくんですね！」

「それは違うって……もちろん、あなたも食べていいけれど、皇太子と皇太子妃の次の動きを知りたいの」

「皇太子妃の宮で相手をしてくれた侍女とは仲良くなっていますから、彼女が罰せられていないか蘭珠様が心配していたという口実で、お菓子を届けて様子を見てきます」

宮の主《あるじ》が罪を犯せば、当然そこで働く使用人達にもなんらかの罰があるはずだ。

今回は、二人とも程度の数日の禁足だから、使用人の罰もそれほど重くはないはずだけれど、鈴麗に様子をうかがいに行かせる口実だからこれでいい。

わかってはいたけれど、戻ってきた鈴麗から、侍女は軽い罰ですんだと聞いてほっとした。

◇　◇　◇

春華公主と再び顔を合わせたのは、それから二日後のことだった。蘭珠が侍女達を連れて庭を散策していたところ、同じように散歩に出ていた春華と行き合ったのである。

「……あなたのところにお邪魔してもいいかしら」

そう春華に言われたら断る理由もなかったから、蘭珠は春華と並んで歩き始める。

蘭珠の部屋に入るなり、春華は深々と頭を下げた。

「お兄様が、今回はとんでもないことをしてしまったそうね。私からもお詫びするわ」

「……いいえ、春華様からお詫びなんてしていただかなくても」

春華の耳にもあの日の出来事が届いているとは思わなかった。いたたまれなくなって、首をすくめる。

――揺さぶりはかけてやったし。

田大臣と孟の間で交わされた文を朝儀で持ち出すようにと田大臣と対立している貴族の一人に届けてやったのだ。もちろん、蘭珠はその現場を見たわけではないけれど、朝儀の場ではちょっとした騒ぎになったらしい。

結局、田大臣は受け取った賄賂を国家の財政にあてるよう皇帝に命じられ、さらにしばらくの間朝儀への出席を禁じられたそうだ。禁止されているとはいえ、貴族の間では多少の賄賂は珍しくないので、揺さぶった程度のことにしかならないのではあるが。

「翠楽にも困ったものね……田大臣側から強引に持ちかけた縁談ではあるけれど……兄に愛されてないのがわかっているから必死なのよ。兄に通ってもらわなければいけないんだもの」

「お世継ぎを授かるかどうかが、実家の繁栄に繋がりますものね」

景炎は何も教えてくれないし、蘭珠からも聞きはしないけれど、ある程度のことは蘭珠も知っている。

「もともと、翠楽に頼まれて、あなたのところに行くつもりだったのよ。あんなことをしでかした皇太子妃を許してほしいと、私の口からは言えないのだけれど」

皇太子も皇太子妃も、今は自分の宮から出ないようにと厳命されている。春華は皇太子と同母の妹という立場を使用して、二人と会ってきたのだろうか。

——なるほど。

蘭珠の打った手が、早くも効果を発揮し始めたらしい。田大臣も無能ではないだろうから、事の発端である蘭珠が絡んでいる可能性を考え、一応詫びを入れるつもりになったということか。

「お気持ちはわかりますが、気分のいいものではありませんね」

「ええ……それも、わかっている。兄の子を授かろうと必死なのよ。寵愛が薄いのはわかっているけど、子供さえできればなんとかなると思っているのね。家からの圧力もあるし」

「……そうですね」

「だからね、翠楽は兄に逆らえないの。兄は、彼女を自由にできる言葉を持っているのだから。今回、あなたを招待させるために、兄はその言葉を使ったみたいね」

——そんな簡単に言うことを聞かせる言葉なんてある？

言葉にはしなかったけれど、蘭珠の疑問は完全に春華に見抜かれていた。目の前で扇を広げた春華は、顔に向かって緩やかに風を送り始める。

「簡単なことよ。『俺の言うことを聞いたら、ひと月の間、お前の宮に通ってやろう』と言うだけでいいんだもの。翠楽はなんでもするでしょうね」

――そんなの、ひどい。

蘭珠からしてみれば、男女の駆け引きをそんなことに使うなんて信じられない。優雅に煽ぎながら春華は、もう一つため息をついた。

「ええ、ひどい話ね」

――ただの女好きだと思っていたのに。

蘭珠の中で、皇太子に対する嫌悪感がますます大きくなっていく。

「正直に言えば、兄のどこがいいのか私にはさっぱりわからないけれど。それでも、彼女は兄のことが好きなのよ。皇太子である以外にいいところなんて何一つ思い当たらないけれど」

自分の兄だからだろうか。容赦なくずばずばと皇太子をこきおろす春華の様子はいっそ気持ちいいくらいだったけれど、蘭珠がうかつに同意するわけにもいかないので、笑って誤魔化すことしかできない。

「だからと言って、あなたにあんなことをしていいということにはならない。兄が迷惑をかけたと、もう一度お詫び申し上げるわ」

春華が蘭珠に謝らなければいけない理由はないのに、兄のためにこうして頭を下げている。

――春華様がここまで頭を下げているのだから。

本音を言えば許したくない。謝罪の言葉も受け入れるつもりはない。ただ、春華の顔は立てなければいけないと思った。

「謝罪は、もうけっこうです。皇太子殿下に、処分がくだされたのも聞いています。だから……もう、いいんです」

「……兄の処分も不十分でしょう。……景炎もよくないのよ。もっと声高に主張すればいいのに」

「妙な噂になると困るので、これでいいんです」

それに春華に言うわけにはいかないけれど、蘭珠からも揺さぶりをかける程度ではあるが、反撃はしている。

「そうかもしれないわね。兄の処分については、田大臣からも、横やりが入ったみたいだし。まったくうんざりしてしまうわ」

景炎や蘭珠が騒ぎ立てれば、話が広まって皇太子の評判が下がることになるだろうが、その途中で「皇太子に犯されかけた」から「皇太子に犯された」に変化して広まってしまう可能性もある。

「責任を取らせるために、景炎のところではなく龍炎のところに嫁げばよい」なんて話になっても困ってしまうので、これ以上広まらないようにしておくしかないのだ。これは景炎や鈴麗と相談して納得済みだ。

「田大臣から見たら、皇太子殿下は娘婿ですから横やりを入れたくもなるでしょう。今までの田大臣の功績を考えれば、最大限の処分が下されたのではないでしょうか」

「あなたって、本当に――心が広いのね」

「広いわけではありませんよ。呑み込んだだけです。ただ……そうですね、翠楽様の立場を考えたら、そうせざるをえなかったのだろうという気もします」

皇太子妃でありながら、皇太子の情は薄く、ほとんど通ってもらえない。世継ぎを得るために必死ならば、他の女性を犠牲にしてでもと思い詰める心情は、許す気はないがわからないわけでもない。

——私だって、景炎様のためならたいていのことはやるだろうし。

そのために高大夫に頼み込み、『百花』を組織した。

今、この国に多数の間者を送り込んでいるのだって、正直褒められたことではない。

気づかれたとしても、どこの国でもやっていることだから表立っての非難はされないだろうが、蘭珠の立場が悪くなるのは明白だ。それでも、やらずにはいられなかった。

「本当にあなたって人は……今度は、私の宮に遊びに来てちょうだい。あなたとは、もっと仲良くなりたいわ」

「ありがとうございます……でも」

春華は皇太子の実の妹だ。景炎の妃になる蘭珠と仲良くしていたら、何か問題が発生したりしないだろうか。その懸念はすぐに見抜かれた。

「あら、私のことは気にしなくていいのよ。だって、嫁いだら出ていく身だもの。気にしないで。今はまだ喪に服しているけれど……いつまでもこうしていられないから、いずれ近いうちにそうなるでしょうね」

それからしばらくの間おしゃべりを楽しんで蘭珠と春華は左右に別れた。

——本当に、あの人が悪女になるのかしら。

蘭珠の知っている未来では、春華はものすごい悪女だ。自分の野心のために蔡国に嫁ぎ、大慶帝国を滅ぼそうとした。

それなのに、今の春華は、龍炎と景炎の仲を取り持とうとする優しい女性に見える。取り込まれないように気をつけなければと思うのに、つい必要以上に気を許しそうになる。

「春華様まで、あんなことをおっしゃるなんて」

鈴麗がため息をついた。

「長い者には巻かれろってことでもないのよ。今は――今は、まだ時期ではないというだけ」

蘭珠はそう言って宥めた。

もし、龍炎をその地位から追いやろうと景炎が思う時が来たのなら、その時は全面的に協力するつもりでいる。

だから、その時までにもっともっと強くならなくては。

そんな蘭珠の思いを知っているのかいないのか、鈴麗はそっと側に寄り添ってくれた。

◇◇◇

蘭珠が懐かしい人の訪問を受けたのは、婚儀まであと三日と迫った日のことだった。

「私に……お客様？」

国許からの使者とは誰が来たのだろう。疑問を覚えながら、客人を迎えるための建物に向かった蘭珠は、待っていた人物の顔を見た瞬間、喜びのあまり声を上げた。

「――老師！」

そこにいたのは、蘭珠の師匠である高大夫だった。彼は間諜部隊の長であるけれど、政府の元高官でもあるから、使者としてここに来ても驚くことではない。

「姫様、お元気でいらっしゃいましたか」

「ええ――とても、元気！　老師もお元気そう」

「何、姫様がいなくなってから気が抜けてしまいましてな……部下達の指導にも身が入らない始末でございますよ」

懐かしい――高大夫に師事した日々が、頭の中によみがえる。蘭珠は、目を潤ませた。

高大夫の指導は、かなり厳しかった。そんな日々を思い出させるかのように、大夫は蘭珠に向かって鋭い目を向けた。

「姫様、薬を盛られたと聞きましたぞ」

「……え？」

高大夫とは時々手紙のやりとりをしていたけれど、それはあくまでも勉学の師匠と弟子として。勉学の師匠相手に薬を盛られたなんて告げられるはずもないから、翠楽に一服盛られたことは高大夫への手紙には書かなかった。

どこから情報が漏れたのだろうと考えてみるけれど、そんなところ一つしかない。

「水鏡省の間者から聞いたのですね――！」

水鏡省の間者は、大陸全土に散らばっている。きっと、この国にも入っていて、そこから報告が行ったのだろう。

師匠の前だというのにかまわず蘭珠は恥ずかしさのあまり卓に突っ伏した。そんな蘭珠に向かって、高大夫は小さく笑って見せる。

「姫様のことについては、何でも報告しろと命じておりましたので。油断なさいましたな」

「それは、わかっているわ……反省してます」

景炎のことばかりに頭が行っていて、自分が薬を盛られるなんて全然考えていなかった。ましてや、龍炎があんな企みを持っているなんて。

「姫様も鈴麗も、男女のことにうといですからな。そういう失敗もあるでしょう」

「……そ、そんなこと……ないです、たぶん……きっと」

蘭珠は慌てて誤魔化そうとしたが、自分でも説得力皆無なのがわかる。

「ご結婚、おめでとうございます。今回使者に立ったのは、百花がうまく稼働しているかどうかも確認したかったのですよ。問題がないようでようございました。田大臣にも、ちくりとやってやったようで」

どうやら、蘭珠のちょっとした反撃についても知られているらしい。変わらない高大夫の様子に、蘭珠もほっとした。

「老師のおかげ、です。無事にこうして婚儀を迎えることができそうだし」

もし、高大夫の協力がなかったら、今頃どんなことになっていたのだろう。

一度席を外した鈴麗が戻ってきて、景炎の訪れを告げた。

「景炎様がお越しです。高大夫に挨拶をなさりたいと」

本来は、蘭珠の国からの使者に大国の皇子である景炎がわざわざ挨拶をする必要なんてないけれど、来てくれたのを拒む理由もまたなかった。

「景炎様が？　ええ、すぐにお通しして」

慌てて蘭珠は立ち上がり、景炎のための席を用意する。その用意が終わるのと同時に、景炎は大股に部屋に入ってきた。

「高大夫、遠いところをよくおいでくださった」

「ご結婚、おめでとうございます。姫様がよき方に嫁ぐことになって私も安心でございます」

高大夫が、水鏡省の長であるということを、おそらく景炎も知っているのだろう。公にはしていなくとも、その程度の情報ならどこにでも伝わるものだから。

「老師、あの……来てくださって、本当に嬉しいです」

懐かしい人に出会って、懐かしい声を聞くことができた。なんだかそれだけでふわふわしてくるから不思議なものだ。蘭珠の言葉に高大夫は目を細め、景炎は探るような目になる。

「大夫は、蘭珠に何を教えていたんだ？　老師、と呼んでいるようだが」

「基礎の勉学でございますよ。姫様は、勉強熱心でしたから……私も、教え甲斐がございました」

基礎の勉学も習ったが、それ以上に習ったのは間者を育て、使う術《すべ》についてだ。

だが、それについては景炎の前で言うわけにもいかなかったので、おとなしく口を閉じておく。

「剣を学んだのも、高大夫からか？　剣の稽古を始めたら、めきめき丈夫になったと蘭珠が言っていたぞ」

「私は年ですし、剣は不得手でして。しかし、弟子の中には剣をよく使う者もおりましたので、その者に姫様の稽古をつけさせました。たしかに昔の姫様は、多少病弱なところもございましたな」

「そうか」

何か考えているかのように、景炎は視線を移動させた。どきりとして、蘭珠は彼の視線を追う。けれど、口角を上げた彼は、真正面から問いかけた。

「この国に来た時、真っ先に逃げ道を確認していたが、それも大夫の教えか」

「――景炎様っ！」

たしかに、皇宮内を探っていたところを景炎に見つかったことがある。あれは蘭珠の失態であるのは間違いのないところだ。けれど、問われても高大夫は平然としていた。

「さようでございます。皇宮には、様々な者がおります。知らないところで恨みを買っていることもあるでしょう。実際、姫様のお母上も襲撃を受けたことがございました」

「……え？」

母がそんな経験をしていたとは知らなかった。思わず、蘭珠の口からは間の抜けた声が上がる。

「その時、姫様のお母上は、侍女がかばいましてな。侍女は怪我を負いましたが、命に別状はなく。お母上は転んだ拍子に手をすりむいただけですみました。おかげで今の姫様がいらっしゃるというわけです」

「……聞いたこと、なかった」

「姫様がお生まれになる前の話ですから。それで、まず逃げ道だけは確認しておけとお教えしたのでございますよ。姫様なれば、逃げる方向さえわかっていれば問題ないだろうと思いましたから」

――それにしたって、お母様のことはこちらに来る前に教えてくれてもよかったと思うんだけど。

聞いたところで、今さら何ができるというわけでもないだろうけれど、できれば先に聞いておきたかった。蘭珠が不満を覚えているのを悟ったかのように高大夫は言葉を重ねる。

「不安がるといけないから、姫様には話すなと当時は命令されておりました」

「それなら、なぜ、今になって話すの?」

「……忘れておりました。お母上には内緒でお願いいたします」

景炎からは見えないように、高大夫は蘭珠に向かって片方の眉を上げた。どうやら、今の話は事実ではないらしい。

――私を助けてくださったというわけね。

今さらのように気がついた。脱出路を探して歩くという奇行についてとっさに説明できなかった蘭珠に救いの手を差し伸べてくれたらしい。

大夫が今度はわざとらしくしぃっと口元に手を当てるから、思わず笑ってしまった。その様子を見ていた景炎もまた口元を緩める。

「いや、いい教育をしてくれたと思うぞ。おかげで、助かったこともあった」

翠楽に薬を盛られた時のことを思い返して、蘭珠は首をすくめた。

あの時、鈴麗が景炎を呼んできてくれなかったら、どんな目に遭わされていたことか。

「いえ。姫様に何ごともなければそれでよろしいのです」

それからしばらく歓談した後、高大夫は宿泊場所へと戻っていった。彼とは帰国の前にもう一度会うことができるだろう。

「いい師匠を持ったな、蘭珠」

「そうでしょうか？」

「お前もまた、師匠の教えを忠実に身につけたと言うことなんだろうな」

高大夫のことを褒められたら、なんとなく嬉しくなってしまう。思わず、蘭珠の顔も綻んだ。

——景炎様の死を避けたくて、高大夫に無理を言ったのだっけ。

今にして思えば、あの時の申し出は、とても無茶であったこともわかる。

高大夫との再会をきっかけに、国にいた頃のことが思い出されてきた。それと同時に、彼への気持ちが自分の中で確実なものへと変化しているのを実感した。

再会した時の衝撃、手紙をやりとりした十年。そして——今。

「……あの時、髪飾りをくださいましたよね」

泣いている女には玉をやればいいとの叔父の言葉を真に受けて、珊瑚の髪飾りを贈ってくれた。

それは、子供らしい素直さと言えばそうだったけれど、あの時、きっと蘭珠の中で何かが動いたのだと思う。

当時はまだ記憶が混乱していて、その気持ちが自分のものなのか、それとも前世から引きずった何かなのか、見いだすことはできていなかったけれど、きっとあれがきっかけだった。

あの時もらった髪飾りは、今でも大切な宝物だ。

「……私、あなたが好きです」

景炎の顔を見ることはできなかったから、蘭珠はうつむいたまま言った。

——これは、今の『私』としての想い。

そう自覚したからこそ、告げずにはいられなかった。前世から引きずった感情なんかじゃない。今の蘭珠の想いを。

「……馬鹿だな」

馬鹿、と言われて蘭珠の頰に血が上る。精一杯の想いを口にしたのに、そんな風にからかうなんてひどい。

抗議のために顔を上げたら、すぐそこに景炎の顔があった。長身の彼とこんなに顔が接近することは滅多にないから、思わず一歩、後ずさる。

「そういうことは、俺が先に言うんだろ。なんで、お前の方が先に言うんだ」

「し、知りません……！」

なんでと言われても困る。だって、好きになってしまったんだからしかたないじゃないか。

けれど、気がついた時には、彼の腕の中で目をぱちぱちさせていた。なんて彼は素早いんだろう。

「俺は、お前が好きだ——先に言われるだなんて、不覚もいいところだ」

その言葉に蘭珠の頰が熱くなる。

それから不意打ちで唇を重ねられて、ますます頰が熱くなった。

◇　◇　◇

その日は、朝から大騒ぎだった。蘭珠はまだ暗いうちから湯殿に押し込まれ、全身ぴかぴかに磨き上げられて、部屋に連れ戻された。

白い絹の下着に、同じく白い襦を重ねて着付けられる。濃い赤の長裙を、金糸で細かな刺繍を施した帯で留める。上に羽織る衣も、大振り袖で、後ろに長く裾を引くものだ。そこにもびっしりと金糸で刺繍が施されていて、じっと見ていると目がちかちかしそうだ。

髪も高く結い上げられて、そこにいくつもの髪飾りを差し込まれた。特に歩揺《ほよう》と呼ばれる髪飾りは、頭頂部から腰に届くあたりまで金の玉を連ねたもの。首を動かす度にしゃらしゃらという音が鳴る。

化粧をして、唇を赤く染め、目尻にも少し、赤みを足す。化粧を終えた蘭珠を見て、鈴麗が感極まった様子で涙ぐんだ。

「……蘭珠様……おめでとうございます！　本当に、お美しくて……鈴麗は、もう……もう……！」

「誰か鈴麗に手巾を貸してあげて。花嫁の付き添い役をしてもらうのに、化粧が崩れては困るから」

傍目からすれば冷静なように見えるかもしれないけれど、蘭珠自身もけっこういっぱいいっぱいだ。

——まずは、お祝いに来てくれる家臣達と顔を合わせて、それから婚儀。誓いの言葉に、ええとそれから……。

紙に書いたものを鈴麗に持たせてあるから、つまった時には鈴麗が手を貸してくれるはずだけれど、家臣達の前でみっともない真似は見せたくなかった。

「今日はずいぶん、支度に手間取ったな」

「ごめんなさい。さすがに、これだけのものを身に着けるとなると」

いつもならささっと支度をするけれど、さすがに今日ばかりはいつもと同じわけにもいかない。

今日の彼もまた、婚儀の衣装だった。婚礼の衣装である赤い袍には、蘭珠のものと同じようにびっしりと金糸で刺繍が施されている。衣を留める帯もまた金色のもの。頭上に載せているのは金の冠で、堂々とした彼の姿をより力強く見せている。

「……何、ぼうっとしているんだ」

「いえ、そういうわけではなくて」

しまった、ついうっかり見とれていた。

慌てて視線をそらすけれど、蘭珠の動揺なんて完全に見抜かれている。彼はこちらへと長身を屈めてささやいてきた。

「今日のお前は、いつも以上に美しいな。このまま、皆の前に出すのが惜しくなった」

「なっ……なっ……なんで、そんなことをっ」

余裕の表情であまりにも当然のように口にするから、蘭珠は真っ赤になってしまう。

視線をそらそうとしたら、蘭珠の顎を摑んで彼は正面へと強引に顔を戻した。至近距離からじっと瞳をのぞきこまれ、心臓がますますやかましく音を立て始める。

手を離し、正面に座った彼は笑い声を上げた。

「口づけでもしてやろうかと思ったが、紅が落ちるな」

「な……し、信じられないっ！」

いきなりそんなことを言い出すなんて、何を考えているんだろう。

耳まで染めたまま、蘭珠はぷいと顔をそむける。

――油断した……！

お互い気持ちを告げ合っているのだから、今さらと言えば今さらではあるけれど、動揺しないでいられるかと言えば難しい。

――でも、少しだけ緊張が解れたような。

からかわれたことで、この国に来て初めて大勢の人の前に出るのだという緊張が、少しだけやわらいだような気がする。景炎がそれを見越していたのだとしたら、どんなに間諜として訓練していても彼にはやはりかなわないのだろう。

支度のできた蘭珠は、日頃は出入りすることのない中央の宮へと輿に乗せられて移動した。蘭珠の乗った輿の周囲は、薄い布で囲われている。

その幕越しに見る景色は、いつもとは少し違ってきらきらとして見えた。まるで、夢の中みたいだと景炎に言ったら、笑われてしまいそうな気がするけれど。

中央の宮に到着すると、景炎に手を取られて、宮の前にある長い階段を一歩一歩上っていくことになる。そこには赤い敷物が敷かれていて、両脇にはずらりと官吏達が並んでいた。

——嘘、でしょう……。

そこに並んだたくさんの人の目に足がすくむような気がした。これでも、皇太子の結婚式の時と比較するとだいぶ人数が少ないらしい……けれど。

彼らが頭を下げている前を一歩一歩進み、建物の入り口に到着する。

建物の入り口に近いあたりに席があるのは、皇宮に出入りする商人や、比較的下級の貴族達だ。奥に行くに従って、だんだん身分が高くなるらしいというのは、彼らの身に着けている衣装の質から知ることができた。

それから、国外から来た祝いの使者達が一番奥の方に並んでいる。その中に師匠である高大夫の姿を見つけ、蘭珠はほっとした。

広間に集まっていた全員から祝いの言葉と品を受け取り、景炎が礼の言葉を述べる。そうしている間に、あっという間に夕方になっていた。

挨拶を受けている間に、宮の前に大きな祭壇が用意されている。その前では大きな火が焚かれ、皇帝夫妻以外の皇族がずらりと並んで誓いの儀式が始まるのを待っていた。

景炎と蘭珠が炎の前に立った後、皇帝夫妻が登場する。その時までには、先ほどまで挨拶に来ていた人達も、それぞれに定められた場所へと移動していた。

——皇帝陛下が祈りを捧げ、皇后陛下がお酒を捧げる。それから、景炎様が香に火をつけたら、私も香に火をつけて……。

今日まで必死に頭にたたき込んできた儀式についても、どこかに飛んでいってしまいそうだ。蘭珠が頭を振ると、びっしりと挿された髪飾りがしゃらりと音を立てる。

「大丈夫。間違えたところで、誰も笑ったりしない」

「それは、わかっていますけれど」

朝から飲まず食わずでここまで来たから、ちょっとくらくらし始めてきた。衣の袖の陰で蘭珠の手を取った景炎が、励ますように一瞬指を絡めて手を離す。

──やっぱり負けてる。

彼のその行為だけでずいぶん落ち着きを取り戻すことができた。肩にかかる花嫁衣装の重みも、頭に挿された髪飾りも気にならなくなる。

長々と皇帝が先祖に感謝の言葉を述べ、皇后が先祖に酒を捧げる。

祭壇の両脇に設けられた香炉のうち左側に、景炎が火をつけた香を立てた。彼が下がるのを待ち、今度は蘭珠が香を立てる。

ふわりと煙が立ち上るのを確認して、景炎が蘭珠に並ぶ。顔を見合わせ、呼吸を合わせて、手を打ち鳴らし、頭を下げる。それから、地面に膝をついて、手を鳴らし、もう一度頭を下げた。

それを定められた回数繰り返し、ようやく元の位置に戻ることを許される。

同じようにご先祖様だの天の神様だの、周囲の精霊達にいたるまで祈りを捧げてから、ようやく儀式は終わりとなった。

──あとは、宴を乗り越えれば。

正直なところ、もう、帰ってこの重い衣装を脱いでしまいたい。そんなわけにいかないのもわかるけれど。

また、下りてきた長い階段を歩いて上り、広間へと入る。長い儀式の間に、そこはすっかり片付けられていて、宴の用意がされていた。

正面に座るのは皇帝夫妻。その脇に景炎と蘭珠の席が設けられている。蘭珠達と向かい合う位置には、皇太子龍炎と皇太子妃翠楽が並んでいた。

——できることなら、もう会いたくないんだけど、そういうわけにもいかないんだろうな。

翠楽はこちらをじっと見つめている。龍炎との仲があまりよくないと聞いているからか、なんだか不幸が衣をまとってそこに座っているみたいだ。

春華の席は、皇太子の後ろの位置に用意されていた。春華の並びに、異母弟妹の席が用意されているが、顔と名前が一致しない人も多い。

「玲綾国から、こうして花嫁を迎えることができた。高大夫、祝いの品を届けてくださったこと、ありがたく思うぞ」

皇帝の言葉に、高大夫が一礼する。

国許から届けられた品は、半分は蘭珠のものだけれど、残りは皇帝への献上品として皇宮の倉へと収められる。父である国王がだいぶ気合いを入れて用意したという話だったから、皇帝の機嫌がいいのもわからなくはない。

「では、あとは自由にやってくれ」

皇帝の言葉をきっかけに、呼ばれた楽士達が曲を奏で、華やかな衣装に身を包んだ舞妓達が曲に合わせて見事な舞を披露する。

——たしかに、見事な舞ではあるけれど。

蘭珠の前にも酒が用意されているが、うかつに手をつけたら大変なことになりそうだから、背後に控えていた鈴麗に水を持ってきてもらう。

景炎の前には、次から次へと大臣達がやってきて、酒を注いだり注がれたりと、景炎に顔を繋ぐのに忙しいみたいだ。

——皇太子は、このことをどう思っているんだろう。

ちらりと見上げたら、やはり面白くない様子で、次から次へと杯を重ねている。

「……蘭珠、引き上げるぞ」

景炎がそう言い出したのは、宴が始まってから一刻——およそ二時間——が過ぎたあとのことだった。

「もう、引き上げてしまっていいんですか」

「あとは、皆好きにやればいい。俺は疲れた。蘭珠もそうだろう」

朝から忙しかったから、それには完全に同意だった。景炎が、建物の裏からこっそり抜け出すのに蘭珠も従う。

「お先に行って支度しておきますね。後はお願い」

鈴麗は、他の侍女達に蘭珠を任せ、大急ぎで走っていってしまう。

「あそこまで急ぐ必要もないだろうに。いい娘だな」

「はい。鈴麗はとても頼りになるんです」

朝早くから婚儀の準備で忙しかったけれど、もう真夜中に近い。空を見上げれば、月が静かに光っている。

「疲れていたら、先に寝ててもかまわないんだぞ」

寝支度をするために左右に別れる瞬間、彼はそう言ったけれど、気持ちが昂ぶっていて眠れそうもない。

重い花嫁衣装や飾りを取り去り、侍女達の手を借りて入浴をすませる。頭がくらくらするような濃厚な花の香りのする油を髪にも身体にも塗り込められて、今夜が特別な夜なのだと否応なしに自覚させられた。

「蘭珠様……さすがに今夜はお側にいられないのですが……」

「ええ、それは必要ないと思うわ。あなたも、ゆっくり休んで」

「どうか、ご無事で！」

がっしりと蘭珠の手を握りしめた鈴麗が涙目になる。いくらなんでも大げさだと思ったけれど、そっと鈴麗を押しやって寝所に向かった。

——ついに、この時が来てしまった……！　というか、この先何があるのか、一応知ってはいるんだけど……！

寝所の入り口のところで大きく息をついた。

出立前に母から寝所で行われる行為についての手ほどきは受けてきたし、こちらの国に来てからも経験のある侍女から講義があった。

前世では男女交際というものを経験しないまま死に至ってしまったけれど、その手の情報はいくらでも目に入ってきたから知識だけはある。言うなれば、蘭珠は耳年増、それも前世と現世、二つの世界分の耳年増なのであった。

それだけにこれから先が色々想像できて、扉を開いたところでまた固まってしまった。

部屋の中央にあるのは、立派な寝台。寝具は赤の絹で、金の飾りがつけられている。

その寝台の傍らに腰を下ろした景炎は、手酌で酒を飲んでいた。今まで夜に顔を合わせたことはなかったから、寝衣を身に着けた彼を見るのは初めてだ。

寝衣の合わせ目からよく鍛えられた胸元がのぞく。そこに目をやりかけて、慌てて視線をそらした。

「——そこに立っていてもしかたないだろう、こっちに来い」

寝室の入り口のところに立ったまままもじもじしている蘭珠を、彼は手招きした。蘭珠は、おそるおそる彼の方へ近寄る。

あともう一歩で彼の側に到着するというところで不意に彼が立ち上がった。そして、蘭珠の身体をぐいっと自分の方へと引き寄せる。

「うひゃあっ」

妙な声が上がったのは、引き寄せられたかと思ったら、あっという間に寝台に組み敷かれていたからだ。前世からの様々な知識が一気に頭に押し寄せてきて、目の前がちかちかし始める。

蘭珠の目に映るのは、赤と金の房飾りで飾り付けられた寝台と、寝台の周囲を囲うように天井から下げられた紗。

――こういう時は……どうするんだった……？　羊を数えているうちに終わ……って、それ眠れない時だし！

一応、自分で自分につっこむ余裕はまだ持ち合わせているらしい。

そのことに気がつき、少しだけ落ち着きを取り戻す。

「……え、ええとですね、景炎様！」

自分が思っていたよりも大きな声になった。しまったと思う間もなく蘭珠の上にいる景炎が笑う。

「な、何か……？」

「いや、表情がころころ変わるから面白くて」

「……知りません」

いたたまれなくなって、顔を横にそむける。こういう状況だというのに、無意識のうちに唇を尖らせたふくれっ面になっていた。

――こんな可愛げのない態度を取りたかったわけじゃないのに。

「悪かった。蘭珠が可愛すぎるのが悪い」

「か……可愛すぎるって――！」

無骨な武人に見えるのに、こういう台詞をさらりと口にするから困る。文のやりとりをしている十年の間にもきめ細やかに気を遣ってくれたから、そういう一面があるのもわかってはいたけれど。嫁いでくる最中、国境で襲撃された時も。

この国に来てから、皇太子に犯されかけた時も。

常に景炎は、蘭珠を助けに来てくれた。本当は、蘭珠が彼を助けたかったのに。

こみ上げてくる想いをどうしたらいいのかわからなくなって、緊張で思うようにならない手を持ち上げる。

そのまま景炎の背中に手を回したら、絹の寝衣の滑らかな感触が手に触れた。互いに薄い絹しか身にまとっていないから、いつになく彼の体温を身近に感じる。

「怖いか?」

「そうですね、少し……じゃなくて、けっこう怖いです」

身体が裂けるとか、死ぬほど痛いとか、気絶したとか——たぶん心の準備をさせようと思ってのことだろうけれど、破瓜の痛みについては恐ろしい話ばかり聞かされてきた。

痛みには慣れているつもりだが、怖い。これから、自分がどうなるのかわからないから。

「優しくするから、そう固くなるな」

「景炎様が優しいのは知ってますけど、それとこれとは別問題です」

唇から出る言葉は、妙に甘えているみたいに蘭珠自身の耳にも響いた。

「そうだな、別問題だ」

蘭珠にのしかかっている景炎が、また笑う。胸がいっぱいになった。

――私は、この人のために来た。

景炎の手が頬を撫でて、額に口づけられる。それから鼻の頭にもう一つ。

――この人が、私のことを警戒しているのは……知ってる。

時折、彼の目が蘭珠の心の奥底を見透かそうとしているのは知っている。けれど、他の国から来た公主を妻としたのだから、それも当然のこと。

大切にしてくれているのもわかるから、それでいい。

壊れ物に触れるようにして、さらに唇が重ねられる。彼の唇が伝えてくる熱に蘭珠はおののき――そして、目を閉じてそれを受け入れた。

彼の手が首筋から、胸元へと撫でてきて蘭珠は息をつめた。

「――あぅ」

笑った景炎が首を動かすと、普段はきちんと結っている彼の髪が肩から零れ落ちて、蘭珠の頬をくすぐった。その感触が心地よくて、ふわりとした笑みが蘭珠の口元に浮かんだ。

もう一度、優しく口づけられ、身体から力が抜ける。

「ん――は、あぁ……」

唇の間から舌が入り込んでくる。

優しく蘭珠の舌を搦め捕り、景炎は左右に揺さぶってきた。舌の表面を擦り合わされるだけで蘭珠の身体からは力が抜けて、景炎の腕に身をゆだねてしまう。

耳の奥で響く水音に身体の芯がじんと痺れ、体温が一気に上がったような気がする。

「んっ、んんっ……」

自分の唇から零れる声が、自分のものだとは信じられない。

首を捩れば、見事な艶を持つ黒髪が、敷布の上に散らばった。もぞもぞと肩を揺らしたら、彼の唇が首筋に落ちてくる。

「……あっ」

柔らかく唇が触れてくる度に、身体に柔らかな感覚が広がっていく。蘭珠の唇から零れる吐息に、懇願するような調子が混ざり始めた。

「景炎様……んっ……あっ、あぁっ」

自分の身体がかたかたと震えるのを自覚した。舌を小刻みに動かされ、喉が濡らされ、そこが室内の空気に触れてひんやりとする。

「感じやすくて、いい反応だ。それに、よく鍛えてあるな」

「そ、そういうことを言ってはだめ――あぅっ！」

肩と首の境目から、耳の下まで一気に舐め上げられた。下腹部に重苦しい愉悦が淀み始める。

「そういうことって、どういうことだ？」

「け……景炎様は……意地が、悪い――！」

「俺が意地悪いことくらい、知っているくせに」

小さく笑われて、急に反発心が芽生えてくる。反射的に押しのけようとした手が、敷布に押しつけられた。

「知ってますけど……や、あぁっ！」

そのまま喉を吸い上げられて、ぴりりとした痛みが走る。

「ほら、痕がついた」

ぎゅっと寝台にかけられている敷布を握りしめたら、その手の上に大きな手を重ねられる。

景炎の顔が、間近から蘭珠の顔を見つめている。思わず情けない声を上げそうになったけれど、ぐっと唇を嚙んでこらえた。

「ほら、脅えているじゃないか」

「ち、違います……違いますってば！」

脅えているわけではないのだ。これからの行為に不快を覚えているわけでもない。

「だって、なんか変なんです……！」

今の気持ちを表すのにそれ以上適切な言葉なんて見つからなかった。

こんな風にどきどきしてふわふわして、自分はどこかおかしいのに違いない。

景炎が表情を緩めると、自分のことを笑われたような気がして蘭珠はいやいやと首を振った。

「変じゃない。お前は変じゃないから——そう、脅えなくてもいい」

髪を撫でてくれる彼の手はとても気持ちよくて、思わず息をつく。

——やっぱり、私はこの人のことが好きなんだ。

この人が好きだ。重ねられた手から流れ込んでくる強さ。

蘭珠の方からも、彼の指に自分の指を絡めた。

「あっ……景炎さ、ま……」

背中に甘い痺れが走って、つま先がもぞもぞと動いた。身体を捩ったら、身体の下で敷布が皺になる。

胸の頂は早くもつんと立ち上がっていた。指の先でつつかれて、思わず肩が跳ね上がる。

「お前は――俺に嫁いできた、そうだろう?」

問いかけながら、寝衣の前が開かれた。

「そ、そうです……あぁっ」

胸の頂に彼の唇が触れ、他人の口内に敏感な場所が吸い込まれて、こらえきれずに高い声を上げた。唇で色の変わったところを食《は》まれるようにされ、さらには硬くなった場所を舌が弾く。

「んっ……くっ……はっ、あ、あぁっ」

自分の唇から上がる艶めかしい声が信じられない。

蘭珠が左右に首を振るのを楽しんでいるかのように、彼は同じことを何度も繰り返してきた。

そこに舌が触れる度に、どろどろとした愉悦がお腹の奥の方にたまっていって、蘭珠は我知らず脚をばたつかせた。

「感じやすい、いい身体だと言っただろう。お前は、そのままじっとしていろよ」

「し……知りません……! じっとしてるなんて無理……!」

潤んだ瞳で蘭珠は訴えかける。

つま先で蹴り上げられた敷布がさらに皺を作って、ますますいたたまれない気分に陥った。

「あ、しっ、足が……勝手に動く、か、ら……」

「気にするな。敷布が乱れるくらいどうってことない」

「そうじゃなくて——あぁぁんっ」

今度は反対側の乳房に彼の手が触れ、蘭珠は高い声を上げて身体をしならせる。

今まで放置されていた方の頂は、不満を訴えるかのように硬くなっていた。ぷくりと膨れたそこを二本の指で摘まれて、恐ろしいくらいの喜悦が頭の先まで一気に突き抜ける。

「あっ……やっ……だめっ……そこっ、触っちゃ——！」

身体を捩って、与えられる刺激から逃げようとしても、彼はそれを許さなかった。蘭珠の身体を押さえ込み、抱きしめ、逃げられないようにしておいて、さらに濃密な愛撫を加えてくる。

わずかに開いた脚の間に彼の身体が入り込んできて、膝が秘所に押し当てられているのにも気づかなかった。

「触るなって言う方が無理だろう。こんなに揺らして、俺のことを誘っているのに」

「あぅっ……そ、そうではなくて……！」

彼は片方の胸を手のひらで緩やかに捏ね回し、もう片方の頂には舌を押し当てて小刻みな振動を与えてくる。どちらの感覚も繊細で、気持ちよくて、あっという間に快感というものを教えこまれた。

「——蘭珠、お前は美しいな。感じている姿も、可愛らしくていい——もう、濡れてきたか」

「だからっ、そういうこと、言っては……！」

感じて気持ちよくなれば、その場所が蜜を零すことくらい知っているけど、それを言葉にされるのは違うと思う。

「それもっ、いやっ！」

片方の頂を甘噛みされるのと同時に、もう片方をくいっと中に押し込まれた。左右の頂から流し込まれる感覚に、蘭珠は腰を跳ね上げた。

そのとたん彼の膝で秘所を擦り上げられてしまい、送り込まれた新たな感覚に悲鳴じみた声が上がった。

「ごめんなさい……違う、いや、じゃなくて……私、おかしい……から……」

「おかしくはない。小さなことは気にするな。俺は、お前がどんな意図を持って嫁いできたのだとしてもお前を大切にする」

その言葉が終わるのと同時に、口づけられる。今、彼と唇を契るのは、これから先、全てを分かち合うと約束するのと同じ。

「何も考えるな。目を閉じろ――これは嫌か」

「……いえ」

蘭珠が目を閉じると、景炎は乳房に触れていた手を脇腹へと滑らせてきた。

お腹の奥の方がきゅうっとなって、蘭珠の唇からはため息が零れる。

再び、硬くなっている胸の頂が口内に吸い込まれる。舌先で弾かれ、しゃぶられ、身体の中にじりじりとした熱がこもっていく。

「んっ……くっ……景炎……さ、まぁぁっ」

ぴんと硬くなった頂を指先で弾かれれば、こらえきれずに腰が跳ねた。

秘所に押し当てられた膝に擦りつけると、そちらからもじわりとした感覚が送り込まれてくる。

ためらいながらも、揺れ始めた腰は止まらなかった。

「ああっ、私……あ、あぅっ」

彼の手がゆっくりと蘭珠の身体を撫でていき、ますます快感が強くなっていく。

膝の裏に景炎の手が入り込み、大きく脚を開かれる。立てた形になった膝の間に、彼の顔が沈み込んだ。

反射的に閉じようとした膝は、彼の肩によって阻まれる。濡れそぼった場所にふっと彼の息が吹きかけられて、自分がどれだけ濡れているのかを改めて知らしめられた。

彼の肩を膝で締めつけると、脚の間から彼が苦笑いする気配がした。

「ほら、こうすると――いいだろ?」

「やぁぁぁんっ」

濡れそぼった花弁を指がつっと撫で上げ、とたん走ったすさまじい刺激に、背筋が痺れたようになる。

もう一度撫で上げられて、慎みや恥じらいといったものを忘れ去った嬌声が響く。

背筋をしならせて、蘭珠は敷布を握る指先に力を込める。こんなにも感じてしまうなんて、自分の身体はどこかおかしくなっているのに違いない。

濡れた花弁の間を、何度も何度も彼の指が撫でてきて、指先が少しだけその間に潜り込んでくる。

「んっ……く、ん、あぁっ」

違和感を覚えたのは一瞬のこと。きっと指の第一関節までしか埋められていないであろうに、はしたなくなった蜜壁は、その指先だけでも逃すまいと締め付ける。

中を探るように指を揺らされたら、身体がますます痺れてきた。

「あっ……景炎様……あっ、あぁぁんっ」

濡れた指先がぐっと中に押し込まれると、蜜壺がうねって、奥へ奥へと導こうとする。

根元まで指が埋め込まれて、蘭珠は安堵の息をついた。体内に埋め込まれたそれを、内壁はひくひくとしながら締め上げる。けれど、それだけではまだ、足りない。

指では届かないもっと奥の方が、切なく疼いて蘭珠を悩ませる。

「んっ……あ、あ、あぁっ……お願いっ……」

もう、自分でも何をねだっているのかわからなかった。指が中で揺らされて、感じる場所を見つけ出そうとする。

彼の動きに合わせて、腰をうねらせると、また違う場所が疼くのを感じた。

もっとも敏感に快感を得るための器官。そこがじくじくと疼いて、蘭珠を悩ませる。

そこを親指の先にかすめられれば、けたたましい声が寝所の空気を震わせた。

ずきりとした愉悦。めまいを起こすような悦楽。

「景炎様……お願い、もっと……もっと、して、ください……」

はしたない願いを口にしているのはわかっている。それはわかっていたけれど、口にしないではいられなかった。

先ほどまで感じる場所を彼の膝に擦りつけていたように、自分から腰を浮き上がらせて敏感な芽を彼の親指になすりつける。

「蘭珠」

不意に名前を呼ばれて、蘭珠はうっすらと目を開いた。彼が顔を上げて、こちらを真正面から見ている。

不意に羞恥が押し寄せてきて、身体の下で皺になっていた寝衣を引き寄せ、それで目を覆った。

「申し訳……私、ごめんなさい……」

溢れかけた涙を寝衣に吸い込ませようとした時――景炎の手がその寝衣を剝ぎ取った。

「お前は悪くない――ただ、こんなにも素直に感じているとホすのが、とても可愛らしく見えただけだ」

その言葉が信じられなくて、寝衣を取り戻すべく手を伸ばす。けれど、景炎はその寝衣を遠くへと放り投げてしまった。

「いいんだ。そのまま――もっと声を聞かせろ。お前の乱れる声が聞きたい」

言うなり、彼の顔がもう一度脚の間に沈み込む。

今度は、花弁の間に息が吹きかけられたかと思ったら、舌で左右に開かれた。そうしておいて、彼はその奥に隠れている芽を見つけ出し、そこに舌を這わせてくる。

「あっ――あ、あぁぁぁっ！」

今まで与えられていたのとはまた違う快感に、蘭珠は声を張り上げた。

気持ちいい。彼の舌が触れたところからどろどろに蕩けていきそうだ。

下から上に弾き上げられるのもいい。左右に転がされるのもいい。舌の先で円を描くようにくるくると刺激されると、意識が飛びそうになってしまう。

部屋中に響く嬌声に合わせて、彼の舌が蠢く。それだけではなく、先ほど受け入れることを覚えたばかりの場所に、もう一度指が入り込んできた。

「いやぁっ……それっ、だめっ……だめですっ……あぁぁん！」

中で指を折り曲げ、狭い蜜壺の上部を刺激されたら、舌の与える快感と天井を突き上げられる快感が、身体の中心でぶつかり合う。

彼の肩に担ぎ上げられて宙に浮いた足先は、反り返ったり弛緩したりばたばたしたりと、蘭珠の得ている快感に合わせてせわしなく動く。

声をこらえようとしても、そんな努力が身を結ぶはずもない。舌の動きにも指の律動にもどちらにも敏感に反応して、切羽詰まった喘ぎを響かせるだけ。

「やぁっ……景炎様、私、あ、あぁっ」

目の前がちかっちかっとし始める。

光の瞬きに合わせるように声を上げたら、肩にぐっと力が入った。内腿はぶるぶると震え始めて、景炎はその指に合わせて奥に指を突き入れる。

それと同時に舌の動きもますます速度を上げていた。硬くなった淫芽を吸い上げられ、ぴんと弾かれ、同時に中で指を揺らされて、身体がばらばらになったような気がする。

「はっ……あぁっぁぁあんっっ！」

今宵、一番の嬌声が部屋の空気を切り裂いた。

身体の芯から全身を駆け抜けていった愉悦。そこから続く悦楽の波。

これが絶頂というものなのかと頭の隅で認識しながら、蘭珠の身体がぴんと反り返る。

初めての絶頂はあまりにも大きくて、目を開くこともできなかった。

指が引き抜かれ、持ち上げられたままだった膝が解放されて、敷布の上にだらんと投げ出される。

「お前の身体は教え甲斐があるな——覚えがいい」

「褒めて……らっしゃる、の……？」

改めて腕の中に抱え込まれて、蘭珠は気怠い声で問う。初めて絶頂を味わった身体は重たくて、彼に身体をすり寄せたら、このまま眠りに落ちてしまいそうだ。

——今日は、大変、だった……か……ら……。

こくりと首を揺らしたら、上から景炎の笑う声が聞こえてきた。

「眠るにはまだ早いぞ——こら、まだ、初夜は終わっていないだろう。……このくらい力が抜けている方が、お前も痛みを感じないでいいかもしれないな」

「景炎様……私、平気……だか……ら……」

「寝ぼけながら何を言う」

違う、寝ぼけているわけではない――そう返したいのに、言葉が出ない。

彼はここでやめるつもりなんてないようだった。大きく脚を開いた中心に、熱いものが押しつけられる。

花弁の合わせ目をそれで捏ね回すようにされて、蘭珠もうっすらと目を開いた。

「平気です……そう、言い、ました……」

十分に溢れた蜜をまとわりつかせた切っ先が、花弁の間に潜り込んできた。その熱に、眠気も一気に吹き飛んでいく。

「あぁっ……あっ、あーっ」

けたたましい声が唇から上り、圧倒的な充溢感《じゅういつかん》に身体の奥が疼いた。

本当なら、もっと痛みを覚えるはずなのに。けれど、その疑問は、彼に身体を開かれればどうでもよくなってしまう。

「蘭珠、いいから息をつけ」

さんざん翻弄された後だからか、異物感に眉をひそめはしたけれど、痛みはほとんど感じなかった。言われたように、蘭珠は大きく息をつく。

もう一度彼が名前を呼ぶのと同時に、最奥にぐっと押し込まれた。じくじくとする疼きに耐えかねて首を横に振る。

「どうした？　痛いか？」

「い、いえ……大丈夫、です」

蘭珠がゆるりと首を振ると、彼が体内に埋め込んだ熱杭を揺らしてきた。媚壁を擦り上げられる感覚に、我知らずため息をつく。

優しく手を取られ、握りしめられたら、身体だけではなくて心まで一つになったような気がする。

あまりの幸福感に目尻からつぅっと涙が流れ落ちた。

景炎の唇がそれを吸い取り、こめかみに、頬に、唇が押しつけられる。

「あっ……景炎……様っ……私……！」

それきり、何も言えなくなった。身体を開かれたばかりの蘭珠を気遣ってくれたらしく、景炎はゆったりと動く。

ぴたりと密着したまま腰を揺らされたら、奇妙な感覚は、確実に快感へと変化し始めて蘭珠の身体を支配していく。

「あぁっ……ん、景炎様っ……景炎様っ……！」

自分の声が、こんなにも切なく響くことがあるなんて思ってもいなかった。

訴える蘭珠の声に煽られたように、景炎の動きが激しさを増す。ぐっと奥に押しつけられたかと思ったら、そのまま勢いよく穿ち始めた。

腰を揺らされ、抱きしめられ、奥を突き上げられる度に、すさまじいぐらいの快感が頭の先まで走り抜ける。

「……お前が愛おしい」

そうささやきかけてくれる言葉は嘘じゃない。体内に感じる彼の熱は夢じゃない。

この国に嫁ぎ、彼の妃となった――大丈夫、蘭珠の生きる道はここにあるはずだ。

「……ん……ん、ぅ……嬉しい……です……」

景炎の言葉に、胸がいっぱいになる。

恋をした、景炎に。

愛している、目の前の彼を。

「あぁっ……！」

高い声を上げて、蘭珠は背中をしならせる。それと時を同じくして、最奥を突き上げられたら、強い刺激が走り抜けた。

彼の与える熱が全身に広がって、快感の極みへと連れ去っていく。

体内に彼の飛沫を受け入れる――自分の存在意義を、その時改めて意識したような気がした。

◇◇◇

――彼女と最初に会ったのは、条約を結ぶための特使として玲綾国に赴く叔父についていった時だった。一緒に蘭珠との見合いを行うことになったのだ。

その日は少し気温が高く、風の通りやすい縁側に対面の場が設けられた。

「陽蘭珠と申します。よろしくお願い申し上げます」

爪を赤く染めた手をついて、ゆっくりと一礼する姿をじっと見ていた。

蘭珠は刺繍の施された帯を胸高に結び、高く結い上げた髪には黄金の髪飾りを山ほど挿していた。ぱっちりとした目で、自分の顔を見上げている様はまるで人形みたいだ。

——可愛い。

最初に蘭珠と引き合わされた時に、真っ先に頭に浮かんだのはその言葉だった。

たとえば母に仕える侍女達とか、母のところに出入りする貴族の娘達とか、異母姉の春華だとか。容姿が整っているとされる少女と顔を合わせる機会はそれなりに多い。

けれど、『可愛い』という言葉が真っ先に浮かんだのは、蘭珠が初めてだった。

最初のうちは、ぎこちなく、ぽつぽつ話をしていたのが、一度彼女がうつむき、視線を上げたところで何かが変わった。

「ゆ……夢じゃないぃぃぃぃ……！」

手足を使ってばたばたと後退したかと思ったら、そのまま地面へ転がり落ちる。見合いの場所に選ばれたのが、縁側だったのも災いしたのかもしれなかった。

立ち上がらせて、袖を捲って確認したら、ひどい痣になっていた。

「う……うわあああああんっ！」

大きな声が響き渡って、目からぼろぼろと涙が零れ落ちる。

止める間もなくそのまま蘭珠は侍女達に連れていかれてしまった。

——大丈夫かな、怪我。

様子を見に行きたくても、他国の宮廷だから勝手がわからない。そわそわしていたら、叔父が声をかけてくれた。

「なんだ、景炎。あの娘が気になるのか」

「叔父上、だって、……すごく泣いてたから」

そう言ったら、けっこうな遊び人である叔父は、珊瑚を使った髪飾りを分けてくれた。「女が泣いたら、玉をやるとすぐに泣き止むぞ」という言葉と共に。

大慶帝国は三方が海に面していて、国の南側では良質な珊瑚が採取される。叔父は、この国で仲良くなった女性に贈るつもりで珊瑚の装身具をいくつか持ってきたのだそうだ。

幸い、蘭珠の怪我はさほどひどくなかったようで、すぐに彼女の方から使いが来た。

もう一度会える、とわくわくしながら翌日改めて面会の場へと向かう。

先にその場に来て待っていた蘭珠は、景炎の顔を見るなり目を輝かせた。

——今の顔、すごくいいな。

昨日、最初に顔を合わせた時は、緊張しているのか表情がほとんどなかったから、可愛いけれど人形みたいだと思った。

けれど、今は違う。自分の顔を見たとたん、ぱっと表情が輝いて、会えて嬉しいと全身で表しているみたいだ。

自分の国にいる時は、皇帝の息子という身分に恐れをなしているのか、目の前に現れる娘達はどこか恐れているような気配が見える。そうでなければ、権力者に媚びる気配だ。

蘭珠はそんなものを感じさせず、ごく自然に接してくれるのが嬉しい。

持参した珊瑚の髪飾りを渡してやったら、蘭珠の方も嬉しそうに笑った。

「叔父上が言ってた。女が泣いたら、玉をやるといいって」

その言葉に、ぴしゃりとこちらの手を叩こうとするのも嫌ではなかった。彼女の様子を見ていたら、自分までどきどき、そわそわしてくる。

──たぶん、この娘となら一緒にやっていくことができる。

何も確信はなかったけれど、そんな予感がした。

「どうする？　お前が嫌なら、他の皇子に嫁がせてもいいんだぞ」

「俺の妃にしてください」

「そうかそうか、気に入ったか。お前が妃に欲しいならそうするか。気に入ったんだろうとは思っていたがな。なにせ、珊瑚の髪飾りまでやるくらいだからな」

「……それは！」

部屋に戻った後、叔父に問われて即答したけれど、からかわれているのもわかるから、耳がじんわりと熱くなる。

──変なやつ。

改めて思い返してみたら、昨日顔を合わせた時とは別人みたいだった気がする。

じーっとこちらの顔を見ては目をそらす。口ごもったかと思えば、身を乗り出して話を聞いてくる。こちらの全てに興味があると、あの大きな目で語られているような気がして。

そのひたむきな好意がなぜかとても好ましい。

だから、蘭珠を迎えるのにふさわしい男になるのだ。玲綾国を離れる時にはそう決めていた。

そして、帰国してからは蘭珠との文通が始まった。

蘭珠を守るために強く、信頼を得るために正しくあらねば。書物を読むのが好きだと言っていたから、勉学だって負けていられない。

嫁いできた時に幻滅されたくなかったから、努力を重ねるのも苦ではなかった。

一つ心配だったのは、蘭珠はあまり身体が強くないらしいことだった。玲綾国に赴いた者達の話を聞いていると、自分の部屋から出てくることもほとんどないのだとか。

こちらに心配をかけまいとしているのか、手紙では、自分の体調についてほとんど触れてくることはない。

大慶帝国は国が大きいから名医も多い。蘭珠のために滋養強壮にいい薬を作らせ、せっせと文に添えて送ってやる。蘭珠からの返事が届くのも楽しみだった。

手紙の中の蘭珠は、どちらかと言えば物静かな性質みたいに見えた。

室内でおとなしく書物を読んだり刺繍をしたり。時々、親に恵まれない子供を育てている夫婦の屋敷を訪れる以外はめったに外出もしないらしい。

約束の日から十年が過ぎて、蘭珠が到着する日が近づいてくる。

そんな折、異母姉である春華に呼び出されたのは、蘭珠の到着予定日の五日ほど前のことだった。

「景炎、あなた……花嫁を国境まで迎えに行かないとだめよ。最近、あのあたりに盗賊が出没しているでしょう」

春華は皇后の娘であり、自分とは母が違う。皇太子である龍炎は、自分をうとんじているところがあるが、春華はそんなことはなかった。

幼い頃から、自分の宮にふらりと現れては、言いたいことだけ言って去っていくが、彼女の言葉にはこちらの利益になることが多かった。

実のところ、本気で敵に回してはいけないのは自分を敵視している異母兄の龍炎ではなく、この春華だろうと思っていた。彼女の与えてくれる忠告は、状況を的確に判断しなければできないものが多かったから。

だが、その言動から、兄弟の仲をとりもつ——とまではいかなくても、平和を保とうとしているのはわかっていたので、彼女に対してさほど悪い印象はない。

「お願い。行ってあげて——嫌な予感がするのよ」

そう言う彼女の真意を読み取ることはできなかったけれど、少なくとも嫌な予感を覚えているというのは間違いなさそうだ。

「……そうだな。義姉上のお言葉に従うことにしよう」

丁寧に礼を述べて、彼女の言葉に従ったが、結局、その予感は正しかった。

国境となっている川に到着した時、輿入れする公主の一行は、盗賊に襲われていた。

少し離れた馬車のところで、剣を振るう二人の娘の姿に目がとまる。

そのうち一人に、あの日、珊瑚の髪飾りを受け取って微笑んだ少女の姿が重なった。

——病弱、ではなかったのか？

今、賊と対峙している彼女の姿からは病弱な様子などまるで見られなかった。それどころか、「絶対に生き延びてみせる」というような、意思の強さが見受けられる。

剣を振るう腕はかなりのもの。力がなくても扱えるように、刃を薄く短く細めに仕立てたらしき剣で、次から次へと襲いかかってくる男達を蹴散らしている。隣にいる侍女もなかなかの腕前のようで、防戦一方でありながらも、彼女達の身体には傷一つついていない。

修練を重ねてきたらしい軽やかな動きから、目が離せなくなった。どうしようもなく、その生き生きとした姿に目が引きつけられる。

「殿下、ご命令を」

側にいた部下にうながされるまで、攻撃命令を下すのを忘れるくらい見惚れていた。

襲いかかっている盗賊達を蹴散らし、名乗りを上げる。こちらを見る蘭珠の目が潤んだようで、久しぶりの再会に胸がどきりとした。

落ち着いた後、部屋を訪れたら、髪に飾られていたのはあの日自分が贈った珊瑚の髪飾りだった。こちらの顔を見た蘭珠が頰を染める。

――あの時の品だ。

生まれて初めて女性に宝飾品を贈った。それをまだ使ってくれていたことに、なぜか安堵し、さらには心臓がどきどきし始めたのを自覚する。

けれど、彼女には不審な点もあった。文をやりとりしてきたおとなしい公主と、目の前の娘がどうしても重ならない。

その点を問いただしてみたら、また慌ただしく表情を変えてうろたえた。

「か、身体を動かすのが健康にいいって聞いて、剣術の教師をつけてもらったら……ええと、めきめき上達して、身体も丈夫になってしまって……この一年は熱も出していません」

――なんだ、あの時と一緒じゃないか。

言葉の真偽はともかく、こちらの言葉にいちいち表情を変えて、それでも、その裏に好意のようなものが見え隠れしているのは、十年前と同じだ。

大慶帝国の皇宮内にあって、自分の立ち位置は非常に微妙なものだ。皇后の息子である現皇太子とは敵対する関係にある。

自分自身は兄に忠誠を誓いたいと思っている。若干女性に手が早い点だけはいただけないが、民を苦しめるようなことはないだろう。理想は、父と叔父――見合いの際、特使として玲綾国に赴いた――とのような関係だった。皇帝が国を治め、そして自分はそれを補佐する。

だが、今の宮中ではそれが許されなくて、周囲には常にぎすぎすとした空気が漂っている。

冷遇――とまではいかないにしても、宮中で軽んじられる立場にある自分に近づいてくる女性と言えば、腹に一物抱えた者ばかり。異母兄を放逐し、その後釜に自分を据えようという貴族が、美貌で評判の娘を送り込んできたこともある。

その打算が見えていたから、即座に娘を追い払ったけれど、目の前にいる蘭珠にはそのような打算は見受けられない。

自分と会えて嬉しい、幸せなのだと、その表情が告げている。

政略上結ばれる婚姻であることは、重々承知だ。だが、こんなにもまっすぐな気持ちを見せられて落ちなければどうかしている。

「男はみんなケダモノです！」

と、侍女の鈴麗がこちらを警戒している様もむしろ面白いくらいだ。

――とはいえ、あやしいところがないわけではない。

そうしながらも、自分の中の一部は蘭珠を警戒していた。

こちらを見る目に、時々得体のしれない深刻な表情が浮かぶのに気づかないほど、愚かではない。

都に着くまでの三日間観察していた結果、自分の手の内にいる間は安心していいだろうという結論に至ったが。

皇宮に着いたら兄の目に触れないように担いでさっさと自分の宮に連れていくつもりだったのに、失敗した。

前方から大股に歩いてきた龍炎が、肩に担いだ蘭珠に目を留める。

「なんだ、景炎。その娘は」

「兄上――この娘か？　これは玲綾国の公主だ。つまり、俺の嫁」

龍炎の前で牽制したつもりだったけれど、それは無駄だった。

蘭珠がこの国に入ってしばらくした後。皇太子妃のもとに呼び出された蘭珠が薬を盛られるという事件が起こった。蘭珠が到着したその日、美貌に目をつけた皇太子が、薬を盛るよう命令したらしい。

侍女の鈴麗が自分を呼びに来なければ、大変なことになっていただろう。

——俺に対する嫌がらせの意味もあるんだろう。

本気で蘭珠を好きになったというよりは、こちらに対する嫌がらせの意味合いの方が強そうだ。そうでなければ、いきなり呼び出して薬を盛るよりも、まずは正面から口説くのが彼のやり口だ。以前から異母兄が弟達に対して妙な対抗心を持っているのは知っていた。だからそれを嫌がった第二皇子は、さっさと政権争いからは身を引いたのだ。

だが、自分に対する対抗心を、そんな愚かな形で解消しようとするとは思ってもいなかった。皇太子、皇太子妃ともに数日の禁足。そんな程度ですまされていい話ではない。いくら、皇太子妃の父親が、有力者の田大臣であったとしてもだ。

権力争いを激化させるつもりはなかったが、それでも父にもう一度、直訴しようと思っていたら、蘭珠には内緒で会いに来たと鈴麗が部屋までやってきた。

「噂が広まらないように、お願いいたします……景炎様。これ以上、蘭珠様を煩わせたくありません。噂が形を変えることも、景炎様ならばよくご存じでしょう——もし、皇太子に乱暴されたなどという噂になったら」

真面目な顔で鈴麗が言いつのる。彼女は必死に頭を下げた。

「お前は、蘭珠が大切なのだな」

「はい。命に代えてもお守りしたい方でございます」

鈴麗は、蘭珠より二歳ほど年上、というところだろう。蘭珠が姉のように慕っているのも側で見ていればわかる。鈴麗が心をこめて蘭珠につかえている様も。

「わかった。鈴麗の言うことにも一理あるな。今回の件については、俺からはもう何も言わない」

そう言って鈴麗を帰らせたけれど、蘭珠の方でも一矢報いたようだった。

田大臣が商人から賄賂を受け取っていたことが発覚し、しばらくの間朝儀への参加を禁止されたのだ。滑稽な田大臣の不正がこの時期に明かされるなど、偶然とも思えない。他の者は小国の一公主など疑わないだろうが、蘭珠を知る景炎にはすぐ思い至った。

——ただの公主にしては、手際がよすぎる。

忘れかけていた蘭珠への疑念が、再びよみがえる。

思い返してみれば、来たばかりの頃逃げ道を探していた。街中で顔を合わせた時も、成都に妙に詳しいと思った。空いた時間は、たいてい皇宮内をうろうろしているようだ。

——ひょっとしたら、公主のふりをした間者を送り込んできたのではないか。

そんな風に思ってもしかたのないところだろう。

病弱だという話の割に、剣の腕が妙に立つ。連れてきた侍女も、護衛と言うだけですませるにはおかしなところがある。

手の内に囲っておいてすむ話でもない。囲おうとしたところで、きっと彼女は突破口を見つけて外に出ていくだろう。彼女の思惑がどこにあるのかはわからない。だが、敵対視すべきものではないのだろう。彼女の目を見る限り、そんな気がする。

——それに、囲ってしまったらきっと彼女の持つ魅力は薄れてしまう。

ほんのりとした好意は、手紙のやりとりの間も感じていた。

それが明確な好意へと変化したのは——きっと、壊れた馬車を背に、盗賊と渡り合っていたのを見たその時。やりとりしていた文の文章から予想していたたおやかさとは、まるで別人のような芯の強さ。

思いがけない生命力を見せられて、心を鷲づかみにされた。きっと、彼女が来たら全身全霊をもって守らなければいけないのだと思っていたが、違う。

ひょっとしたら、安心して背中を預けることのできる存在になるのかもしれない。

それでも、ふとした時に見せる怪しげな行動が油断してはならないと告げてくるのだが——。

——俺が注意を払って見ているしかないか。

もし、蘭珠が間者で愚かな真似をするというのなら——その時は、自分自身で始末をつけるしかないだろう。

それが、蘭珠に対する己の責任の取り方なのだと思った。

第五章

婚儀を終えてひと月。客人として滞在していた房から、景炎の宮へと居住する場所は変わったけれど、蘭珠の日常はさほど変わらない。書を読み、楽器を習い、刺繍をして、剣の稽古に散歩。時には景炎の許可を得て、街に出ることもある。

「ここのところ、景炎様はいらっしゃいませんねぇ。寂しいですねぇ」

「お忙しいのよ。戦になるかもしれないんでしょ」

龍炎のところから助け出してくれて以来、鈴麗はすっかり景炎に敬服している様子だ。

以前は蘭珠は渡さないと牙を剝いていたのが、婚儀を終えた最近ではこうやって景炎がいないと寂しさを覚えるらしい。

『三海』の女将から届けられた市中の噂では、蔡国との間に戦が起こりそうな気配があるということだ。商人達が仕入れる品が、戦に向けてのものに変化しつつあるらしい。

「今日は景炎様はいらっしゃらないから、夕食は簡単にして。おかゆと青菜の漬け物くらいでいいって厨房に伝えてくれる？　最近少し太ったから食事は軽めにしたいの」

太ってしまったのは、このところ『三海』に菓子を申しつける機会が増えているからだ。

彼女のところに鈴麗をやって手ぶらで帰すわけにもいかないから、毎回菓子を買い込んでこさせてしまう。買ってきた品は、宮中で働いている娘達に分け与えているけれど、おいしいからつい自分の手元にも残してしまうのだ。

「それと、今夜は薬草風呂にしたいから、誰か薬草をもらいに行ってくれる？　鈴麗は頼みたいことがあるから、ここに残って」

「かしこまりました」

他の侍女を追い払ったとたん、蘭珠は真面目な顔になってひそひそと鈴麗にささやきかける。

「他の宮に入っている『百花』から連絡はあった？」

「……はい。蔡国との国境のところで戦になりそうだと。女将からも同じような報告があったし、かなり信憑性が高いのではないかと思います」

蔡国との間には、長い間国境を巡っての争いが繰り広げられているので、いつ戦になっても驚かない。玲綾国との間がそうはならないのは、広い川を国境としていることと、国の規模に明らかな違いがあるから。玲綾国の方から戦をしかけたとしても、負けてしまうのが目に見えている。

「そう。他には？」

「景炎様が将軍として出陣する可能性が高いそうです」

——変ね。

この戦については、『六英雄戦史』においては何一つ語られていない。この頃、主人公、林雄英は辺境に住む子供にすぎなかったから、彼の耳にはこの戦について届いておらず、語られていなくても不思議はない。

だが、愛梨が蘭珠として転生したことによって、この世界に何らかの歪みのようなものが生じているのだとしたら。

――もし……この戦で景炎様が命を落とすようなことになったなら。

それが怖い。

「……今回の戦について、調べられるだけの情報を集めるように皆に命じて」

鈴麗が緊張の面持ちで応えた時、蘭珠の命令を果たすために出ていった侍女達が、役目を終えて戻ってくる物音が聞こえた。慌てて話題を変える。

「そういうわけだから、あなたは明日街に出てお菓子を買ってきてちょうだい。いい？　棗《なつめ》の餡が入ったお饅頭と、胡麻の餡が入ったお饅頭よ。杏仁酥も忘れないで。あと月餅もね」

そこまで口にして、蘭珠は考え込む表情になった。

「私、『三海』の裏手に住んでいる李《り》に翡翠の簪《かんざし》を注文していたけれど、完成したという連絡はあったかしら」

「いえ、まだございません」

そう返事をしたのは、大慶帝国の侍女の中でも一番の年かさの者だった。鈴麗含め、他の侍女達を束ねる役を果たしている。

「鈴麗、街に出るなら、ついでに李のところによって、今度の宴に間に合うかどうか聞いてくれる？　戻りは夕方でいいから」

「お任せくださいませ」

蘭珠の頼んだ用事をすませると、かなりあちこち歩き回ることになる。それを知っているから、侍女達は鈴麗の方に一斉に気の毒そうな目を向けた。

いずれ『三海』での話が長引く事態が生じることも想定して、蘭珠の命令で鈴麗が街に出ると、帰りが遅くなるという実績を作っているのだ。

「鈴麗、いつも悪いわね」

「いえ、当然のことでございますから」

下がるように合図すると、侍女達がゆっくりと下がっていく。

――自分で街中を動くことができればいいのに。

国許にいた頃はこっそり街中に出かけることも多かったけれど、こちらに来てからは控えている。自分であちこち動き回って、いろいろな人から話を聞くことができれば、もっと考えの幅も広げることができるのに、そうできないからもどかしい。


翌日、鈴麗は蘭珠に頼まれた用事をきちんとすませて戻ってきた。

中身の菓子は、侍女達の間で分けるようにと大半を鈴麗に持たせてやる。蘭珠が必要なのは、二重になっている箱の底に潜ませている報告書の方なのだ。

報告書に素早く目を通し、そのまま火鉢に落として証拠を隠滅した。

――それにしても、皇太子妃のところに使用人として入り込むなんて、女将も大胆な手を使ったものね。

最終的な報告は蘭珠のところに届くようにしてあるし、必要があれば蘭珠からも指示を出すが、大慶帝国内の人員配置についてはある程度『三海』の女将に任せてある。

彼女からは、今までも各宮に『百花』の間者を入れてきたけれど、今回皇太子妃の宮に入れることに成功したとの報告だった。身近に仕える侍女ではなく、下働きではあるが、それにしたって入り込むのはなかなか難しい。

――春華様のところにも、下働きで誰か入れられそうだという話だし。

ここは皇宮。周囲には敵しかいないと思っていた方がいい。『百花』が皇宮内で静かに勢力を伸ばしていくのなら、それに越したことはない。

完全に報告書が灰になったことを確認していると、ふらりと春華がやってきた。

「蘭珠さん、お庭の散歩に行かない？　最近、会ってなかったから遊びに来てしまったわ」

侍女も連れず、一人で現れた春華はいたって気楽な様子だ。鈴麗だけを供に連れ、蘭珠は誘われるままに散歩に出かけることにした。

「蔡国と戦になりそうよ……いやね」

「……そうなのですか？」

とっくの昔に知っていたことではあるけれど、そんな様子は見せず蘭珠は驚いて見せた。実際より無邪気に見せかけることによって、情報を引き出しやすくするのは蘭珠の得意とするところだ。

知らないことを知っているとはったりを利かせるよりも、その方が蘭珠らしいと高大夫も賛成してくれた。

「あなたは、何も知らないのね……もう少し、上手く立ち回らなくてはだめよ」

蘭珠の予想通り、しかたないというように春華はさらに情報を流してくれる。

「蔡国は国王が病気で、王太子が権力を持っているのよ。その王太子が凡庸で、むやみやたらに領土を得ればいいと思っているんだもの。戦が減るはずもないわ」

――春華公主は、蔡国王妃となるはず。となると、今、ぼろくそに言ってる王太子に嫁ぐことになるんだけど……。

今のところ、そんな縁談が出ているという話は、蘭珠の耳には入っていない。

それなら、今、春華の知る限りの情報を引き出してしまった方がよさそうだ。

「領土を広げたいという野心ですね」

「……その分、上手くのせることができれば、付き合いやすい相手でもあるのでしょうけれどね」

「それで、今日は何のお話でしょうか」

侍女も連れず、二人だけで庭の散策をするからには何かある。春華が何も考えずに行動する性質ではないのは今までの付き合いから知っていた。

「そういうところは鋭いのね。それで……頼みというか、お願いというか……翠楽のことなのだけれど」

皇太子妃翠楽の名を聞けば、蘭珠の眉間にも皺が寄る。あまり会いたい相手ではない。

彼女の茶会に招待されてとんでもない目に遭いかけたことを思えば、距離を置きたくなるのも当然だ。

「許してやってとは言わないけれど……力になってはもらえないかしら。図々しいのは私もわかっているけれど……なにせ、兄夫婦のことだから心配なのよね」

いずれ、物語上最大の悪女となる春華。だが、今のところそんな気配は見受けられないし、もしかしたら元々優しい人で、蔡国に行ったことがきっかけで悪女化するのかも、などと思えてくる。

そういう頼みなら聞いてやりたい気もするが、やっかいごとに自分から首を突っ込んでいくよりも、景炎の身を守る手立てを講じる方が先だ。言い訳をして、なんとか逃げようと試みる。

「……でも、夫婦のことに外から口を挟むのは」

「普通の夫婦ならね。でも、皇太子夫婦よ——皇太子妃を粗末に扱えば、田大臣が黙ってはいない」

田大臣の権力は、皇帝といえど無視できるようなものではない。

田大臣への揺さぶりをかけた時も、受け取った賄賂は国庫に納めたとはいえ、数日の禁足ですんでしまった。他の貴族ならば、実は役職を奪われてもおかしくないところだったらしい。それがその程度ですんだのだから、田大臣の屋台骨は相当強固だったということなのだろう。

「正直なところ、兄は翠楽にはつらくあたっていると思うわ。あてがわれた女だという意識が抜けないのよね」

だからと言って、皇太子妃に同情する気にはなれない。春華から表情を隠すように、目に留まった花に気を取られているふりをする。

「——翠楽の方は兄に愛情を寄せているから、兄の命令には、逆らえないのよ」

だから、茶会に招いた蘭珠に薬物を盛ったのだと言われても、それはしかたないですね――とは言えない。鈴麗の機転がなかったから、今頃景炎の側にはいられなかったはずだ。

「親しく付き合ってほしいとは言わないわ。ただ……彼女から近いうちに頼み事があると思うの。できれば……それは聞いてやってもらえないかしら」

「聞くだけなら……お手伝いしますと、約束はできません」

春華の顔を立てるならば、聞く前から断るわけにもいかない。しかたなく、そう返事する。

「それでもありがたいわ。あなたには、もう一度きちんとお詫びをするように私からも言っておくから」

今日の用件はそれだったらしい。

それきり春華は皇太子妃のことは話題から追い払ってしまい、いつの間にか蘭珠は、彼女と新しい衣を仕立てる布は何色がいいかという白熱した議論を交わしていた。

◇◇◇

今夜は、侍女達も下げてしまって、部屋の中にいるのは二人きり。

景炎は蘭珠を腕の中に抱え込んで、髪を指先に巻き付けて遊んだり、頬に唇を寄せてきたりといちゃいちゃするのに忙しい。

蔡国との戦に赴くことになったと、景炎自身の口から聞かされたのはつい先ほどのことで、まだ受け入れることができてはいなかった。おまけに、総大将は龍炎だ。皇帝の決めたことだから、誰も口を挟むことはできないが、景炎も副将軍として行くことになる。

「驚くほどのことではない。俺ばかり戦場に行くのでは不公平だと、先日兄上が話していたから」

「……でも」

不満顔になった蘭珠の手に、宥めるように景炎の手が重ねられる。

「ここで義理の父である田氏にいいところを見せておきたいということだろう」

「それにしたって……」

「いいんだ。兄上がそれを希望だというのなら――やらせておけばよい」

「それはそうかもしれませんけれど……私は、いやです」

龍炎が景炎に対して、異常な対抗意識を持っているのは否定できない。蘭珠しか知らないことではあるが、彼がこのまま皇帝として即位するのは確定事項だ。

ただ、龍炎がそれを知っているはずもないし、「皇帝に即位できるのは確実なので安心していいですよ」と蘭珠の方から教えてやるわけにもいかない。

今回、景炎と共に出陣するのは、異母弟の手柄を横取りしてやろうという心づもりなんだろう。実際、総大将が皇太子だというのなら、景炎の手柄も彼のものとされる可能性が高い。

――私が自分で行くことができればいいのに……いっそ、こっそり同行する？　たとえば兵士に紛れ込むとか……物売りに紛れるとか……。

一緒に戦場に出ることはできなくても、少しでも彼の側にいれば怪しい気配を見逃さないですむかもしれない。蘭珠の心配はますます膨れあがっていく。

男装して兵士として入るのはだいぶ無理があるだろう。物売りならば化けられなくもないだろうけれど、長期にわたる皇宮の不在をどう説明するかがまた問題になってくる。

――やっぱり、無理よね。でも、一緒に行きたい。

自分の目の届かないところで何かあったらと思うと怖い。

「私も、行ってはいけませんか？　身の周りのお世話くらいなら……それに、天幕が襲われるような事態になっても、逃げるくらいならできると思うし」

「馬鹿を言うな。嫁を連れて戦地に赴く将軍がどこにいる」

「……それはそうですけど」

むっとしたのが景炎にも伝わったようだ。彼は蘭珠の頭をぐしゃぐしゃとかき回す。押しのけるようにして、彼の腕から逃げ出し、卓の向かい側へと移動した。

「むくれるな」

「髪をぐしゃぐしゃにするからです！　せっかく鈴麗が結ってくれたのに」

「悪かった、直してやるから機嫌を直せ」

「直ってないです！　よけいぐしゃぐしゃになって――わあ！」

おかしい。間に卓を挟む位置まで退避していたはずなのに、いつの間にか彼の腕の中に逆戻りだ。

髪を留めていた髪飾りが外され、解けた髪が散らばる。

「鈴麗を呼んで、結い直してもらわないと」

「お前はいつも鈴麗を呼ぶんだな。鈴麗以外は信用できないか」

「そ——そういうわけじゃ。鈴麗は、あ……姉みたいな存在でもあって」

「姉のような？」

こうして、彼の腕の中にいると安堵できるのはなんでだろう。彼の腕の中で向きを変えて、心臓のあたりに額を押しつける。

「高大夫は、戦争で身寄りを亡くした子供達を支援していました。その中で、特に有能な娘を何人か、私の侍女につけてくれたんです。皆、高大夫への恩返しも兼ねて、私によく仕えてくれました。鈴麗も……その一人、です」

実際のところは、身寄りのない子供達だけではなくて、奴隷階級に落とされた娘なども蘭珠自身が積極的に動いて集めてきた。けれど、そこまで告げるわけにはいかないから表向きの事情だけ説明しておく。

「そうだったのか」

「だから、つい鈴麗にいろいろ頼んでしまうのかもしれません。付き合いが長い分、何を買いにやっても、私の好みにぴたりと合った品を買ってきてくれるので」

長い間、鈴麗とは一緒に暮らしてきたから、今では目線だけで意思疎通できるくらいだ。

命がけで蘭珠に仕えてくれるのだから、精一杯の誠意を返したいとも願う。

「もし、鈴麗ばかり贔屓すると他の侍女の間から苦情が出ているのなら、ごめんなさい。もう少し、考えて行動しますね」

「そういうわけじゃなかったんだ。鈴麗なら、護衛にもいいだろう。安心して留守を任せることができる。七日後には出発する」

「そうですか……寂しい、ですね」

本音がぽろりと口から漏れた。

――ううん、寂しいだけじゃない。

今回景炎が赴くのは、蘭珠の知らない戦争だ。『戦史』本編で語られていたことであればある程度予測がつくけれど、今回の戦については何も知らない。

「寂しい、か――何か土産を買ってくるから、おとなしくしていてくれないか」

「お土産だなんて……子供じゃありません。だいたい、景炎様は遊びに行くわけでは……あっ！」

こうなることを予想しておくべきだった。腕の中に抱え込まれているのだから、最初から逃げ道なんてあるはずがない。ひょいと後ろに押し倒されて、そのまま両肩を床に押しつけられる。

「……景炎様」

ただ、精一杯の思いをこめて彼の名を呼ぶ。

額に彼の唇が触れて、胸が柔らかく震えた。自分でも説明のつかない感情が、胸の奥から押し寄せてくる。

腕を持ち上げて、彼の衣を摑む。

行ってしまう――蘭珠の手が届かないところに。

この戦で彼が死ぬということはないだろうけど、危険なところに行くというのがわかっているから、焦らずにはいられなかった。

「……んっ」

そっと唇が触れ合わされて、鼓動が速まった。これ以上の言葉なんていらない。

――私は、この人が好きだ。

二人の息が混ざり合って、身体の奥がじわりと熱を帯びた。

残された時間で、彼が戦地に赴くまでにどれだけの手を打つことができるのか。

こみ上げてくる不安を隠すように、ただ彼の衣を掴む手に力を込めた。

「一緒に、行くことができればいいのに」

「それは無理な相談だ」

「わかってます、けど……」

「さて、残った時間は有意義に過ごさないとな」

「ゆ……有意義にって……」

彼が身を起こし、膝の裏に手を差し込まれる。そのまま抱き上げられて、隣の寝所まで連れていかれた。寝台に座った彼の腕の中に抱えられて、髪を撫でられる。

「お願いですから……無事に、戻ってきてくださいね」

「――時々、お前は必要以上に心配性になるな」

蘭珠の髪を撫で、彼の手が下の方へと下りていく。胸の高い位置で結ばれた帯は、指の感覚だけで簡単に外された。長衣が肩から滑り落とされて、そのまま床の上へと放り投げられる。

「どれだけ心配しても……し足りないです」

――だって、この人が七年後に死ぬという運命がまだ回避できたわけじゃない。

そんなことを考えているうちに、その他身に着けていたものもどんどん剝がされていって、あっという間に下着一枚にされてしまった。

「今度はお前の番だ」

こめかみの上に口づけながら、彼がささやく。下着一枚のまま、蘭珠はそろそろと手を伸ばした。

彼を真似て、肩から衣を滑り落とし、袖を抜く。床の上にぽいっと放り投げたら、彼が喉の奥から満足げな声を漏らす。

「ほら、その次はどうする？」

そそのかされて、蘭珠はさらに下着の中に手を滑り込ませた。直接肌に触れると、手のひらから熱が流れ込んでくるみたいだ。

下着を留めている紐を解いて脱がせると、彼の身体に残っているのは下穿きだけ。

さすがにそれには手をかけられなくて、膝にまたがったままもじもじとしていたら、蘭珠の身体に残されていた一枚が取り払われた。

「さて、今日は俺のすることを真似してみろ」

いたずらめいた口調で彼がささやく。彼は片方の手で蘭珠の腰を支え、もう片方の手で蘭珠の乳房を包み込んだ。

言われるままに、蘭珠も彼の腰に片手をかける。それから景炎の胸にも手を這わせると、彼の胸もどきどきしているのが伝わってきた。

彼の手がゆっくりと乳房を上下に揺らす。その繊細な動きに、蘭珠の唇からはため息が零れた。同じようにそっと彼の胸を手で撫でてみる。

くすぐったいのか、彼が声を漏らすのを聞いていたら、なんだか背中がぞくぞくしてきた。

「ふっ……あっ」

乳房を揺らす指の先が胸の頂をかすめて、思わず声が上がる。同じようにしろと言われたことを思い出して、彼の胸にも指をあてがってみると、また彼が呻いた。

「気持ち……いいですか？」

自分の声に明らかな欲情の色が混ざっているのに気がついて、ぞくりとした。ますます欲望が煽られて、もっと彼を感じさせてみたくなる。

胸に手を這わせながら、さらに耳朶に唇を寄せる。彼がいつも蘭珠にするように、耳朶を唇で挟み込んだら、彼の肩が跳ね上がった。

——ちゃんと感じてくれている。

そう思ったらますますぞくぞくしてくる。

「俺は、俺のすることを真似しろと言ったはずなんだがな」

「やっ……あ、あぁぁんっ」

反撃されて、あっという間に甘ったれた声を響かせてしまう。胸の頂を指で捏ねられ、耳朶に熱い舌が這わされた。指の先で胸の頂を捏ね回されると、背筋を重い愉悦が走り抜ける。思わず両膝で彼の身体をはさみつけるようにしたら、彼はごろりと横になってしまった。

「やりたいようにやってみろ」

そう命じる声に、今度はためらう気持ちがこみ上げてくる。今の今まで、自分の好き勝手にしていたはずなのに。

「んっ……あっ、あっ」

触れているのはこちらなのに、なぜか唇からは喘ぎが上がる。

彼がいつもどうやって触れているのかを思い出しながら、丁寧に身体に舌を、指を這わせていく。下穿きの紐を解いて、彼の足先から抜く。身体の中心にある彼自身は雄々しく立ち上がっていて、欲情していることを明らかに告げてくる。

それを見たとたん、蘭珠の喉が期待に鳴った。

「……あの」

それでも勝手に触れるのはためらわれて、すがるような目を向けた。彼が蘭珠の手を取り、そのままそっとそれを握らせてくる。

初めて手の中におさめたそれは、火傷するかと思うくらい熱かった。

「そのまま手を上下に動かしてみろ。扱《しご》くようにするんだ」

命じられるままに、屹立を握った手を上下に動かす。おっかなびっくりでそろそろと動かしていたら、上から彼の手が添えられた。

ぐっと握り、上下に手を動かす。そうすると、もう一回り、大きくなったような気がした。

「はっ……ふっ」

自分でもみっともないと思うのに、どうしても期待に満ちた息を零してしまう。

まだ景炎はその場所に触れていないというのに、下肢の奥から蜜液が滴り落ちるのを自覚した。

「景炎様、あのっ……」

彼自身を手で愛撫しながら、蘭珠はこの先をねだった。こんな風に触れているだけでは物足りない。きちんと彼と抱き合いたい。

「……俺が欲しいか？」

「今日の景炎様は……意地が悪いです」

彼と向き合っていることに耐えきれなくて、視線をそらした。そうしている間も手は休みなく動いて、彼自身をずっと刺激し続けている。

「別に意地が悪いわけじゃないさ。蘭珠——今日はお前が好きにすればいいと言っただけだ」

腰に両手がかかったかと思ったら、身体を持ち上げられる。彼の腰のあたりまで移動させられて、腿に張り詰めたものが触れた。

「さて、どうする？」

誘うような声で問われたら、そこから先は決まっている。今の今まで手で愛撫していたものに手を伸ばし、そっとその根元を支えた。

「お前は話が通じやすいからいいな。そのまま自分でいれてみろ」

「はい……」

またがった体勢で相手を受け入れるというのは、初めての経験だ。

今日はまだ、内部に指も入れていない――これだけ蜜を溢れさせていれば、きっと中も完全に綻んではいるだろうけれど。

「ふっ……ぅ……あ、あぁ……」

蘭珠の唇から、なんとも言えない声が漏れる。濡れた花弁の間と、今までの愛撫でぬめりを帯びた屹立の先端が触れ合う。

とたん、何もされていないのに、頭の先まで痺れるかと思うくらいの感覚が走り抜けた。

蘭珠の唇が薄く開いた。少しずつ腰を下ろすと、張り詰めた猛々しいもので敏感な媚壁を押し広げられていく感覚がたまらなくいい。

「はっ……ん、……んぅ……」

唇から吐息を零しながら、蘭珠は腰を落としていく。一番奥までぴたりと呑み込んだら、大きなため息が零れた。

「よかった、上手にできたな」

そう褒めてくれる声が、どこか遠いところから聞こえてくるようだ。ほっと息をつく間もなかった。

蘭珠を押さえつけたかと思ったら、景炎はいきなり腰を突き上げてきた。二人の身体がぶつかり合う度に淫らな音がして、一気に快感の渦の中に放り込まれる。

「あっ、あっ、あぁっ！」

嫁いで以来、今まで幾度となく身体を重ねてきたから、身体は完全になじんでいる。

一番感じる場所を抉るように突き上げられると、濃厚な喜悦が体中を走り抜け、背中をそらすとその動きにつられて乳房が揺れた。大きすぎる悦楽から逃れようと身体を捩るけれど、しっかり抱えられていては逃げられるはずもない。

「やっ、やっ、やぁっ」

上下に揺さぶられて、視界までもがぐらぐらしてくる。いつの間にか涙が滲んでいて、その視界には薄く膜さえ張っていた。

「や、だ……もうっ……いやっ！　……怖い……からぁ……！」

これ以上揺さぶられていては、どうにかなってしまいそうだ。

半泣きになって訴えたら、景炎はようやく動きを止めてくれた。指の腹で滲んだ涙を払ってくれる。

「怖いって……言ったのに……！」

「お前が可愛すぎる反応をするのが悪い」

「……知りません」

少し落ち着きを取り戻してきたかと思ったら、急に羞恥心が押し寄せてくる。表情を隠すように、景炎の肩に顔を埋めた。

体内に埋め込まれた熱杭はそのままの硬度を保っていて、身動きする度に身体の中の思ってもいないところを擦り上げてくる。

たった今、過ぎた快感が怖いと涙ぐんだばかりなのに、じりじりと欲望が大きくなってくる。

「ほら、今度はもう少しゆっくりいこう」

今まで景炎の上にまたがるように座っていたのが、背中を敷布に押しつけるように横たえられる。

景炎は、腰をぎりぎりまで引いたかと思うと、また根元まで深く沈めてくる。

先ほどまでの激しさが嘘みたいに、今度はゆったりと高いところへと導かれる。自然と腰が浮き上がって、さらに奥まで彼を受け入れようとした。

「俺もどうかしてたみたいだな。怖がらせて、すまなかった」

おそらく、彼の神経も高ぶっていたのだろう。いつになく乱暴な行為はその表れだったような気がした。

その謝罪を受け入れたみたいに、内壁がきゅうっと引き攣れる。

景炎の腕の中、蘭珠が小さな声で名前を呼んだら彼が小さく笑う。汗で張り付いた髪をそっと払いのけてくれる手から彼の愛情が流れ込んでくるみたいだ。

こんな風に彼と一緒に過ごす時間が、少しでも長く続けばいいと願わずにはいられなかった。

◇　◇　◇

——兵士相手の物売りに百花の間諜を潜り込ませるようにしないと。水鏡省と協力体制が取れるなら……兵士の中にも潜り込ませられるかしら。

鈴麗を『三海』へやって、軍に誰か同行させるように指示を出し、間者達からの報告を上げてもらう。

出発までの時間もあまり残されておらず、ばたばたしている時に、皇太子妃の翠楽から蘭珠を訪ねたいという申し出があった。というか、先触れも出さずに直接本人が来てしまった。

来てしまったものを追い返すわけにもいかないので、しかたなく客間に通す。

「鈴麗。私、大丈夫よね?」

「とても、お綺麗です」

あまりにも急な訪問に慌てて鏡をのぞき込み、化粧を直してから立ち上がる。

翠楽と二人で顔を合わせるのはあの日以来だった。

「お待たせいたしました。お越しに気がつかず、申し訳ありません」

誰も呼んでいないし、本当は会う気もなかった、と言外に滲ませながら蘭珠は翠楽の向かい側に腰を下ろした。

「ごめんなさい……ここに来るのはだいぶ迷ったけれど、お願いできるのはあなたしかいなくて……春華様にお願いしたけれど……自分できちんとお願いしなさいって……」

座るなり、翠楽はめそめそし始めた。いきなり目の前で泣き出されるとは思ってもいなかったから、蘭珠も焦ってしまう。

「鈴麗、鈴麗! 手巾をちょうだい」

慌てて綺麗な刺繍を施した手巾を持ってこさせ、翠楽の前に差し出した。

「どうぞ……これを使ってください」

「……ありがとう」

目元を押さえる翠楽を、蘭珠はじっと見ていた。

――ほんっとうに……幸薄そう――！

なんて、失礼な感想を抱いているのを、翠楽は気づいてもいないだろう。

「……ごめんなさい。本当に……あなたにお願いできる立場ではないのはわかっているの。あんなことをしてしまったんですもの。でも……」

そこから先はえんえんと謝罪の言葉が続いて、なかなか用件に入ろうとはしない。焦れた蘭珠が、先をうながしたところで翠楽はようやく本題に入った。

「蔡国との国境に、皇太子殿下が出陣するのはご存じ？」

蘭珠はうなずいた。『戦史』からの知識では、二人も皇子が出陣していくのは例がないような気がするからやっぱり裏があるんだろう。

「……それで、翠楽様のご用というのは……？」

「私、殿下のお供をするつもりなのです」

「……はい？」

皇太子妃相手であるが、思わず妙な声が出た。

だって同じことを景炎に申し出た時、前例がないときっぱり断られてしまったことを翠楽がやろうとしているわけで。

「ここにいれば、多数の女性に囲まれているけれど……戦地に行けば、私一人。殿下が私を見てくれる機会も増えるかもしれないでしょう」

「そ……それは、どうかと……」

そんな理由で戦場まで追いかけていく女など聞いたこともない。思わず頭を抱え込んだ。

――重い。翠楽様の愛情って……重すぎる……！

そうやって追いかけ回したら、皇太子の気質からして、さらに逃げたくなるだけのような気がしてならない。けれど、翠楽はいたって真面目というよりは、追い詰められている感じだった。

「――どうしても、殿下のお子を授かる必要があるのです」

翠楽の必死の形相に、蘭珠はぞくりとするものを覚えた。

――無理無理無理無理無理。私だって、重いと思うんだから……皇太子はもっと重く感じるんじゃ……。

「私は……自分の身を守ることもできません。でも、あなたが一緒に来てくれるというのなら、殿下のお許しを得ることもできると思うのです」

「……どうしてです？」

――春華様がおっしゃっていたのは、ひょっとして、このこと……？

先日訪問してきた春華は、蘭珠に向かって、「皇太子妃の頼みを聞いてやってくれ」と頭を下げていった。それは、このことだったのかと合点する。

「蘭珠様は剣を使うことができるのでしょう。国境を越えたところで、盗賊達を追い払ったと聞きました。だから、どうか一緒に来てほしいのです」

「いえ……あれは、景炎様が助けに来てくださったからで」

「でも、剣を使うことはできるのでしょう？」

「それは否定しませんが……」

どの程度の腕前かまではあまり知られていないと思うが、国境での騒ぎについては、皇宮中の噂になっているだろうから驚くようなことでもない。

「……私の一存では決められません。景炎様がお帰りになったら、相談してみます。今は、こうお返事をすることしかできませんが」

やっかいなことに首を突っ込んでしまったような自覚もある。

けれど、春華から頼まれたという理由もあったし、必死な翠楽の様子を見ていたら、簡単に突き放すこともできなかった。

◇◇◇

翠楽はよほどあちこち根回しをしていたらしく、軍が出立する時には、蘭珠達も軍に同行することが当たり前のように決められていた。

「ずいぶんたくさんの武器を持ち込むのですね」

蘭珠達が馬車に積み込んだ剣を見て、翠楽が驚いたような表情になる。

「私達は力が弱いので……私達の力で扱いやすい剣を特注しているんです。これから行く先は戦場ですし、何があるかわかりませんから、これは予備の剣です」

「でも、私達は少し離れた場所で待つのでしょう？」

無邪気にそう言い放つ翠楽には見えないように、鈴麗がこっそりため息をつくのが見えた。

どうやら、蘭珠が説明をしなければならないようだ。ため息をつきたいのは蘭珠も同じだったけれど、戦場に行くということの重みをもう少し考えてほしい。

「もちろん、私達は最前線には行きません。もし、翠楽様が軍に同行していると知られたら——敵がどういう手を使ってくるかわかりません。たとえば、少数の兵で翠楽様を拉致し、人質としようとしたら？」

「ま、まさか……そんなこと、あるはずないわ」

そんなことも考えないで戦場に同行するなどと決めたのか。景炎と一緒に行くことができるのは嬉しいが、巻き込まないでほしかった。

「何があるかわかりません。行く先は戦場——物見遊山ではないのですよ、翠楽様」

翠楽のおかげで、景炎に同行できることになったのだから、あまりきつく言ってもしかたない。けれど、蘭珠の脅しに翠楽は真っ青になってしまった。

「え……でも……でも」

「それを懸念しているから、少し離れた場所に私達を置いておくのです。あまり勝手に出歩いたりなさらないでくださいね」

少し脅しすぎたかもしれないけれど、このくらいでちょうどいいと思う。

蘭珠と翠楽が一つの馬車に乗り、翠楽の侍女と鈴麗はその後ろの馬車に乗る。鈴麗達がどんな話をしているかは気になるけれど、今はそれ以上にこれから先のことが心配だ。

——景炎様の身に、何もなければいい。

脅えた様子の翠楽ではあったけれど、戻るとは言わなかった。真っ青な顔をして馬車の中では口を開こうともしないのをいいことに、蘭珠も自分の考えに沈み込む。

——景炎様の最大の敵は……今は皇太子龍炎。

もし、今回のことを乗り切ったとしても、次から次へと難題は押し寄せてくるはず。

配下の者からの報告によれば、今回皇太子が蔡国との戦に赴こうとした背景には、なんとかして景炎を追いやろうという思いがあるからのようだ。

弱みを摑もうとしているだけならばいい。だが、戦のどさくさ紛れに景炎を殺そうと企んでいる可能性だって否定できない。

——翠楽様も、変な行動に出なければいいんだけど。

蘭珠のその願いは、無駄になってしまうような気がしてならなかった。

不満顔の翠楽と共に何日か馬車に揺られた後、蘭珠達がとどまるように言われたのはある小さな村だった。

「一緒に、行ってはいけませんか？」

「お前が来ても邪魔になるだけだ」

翠楽が龍炎に向かってすがっているのを、蘭珠はなんとも言えない目で見ていた。今はもっと他にやらなければいけないことがあるだろうに、いい加減にしてほしい。

翠楽の護衛をさせるために、ここで何人かの兵士を割かなければならなかった。そのこともまた、龍炎をいらだたせているようだ。

「景炎様、お帰りをお待ちしております——どうぞ、注意なさって」

「ああ、わかっている」

蘭珠達を残し、龍炎と景炎の軍はさらに前へと進んでしまう。彼らの姿が見えなくなるまで見送って、翠楽は半分泣きそうな顔になっていた。

「……ここでお別れになるなんて」

「最前線まで行かないと言ったでしょう。ここならば、殿下達が会おうと思えばすぐに戻ってくることができますし、何かあれば私達はすぐに逃げることができます」

翠楽をなだめながらも、皇太子が戻ってくることはないだろうと蘭珠は思う。戦況は悪くないようだし、手柄を立てたい皇太子が最前線から離れるなんてありえないことだ。

ただ、ここに来るまでの間も、翠楽と龍炎の間にはほとんど会話がなかったように思えた。そんな関係では、たとえ他の女性を排除したところでうまくいくようには思えない。

「……さて、私達は、私達のすべきことをしましょう」

蘭珠はぱちりと手を打ち合わせて行動を始めた。

村の中の一軒を借り上げ、礼金を支払い、しばらくの間滞在する手配をする。

入浴できないことを覚悟していたけれど、幸いなことにこの村には温泉が湧いていた。基本的には共同の浴場を使うことになっているが、その温泉が引き込まれた湯殿のある家を借りられたので、共同浴場まで出かける必要もない。

「湯殿の掃除は私も手伝うわ。一番大変なところだものね」

「蘭珠様まで働くことはないでしょうに」

「いえ、こういうところでは人手不足なんだから、自分のことは自分でやらなくてはね。翠楽様も……よろしいですね？」

「……え？」

蘭珠の言葉に、驚いたように翠楽は目を瞬かせた。

——自分で働くつもりもないのに、ここまで来たの？

ますますあきれてしまうが、翠楽も彼女の侍女も遊ばせておくつもりはない。

「自分達の身を守るために、知らない者は身近に寄せない方がいいです。だから、自分のことは自分でやらなければいけません」

困惑している様子の翠楽に、基本的な掃除のしかたから教え込む。

ほうきやちりとり、はたきの使い方にぞうきんの絞り方。まさか、はたきの使い方すら知らなかったなんて、想像もしていなかった。

「なんで、私がこんなことまで……」

「ここに来ることを望んだのはあなたでしょう。これ以上、兵士達に負担をかけてはいけません」

こういう場合、物売りとして軍についてきている人にお金を払って仕事をしてもらうという選択肢もないわけではない。信用できない者を入れるわけにはいかないが、百花の娘も来ているから頼もうと思えば頼めるのだ。

——でも、翠楽様にも少しは現実を見てもらわないと。

お節介かもしれないけれど、これから周りを巻きこませないためにもそうしたほうがいい。

だが、蘭珠の希望もむなしく、翠楽の行動には、あきれてしまうことも多かった。

まず、毎朝のように朝食後には手紙を書き始める。午前中いっぱい、その手紙を書くのに費やしたかと思ったら、伝令の兵士が前線に向かう時にその手紙も一緒に持っていかせようと気軽に外に出る。

——こちらの様子なんて、さほど代わり映えしないのに。

「……自分がどこにいるのか、理解なさってないんじゃないですかね」

その様子を見ていた鈴麗が、鼻を鳴らした。

「伝令のところまで、一緒に行ってあげてくれる？　村の中とはいえ、心配だもの。私は、ここで待っているから」

鈴麗に翠楽の護衛を任せて、蘭珠は窓から外を見ていた。

たぶん、これでもましになった方だろう。最初は、村の少年を雇って前線に一日三回手紙を送っていた。あまりにも頻度が多いと、皇太子から叱られたそうだ。

蘭珠は、伝令の兵士に伝言は頼んでも、自分から景炎に手紙を書いたことはなかった。蘭珠達の生活の様子は、伝令の兵士から景炎のもとに伝わっているから、必要以上にわずらわせたくなかったのだ。

翠楽がうんうん言いながら手紙を書いている間、蘭珠と鈴麗は借りている家を掃除し、食事に使った皿を洗い、洗濯を終えてからは家の前で剣の稽古と忙しくしていた。

時々、興味深そうにのぞいてきた兵士達と打ち合ってみることもある。結果は勝ったり負けたりというところで、やはりきちんと訓練されている景炎の兵士達にはかなわない。

――翠楽様の護衛として、この程度で役に立てるのかしら。

龍炎と景炎が配置してくれた兵士達は、皆強いのだと思う。だから、何かあっても蘭珠や鈴麗が剣を取らなければならない事態が起こるとは考えづらいけれど……。

そんな風にして十日ばかりが過ぎた頃、一度景炎と龍炎が戻ってくるという話があった。前線が少し落ち着いたので、一度こちらの様子を見に来るのだという。

「――景炎様っ！」

そして、彼らが戻ってきた時、蘭珠は真っ先に景炎に飛びついた。

――無事で、よかった。

その思いで胸がいっぱいだ。景炎の体温を感じ、鼓動を感じ、彼が無事でいてくれたことに安堵する。

「なんだ、いきなり飛びついてくるから尻餅をつくところだったぞ」

「私はそんなに重くありません！」

首にしがみついたら、彼は軽々と蘭珠を抱き上げた。人目もはばからず頬に口づけられて、蘭珠の頬に血がのぼる。

「な、何を――」

「先に飛びついてきたのはお前だろうが。反対側にもしてやろうか」

自分でもどうかしてると思うけれど、景炎の唇が頬をかすめる感触に、なんだか幸せを覚えてしまう。

はた、とそこでようやく翠楽のことに思い至って視線を巡らせれば、こちらをじっと見つめていた。

――失敗、した……。

龍炎と翠楽の仲が良好でないことはわかっていたのに、自分達の仲の良さを見せつけるような行動をとってしまった。こちらを睨むような目で見ていた翠楽がくるりと向きを変える。そして、側にいた龍炎に何か話しかけていた。龍炎も面倒そうではあるが相手をしている。

とはいえ、二人の距離が微妙に空いているのが気になると言えば気になる。夫婦としては、あまりにも空きすぎていて、何かあったのではないかと思うほどだ。

――私が考えてもしかたがないんだけど。

いたたまれなくなって視線を逸らそうとしたら、ふとこちらを見た彼女の目が、鋭さを増す。

蘭珠は慌てて景炎の腕から飛び降りた。

「どうした？」

「……なんでもない、です」

そうは言ったけれど、蘭珠がどちらを見ていたのかなんて景炎には完全にお見通しだ。彼は蘭珠を引き寄せてささやいた。

「あれは俺にもお前にもどうにもしてやれない。あまり余計な気を回すな」

「……そうですね」

人の心を自由にあやつることができるのなら、こんな風に心が行き違うこともないのだろうに。


一晩宿泊しただけで、翌朝には二人とも前線に戻っていった。本当に、様子をうかがいに来ただけのようだ。

あとは、こちらに残していた後詰めの兵士達と直接打ち合わせをしたいことがあったらしい。

副将の景炎はともかく、総大将であるはずの龍炎まで戻ってきてしまったのはどうかと思うけれど、それができる程度には前線が安定しているということなのかもしれない。

朝出立していく彼らを見送った後は、いつも通りの生活に戻る。掃除、洗濯、書物を読み、剣の稽古。翠楽は一日中部屋から出てこなかった。龍炎から何を言われたものか、手紙はもう書いていないようだ。

日も落ちかけてきた頃合いになって、剣を片付けていたら、ふらりと翠楽が現れた。立ち話もなんだから、と翠楽にあてがわれた部屋に招かれる。鈴麗は、家の持ち主と一緒になって夕食の準備にかかっていた。

部屋に入るなり翠楽が切り出した。

「……本当に蘭珠様のところは仲がよろしいのですね」

「景炎様が……気を遣ってくださるから。子供の頃から、変わらないです」

「あなた達を見ていると、羨ましいわ。私も――そうなれたらいいのに」

それは、翠楽の心からの願いなんだろう。だけど、その声音に蘭珠は奇妙なものを覚える。

「変ね。幼い頃からずっと一緒だったのに、あの方は私を見てくださらないの」

「……人の気持ちを動かすのは、とても難しいことです」

何を言っても、翠楽にはきっと響かないのもわかっている。彼女の立場からしたら、蘭珠の立場は信じられないほど羨ましいものであろうから。

「それはそうかもしれないけれど、あなた達はずっと一緒にいたわけではないでしょう」

「でも、文のやりとりはしていましたから」

「文のやりとりですって？」

翠楽の声音に、若干の苛立ちが混ざったのを蘭珠は敏感に感じ取った。おそらく彼女がどれほど文を送っても、龍炎の返事がないからだろう。口を閉じようとしたけれど、翠楽はそれを許さない。

「文のやりとりで何がわかるというのかしら？　文だけならば、いくらでも取り繕うことができるでしょうに」

「優しいお気持ちをいただきました」

景炎と蘭珠の心の交流を否定されたような気がして、思わず言い返す。

「そう……でも、あなた達の時間もそう、長くは続かないかもしれないわね」

そう言う翠楽の声は妙に平坦で、嫌な予感が急激に膨れ上がった。

——この人は、何か隠している。

「——景炎様に、何をしたんですか」

「な、何もしていない……わ。私はね」

そう言いながらも、翠楽の視線が泳ぐのを蘭珠は見逃さなかった。

「では、何を企んでいるんですか」

一歩、前に出ると、翠楽は驚いたようにその場で棒立ちになった。蘭珠は手を伸ばし、翠楽の腕を掴んで引き寄せる。

「何を、企んでいるのかと聞いているんです！」

「……別に。戦地では後ろから斬られることもあるというだけの話よ」

ふてくされた様子で翠楽が吐き捨てる。

そう——戦地では、後ろから斬られるのも、珍しい話ではない。けれど、何かが引っかかる。

「それだけではないでしょう！」

翠楽を脅そうとしたわけではないが、大きな声が上がる。脅えたように目を見開いて、翠楽は一歩後ずさった。

「多数に囲まれたなら、さすがの景炎皇子といえど、どうかしらね。全ての方向から来る敵を一人で相手をするわけにもいかないでしょう」

翠楽の顔は奇妙なくらいに落ちついた表情を浮かべていた。

「まさか……襲撃……を……？」

目の前が真っ暗になったような気がして、剣を掴み、家の外へと飛び出す。すかさず、鈴麗が後に続いた。

「鈴麗！　景炎様のもとへ——急いで！」

この村にいるであろう百花の者を探している時間も惜しい。蘭珠の叫びに気づいた鈴麗が馬を引き出し、蘭珠は馬に飛び乗った。

「ま……間に合わないわよ！」

慌てて後を追ってきた翠楽が叫ぶ。けれど、蘭珠は彼女にはかまわなかった。

「私が先に行くわ！　鈴麗も——お願い！」

「お供します！」

急ぐ蘭珠に、鈴麗が続く。

完全に日が落ちて暗くなった中、馬のいななきが一度だけ響いた。

◇　◇　◇

——兄上は、ここで何か仕掛けてくるんだろうな。

蔡国との戦のために、景炎は国境近辺に出陣していた。

いつもなら、自分か第四皇子が将軍として出陣するが、今回は皇太子が自ら願い出て総大将となっている。

翠楽に蘭珠を呼び出させて薬を盛った件については数日間の禁足処分ですんだが、父である皇帝の心証はだいぶ悪くなってしまったからのようだ。

義父である田大臣の影響力もいくぶん小さくなり、以前ほど重用されていないような雰囲気があるために、焦っているのではないかということも感じていた。

――国境での襲撃も、兄上が手を回していたという話だしな。

蘭珠がこちらの国に輿入れする際の襲撃について、春華に忠告めいたことを言われたこともあって調べさせていたのだが、結局、龍炎が裏で手を回していたらしいということが判明した。それも今さら追及することはできないが、兄との関係が悪化している今、今後の身の振り方についても考え直した方がいいかもしれない。

「殿下、お妃様がいなくて寂しいですねぇ……」

天幕の中で休んでいると、側についている兵がにやにやしながら言った。

「……寂しいとかいうのとは少し違うだろ。少し馬を走らせれば会うことができる」

「あっちでお妃様の警護にあたっているやつに聞いたんですがね。お妃様はお綺麗なだけじゃなくて、お優しくて強いんだそうですね。仲間達と戦っても負けないんだそうで」

「――だろ？」

遠慮のない部下の言葉に、思わず口元が緩む。

「いつもお連れになっている侍女殿も、お綺麗でお強くて——嫁に欲しいって仲間内では誰が声をかけるかで揉めてるそうで。俺もあっちの担当がよかったなぁ」

「鈴麗は蘭珠に入れ込んでいるから、声をかけたくらいじゃなびかんぞ」

「それはわかってるんですが、一回くらい声をかけてみてもいいじゃないですか」

残念そうに、部下がため息をつく様も面白い。

おそらく、鈴麗は間者だろうという見当はついていた。

公主を娶ったら間者がついてくるなんて、いくらでもあることだし、大慶帝国も外に嫁がせる貴族の娘に、侍女として間者を連れていかせているから、問題視するほどのことではない。

蘭珠に対する警戒心は完全に解いたわけではないが、薬を盛られた時の反撃があの程度であったことを考えれば、大慶帝国に害を及ぼすためのものではないだろう。

もちろん、景炎自身を害そうとしているわけでもないという信頼もある。

何しろ景炎自身も蘭珠が愛しくてしかたない。蘭珠の顔を見れば触れたくなるし、口づけたくなるし、髪をぐしゃぐしゃにしたら、膨れるところも可愛いと思うし——結局のところ、自分は蘭珠に甘いってことなんだろう。

「とっとと戦を終わらせて帰りたいものだな。こうやっているより、蘭珠と過ごす方が有意義だ」

「そうでしょうなあ。あんな嫁さんが待っててくれるなら、戦になんか出たくなくなりますよね」

「お前、少しは遠慮しろ」

肩を叩いてやると、彼は笑う。

皇太子なら、不敬だと騒ぐかもしれないが、こちらの陣ではこれが日常だった。成都にいる時は、平民の服に身を包んで部下達と一緒に街中の酒屋で騒ぐこともある。

得体の知れない貴族達と一緒にいるより、その方がよほどいいと思う。

「――それにしても、兄上はなぜ急に戻るなんて言ったんだろうな」

強引についてきた翠楽を最前線まで連れてくることなく、少し離れた村に押し込めたきり。彼女から送られてくる手紙も一瞥しただけで燃やしてしまう。

そんな彼が「妃の顔を見に行くからお前もついてこい」と言い出したのは昨日だった。

最低限の部下だけを連れて戻ったけれど、翠楽と顔を合わせても特に嬉しそうではなかったように思う。皇太子妃の世話を任せきりにしてしまったが、やはり蘭珠にとってはあまり気の進まない仕事だったみたいだ。

久しぶりに会えたからと、蘭珠の方から抱きついて離れず、久しぶりに会った彼女はそれはもう可愛らしくて――。

「殿下、殿下――顔がにやけてます」

「おっと……すまない」

「いえ、あのお妃様じゃそんな顔になるのもわかりますがねぇ……」

あの大きな目で愛情いっぱいに見つめられたら、絶対に誰だってころっといってしまうはずだ。今、自分のことを笑っているこの兵士も、だ。

とはいえ、ついうっかりしまりのない表情をしてしまったのも本当のことだったから、慌てて表情を取り繕う。

と、その時、遠くから聞こえてくる物音に気がついて、今度こそ真面目な表情になった。

「――殿下！　大変です――襲撃されました！　今、見張りに立っていた者達が交戦中です！」

「――出るぞ！」

ここは最前線であるから、武装を解いてはいない。剣さえ持てばすぐに出られる状態だ。

部下達は最初戸惑っていたけれど、敵の数はそれほど多くないようだ。なんとか押しかけてきた者達を蹴散らして一息つく。

「この剣はもう使い物にならん！　替えを寄越せ！」

持って出た剣は、血にまみれ、刃こぼれして役に立たなくなっていた。天幕の前まで戻り、側仕えの者に予備を持ってこさせる。

「こちらに！」

予備に持ってきていた剣のうち一本を取り上げ、再び敵に対峙する。正面から襲ってきた敵をあらかた片付けたところで振り返れば、また、新たな伝令が走ってくる。

「後方からも、攻められておりますが――こちらに向かってくる二騎に対抗するため、何人かの敵が向かっているそうです」

「馬に乗っているのは兵士じゃなくて、娘だそうですが」

二騎、そして娘と聞いて嫌な予感がした。その予感を裏付けるように、側にいた兵士が言う。

「お妃様と侍女殿では？　もしや後詰めの村に何かあったのかもしれません！」

「そちらに向かう！　この場は任せた！」

「かしこまりました！」

——ここは俺がいなくても、どうにでもなるだろう。最悪の事態は免れた。

それより、蘭珠達の方が心配だ。彼女達に合流すべく、急いで馬を走らせた。

とりあえず景炎のもとへ向かわなければ。暗い中で馬を走らせるのは難儀なことだったけれど、厳しく躾られた馬は蘭珠の命令をよく聞いてくれた。

——どうか、お願い。間に合って。

心の中で必死に繰り返す。

馬を走らせながら、初めて景炎と顔を合わせた時のことを思い出す。

あの日は、朝から大変だった。慣れない重い衣を着せられて、頭が痛くなるくらいぎゅうぎゅうに引っ張られた髪を高々と結い上げられて、化粧をされ、爪まで赤く染められた。

縁側に二人向かい合って座り、初めて顔を合わせ、どきりと胸が跳ねた瞬間、前世の記憶が一気に流れ込んできた。

きっかけは一枚の挿絵。彼の全てを知りたくて、全てを見つけ出そうとした。頭の中にたたき込んだ年表。夜遅くまでディスプレイ越しに交わした激論。

どんな神の采配か、あの頃の記憶を持ったまま蘭珠は生まれてきた。

——だって、私は彼を助けたいんだから。

その思いは、今でも変わらない。

「――景炎様の陣まであともう少しです！」

途中から先に立ってくれた鈴麗の声にほっとする。

翠楽を一人残してきてしまったけれど、その点については悪いとは思わなかった。だって警護の兵はいるし、そもそも蘭珠の目的は景炎を守ることなのだから、翠楽にまで気を配ってやる理由はない。

けれど、あともう少しというところで行く手を阻まれてしまう。行く手に立ち塞がったのは、いかにも質《たち》の悪そうな男達だった。

彼らが身に着けているのは、軍装ではなく、そのあたりで雇われたといった簡易な武装だ。

「鈴麗！　一気に抜けるわよ！」

「はいっ！」

この人数では囲まれた方が不利だ。剣を抜き、目の前にいた男を一刀両断に斬り捨てる。

馬を叩いて合図すれば、そのまままっすぐに前進する。目の前にまた現れた男に斬りつけ、鐙《あぶみ》から外した足で馬上から蹴り落とす。

「走って！」

前を行く鈴麗も一人を馬から蹴り落とした――けれど、ようやく一団を抜けたかと思ったら、また新たな男達が目の前に立ち塞がる。

――こいつら、どこから来たの！

心の中で悲鳴を上げるけれど、平静を装う。ここを切り抜けさえすれば、景炎のところに行くことができる。

「――そこで何をしている！」

不意に向こう側から来た男の声に、襲いかかってきた者達が顔を見合わせた。誰からともなく「引け！」と声が上がるが、向こうから来た男達はそうさせなかった。景炎達の軍だ。

蘭珠と鈴麗の目の前で、入り乱れる新たな戦いが始まる。

血のにおい、うめき声、馬のいななき。

呆然として蘭珠がその場に止《とど》まっていると、馬を寄せてきた鈴麗がささやいた。

「蘭珠様、今のうちです――行きましょう！」

「ええ……」

争いの隙に乗じてその場を逃げ出そうとするけれど、男達が二人を見逃してくれるはずもなかった。

「どこへ行く？」

「逃がすな！」

――あと、もう少しなのに！

援護も駆けつけてきてくれた。それなのに、瞬く間にその援護から切り離されて、鈴麗と二人、敵の真ん中に取り残されてしまう。

「蘭珠！　こっちだ！」

迫る刃《やいば》の中、聞こえてきた声。

そこにいたのは、蘭珠が探していた人だった。

鈴麗と目を合わせ、もう一度剣を振るう。目の前に立ち塞がる男を斬り伏せ、囲みを抜けた。

「景炎様！　ご無事で――」

景炎は少し離れた場所へと二人を導く。ここまで走ってきた馬は限界で、違う馬に乗りかえようと互いに一度降りる。

「どうした」

「……その、翠楽様が」

素早く事情を説明しようとするものの、逃げ出しかけた蘭珠達に気がついた男達がこちらへと向かってくる。

「――蘭珠、鈴麗、離れてろ！」

景炎がそう叫ぶなり、二人をかばうように立ち塞がる。

男の剣を景炎が受け止め、上段から斜めに斬り下ろす。悲鳴と共に男が馬から転がり落ちた。さらに新たな敵に斬りかかるも、そこで異変が発生する。

剣を打ち合わせたとたん、景炎の剣が根元からぽきりと折れた。

とっさに腰に下げていた短剣を抜いて応じるも、圧倒的に不利な状況にあるのがわかる。

「――景炎様！」

蘭珠は自分の持っていた剣を、彼に向かって投げつけた。きっと彼なら、今の声が何を意味しているのか察してくれる。

果たして彼は、ちらりと目をやったかと思うと蘭珠の投げた剣を右手で捕った。

祈るような気持ちで、両手を胸の前で組み合わせる。

景炎は流れるような仕草で、目の前の男に切りつける。二人目の男が地面に倒れ込む。

——景炎様……！

蘭珠の剣は、特別注文したものだから彼が普段使っているものより細く軽く短い。その不利さを彼はものともせずに、目の前の男達と互角の戦いを繰り広げている。

最後の男を斬り伏せたかと思うと、景炎は蘭珠の方へと振り返った。

「蘭珠！　大丈夫か！」

問われて、声を返そうとしたその刹那。

蘭珠の前に景炎が立ちふさがった。地面に突き倒されたかと思ったら、彼の手が翻る。

どうやら、まだ一人残っていたようだ。蘭珠に斬りかかろうとしたところを、景炎がかばってくれたらしい。景炎の剣が男の胸を貫く。

「——失敗した、な」

「景炎様!?」

蘭珠の前で、景炎が地に膝をつく。

彼の背中に、傷があるのに気がついて、蘭珠は悲鳴を上げた。

◇　◇　◇

急いで陣に戻って医師が呼ばれ、景炎の手当てが行われた。

「いいから、さっさとやってくれ」

一瞬意識を失いかけたものの、景炎はここまで自分で馬を御し、天幕の中は自分の足で歩いた。今も床の上に腰を下ろし、医師が手当てをするのに、完全に任せている。

「――さすがに、痛いな」

「痛いなで済ませないでください」

彼に付き添っている蘭珠の声の方が湿っている。

医師が傷口を縫い合わせている間も、景炎はかすかに眉間に皺を寄せただけだった。

彼を守るためにここまで来たというのに、守ることができなかった。

――いえ、私達が、来なければよかったのかもしれない。

翠楽の声に不吉なものを覚え、そのまま村を飛び出してきてしまった。危険を知らせようと駆けつけてきたけれど、むしろ、蘭珠達が彼の足を引っ張ってしまったのかもしれない。

――守ると、誓ったはずだったのに。

胸が、締め付けられるような気がする。

なぜ、もっと早く翠楽と皇太子の動きに気がつかなかった？

医師の手伝いをして、表情を隠してはいるけれど、自分が何の役にも立たないことを正面から突きつけられているようでいたたまれない。

手当てを終えた天幕には、血の臭いが立ちこめている。鈴麗が入り口を覆う布を巻き上げて、血の臭いを追い払おうとした。

「すまないが、お前達は外してくれないか」

医師が血にまみれた布や薬箱を持って立ち去り、天幕の中には蘭珠と景炎、それと端に鈴麗だけが残されたところで、改めて彼は問いかける。

「皇太子妃に何かあったのか」

「い……いいえ、無事だと思います。置いてきてしまったのですが……」

どこから話したものかと蘭珠はためらったけれど、結局最初から話すことにした。

翠楽の様子がおかしかったこと。

それだけではなく、翠楽が口を滑らせたことから何かあるのではないかと思い至ったこと。

「伝令を走らせてくれたらよかったんだ。とはいえ、この陣も襲撃を受けていたから、間に合わなかったかもしれないな。俺の剣にも細工がされていたようで、いきなり折れた」

景炎の説明によれば、蘭珠達がこちらに向けて馬を走らせていた頃、景炎の陣が襲撃されたそうだ。なんとか敵を退けたところで、剣を予備のものに替えた。日頃持ち歩いている愛剣は肌身離さず持っているが、こういう場では刃こぼれなどに備えて予備の剣が必要になることもある。

だがあの時、あまりにも簡単に根元から綺麗に折れたために何かあったのではないかと疑っているのだという。

「お前が剣を投げてくれたから助かったが、戦場で同じ状況だったらどうだろうな」

そう言われて、ぞっとした。もし、替えの剣がすぐに手に入らなかったら――景炎は死んでいたかもしれない。

「鈴麗、俺も限界だから誰も来ないよう見張っていてくれ」

「かしこまりました。誰も近づけないように、外で見張っております」

剣を手にした鈴麗が天幕の入り口へと向かう。

「――すまないな」

ぐらりと景炎の身体が揺れる。手当てを終えた後、苦痛を見せなかった彼が崩れたことに、蘭珠は激しく動揺した。

「景炎様――景炎様、死んじゃだめ！」

慌てて彼の身体を抱きとめる。

――嫌だ。こんなの、嫌……！

ここで彼が死んでしまったら、何のためにここまで来たのかわからない。

失いたくないのだ、彼を。

景炎が蘭珠の全て。ここまで、彼を死なせないことだけを考えてやってきた。

彼を失うことを考えたら、背筋が凍るような気がした。彼の身体に回した手に力がこもる。

「死んじゃだめ――あなたが死ぬのは、ここじゃないんだから！」

思わず自分の知る事実を口にする。劉景炎が死ぬのは、今ではない。

これから出会う林雄英をかばってのことで、蘭珠をかばってのことではないのだ。

「――お前、今、何を言った？」

「あ、ええと、その」

意識を失いかけていたはずの景炎に睨まれて、蘭珠の視線が泳いだ。

「……景炎様、怪我……は……？」

その言葉に、彼は肩をすくめただけだった。

「……言え」

蘭珠の迷いを断ち切るように、彼の表情が険しさを増す。命じる声は、低かったけれど力強かった。

まだ、頭の中ではぐるぐるといろいろなことが渦巻いている。

――私の口を開かせるために、わざと……？　ならばここで話してしまう……？

それは、甘えなのかもしれなかった。

秘密を一人で抱えているのが耐えられないから、だから、今、目の前にいる景炎に全てを話してしまえと。

だが、事実を話したところで、彼は信じてくれるのだろうか。彼に、不気味がられたりしないだろうか。彼の気持ちが、蘭珠から遠ざかることになったら……？

揺れる気持ちは本物だったけれど、ついに心を決めた。

信じてくれなくてもいい。ここを去ることになったとしても――蘭珠の言葉の一つでも、心の隅に留めておいてくれたら、それがいずれ彼を助けることになるかもしれない。

「気づいたのは、あなたと初めて会った日のことでした。……きっと、信じてもらえないだろうけれど、その時――私は、自分が、違う人生を生きていた時のことを不意に思い出したんです」

生まれ変わりという概念はこの世界にも存在し、前世の記憶がある人間というのも時々いるらしい――大体は気味悪がられるそうだが。だから、景炎にもわかる言葉で伝えようと思った。

「前世の記憶と言ったら、わかりやすいですか？」

景炎は蘭珠の言葉にうなずいてくれた。

「でも、私の前世では、私が生きているこの世界のことが物語として語られていました。これから先、何が起こるのか――私は、知っているということを思い出したんです」

ますますわけのわからないといった様子だったけれど、景炎は蘭珠の言葉に耳を傾けている。どうにかして彼を説得したいけれど、難しいだろうか。

「――信じられない、ですよね？」

「そうだな。とにかく最後まで続けろ。それで、その物語では何が語られている？」

彼の言葉は単純明快で、それゆえに蘭珠を安心させてくれる。視線を落とし、膝の上に置かれた自分の手と、そこに重ねられた景炎の手を見つめた。

蘭珠が知っている世界では、景炎は物語に登場した時、皇帝として即位した龍炎との折り合いの悪さから辺境に追いやられていたこと。蘭珠も彼の妻として登場し、辺境まで彼に従っていたこと。

景炎が、林雄英という少年に出会うこと。滅びた王族の血を引く彼が、戦乱を統一する鍵になると見越して、彼を鍛え始めたこと。

蘭珠の語る未来に、景炎は面白そうに耳を傾けてくれた。

「その物語は、どうなった？」

「最後までは読めていません。ただ、林雄英は、大陸を統一するであろう若き覇者として認められつつあるところでした」

「──そうか。面白い話だった。途中までしか聞けないのは残念だ」

「気持ち悪くないですか？　私……」

自分の言っていることが、常識外れであろうことくらい理解できる。信じてもらえなくてもいい、彼に伝えておきたかったというのが自分の我儘でしかないこともわかっていた。

蘭珠の経験を、常人に理解しろと言う方が無理なのだ。だって、普通ではありえないことなのだから。

「お前の言っていることを完全に信じたわけではないが、今日お前が俺のために必死になってくれたことはわかる。それで、お前は何のためにそこまでしてくれたんだ？」

「ええとですね……それを言ってしまっていいのかどうか」

景炎が首を傾げるから、蘭珠はふっと息をついた。だが、ここまである程度信じてくれたのなら、これから先告げる言葉も、彼は信じてくれるかもしれない。

「何を言っても、驚かないって約束してくださいますか？」

「それは今更だろう。今の話を聞いて驚いてない方がどうかと思うが」

「──それでも、です」

「……わかった」

一度咳払いをして、気持ちを落ち着けてから口を開いた。

「今からさほど時間がたたないうちに、あなたは死にます──というか物語の中では死にました」

あまりな発言に、景炎の喉が妙な音を立てる。

「私の知っている物語では、これから大陸が荒れます。戦の嵐が大陸中を吹き荒れることになる。その戦いの中で、あなたは命を落とすんです。大陸の未来を預けるにふさわしい英雄を身を挺してかばって」

ちらりと視線を落とした。目の辺りがじわっと熱くなって、これから先、思っていることを上手に続けられるかわからなくなる。

「……その英雄にとってあなたの力が必要だと思ったのも本当のことだけれど……私……あなたに死んでほしくなかった。だって、まだ途中なんです、あなたのやろうとしていたことは」

林雄英を一人前に育て、大陸を統一する。その志半ばで倒れてほしくない──

そう言えば聞こえはいいけれど、結局蘭珠は彼に生きていてほしかったのだ。

「それに……私、物語の中のあなたが好きだった。ひょっとしたら、定められた未来は変えられないのかもしれない。でも……どこまでもあがいてみたかったと言ったら、笑いますか。あなたに嫁ぐことが決まっているのなら、どこまでもあなたに添い遂げて、同じ未来を歩みたかった」

「未来をつかみ取りたいと思うのは、自然なことだ。だから、お前が来るだけではなく、間諜を送り込んできたのか？」

蘭珠はギクリとする。

――ど、どうしよう……。

まさか、間諜のことに気づかれているとは思わなかった。

贔屓の菓子屋のことを口にされて、蘭珠は目を瞬かせた。

「『三海』だろ」

「『三海』の女将。それに――ここについてきた商人の中にもいるだろうな。後は、鈴麗。兵士の中にも何人か潜り込ませているだろう」

他にも潜り込ませている間諜は何人かいるけれど、今、彼が挙げたのは、たしかに高大夫に協力を求めて育てた間諜達と高大夫配下の者達だった。

「い……いつから……知って……いた……のですか……？」

「蘭珠が来たばかりの頃、鈴麗が俺に助けを求めに来たことがあっただろう」

「翠楽様のところに招かれた時のことですね」

あの時、蘭珠は薬を盛られて危うく皇太子の手にかかるところだった。宮の外で待っていた鈴麗が異変に気づいて景炎を呼びに走ってくれなかったら、間違いなくそうなっていた。

「あの時、普通の侍女にしては妙に機転が利くと思ったんだ。兄上が皇太子妃の房に行ったのに気づき、お前の異変に気づき――おまけに、以前教えた抜け道だけじゃなく、その他の道まで見つけ出して、俺のところまで到着した」

その時は、鈴麗は蘭珠の護衛を兼ねているのだろうくらいにしか思っていなかったらしい。剣に長《た》けた侍女が、身分の高い女性の護衛に就くというのは別に珍しい話でもないし、蘭珠自身の腕についても確認済みだ。

「だが、護衛にしては頭が働きすぎるとは思っていた。それに――お前、『三海』を贔屓にしすぎだ。玲綾国の菓子を買える店は、他にもあるぞ」

うまくやっていたと思ったけれど、景炎の目にはばればれだったということか。いたたまれなくなって、そろっと後ずさりしようとしたら、腕を摑んで引き戻された。

「気づいているのは俺くらいだから、そこは心配しなくていい。誰がどこの菓子屋を贔屓にしているかまでは知っていても、通う頻度までは気にしないだろう」

「こ……今後は、他の菓子屋も贔屓にします」

――今後という機会があればだけど。

という心の声からは意図して目をそむけた。

「お前は、いろいろ知っているくせに、妙に警戒心がなくて、皇太子妃のところにはのこのこ出かけていって、薬を盛られる。危なっかしくてどうしようもない」

「……言い訳のしようもありません……罰は、受けます」

景炎の顔を正面から見ることができなかった。ずっと彼に秘密を抱えていた。だから、今、罰を与えられたとしても、文句は言えない。

「罰？　何を罰すると言うんだ？」

けれど、景炎の言葉は蘭珠には思いがけないものだった。

「だって……こっそり……間諜を……」

景炎の身の周りに間諜を送り込んでいたのは本当のことだ。探られることを彼がよしとしていないのであれば、蘭珠は罰を受けなければならない。

「間諜を送り込ませるくらい、どこの国でもやっているだろ。俺も個人で二人ほど使っている」

「そう……なんですか。いえ、たしかに皆、間諜を使ってはいると思うんですけど」

蘭珠の作り上げたそれは、個人で使うものとしては常識外に大がかりなものだ。それなのに、景炎は何でもないことのように笑う。

「前世の記憶とやらは正直信じられないが、お前が俺のことを思って行動したというのなら——今はとがめられないだろうな。それより、これだけの間諜組織を水鏡省とは別に持っていたということの方が驚きだ。この国には何名ほど入っている？」

「……そうですね」

指折り数えてみる。鈴麗、三海の女将、その他にも兵士の妻や皇宮の下働き、出稼ぎにこちらの国に来ている者。数えてみれば、それは三十人を超えた。

「お前、とんでもない人数を送り込んでいるんだな。まあ、いい——さすがに、疲れた」

「そ……そうですよね、やだ、私ったら！」

重傷を負った景炎と、長い間話し込んでしまった。申し訳なくなって、慌てて彼の腕からすり抜ける。

「すぐにお休みの用意をしますね」

天幕の片隅に用意されている寝台を調え、景炎の方に手を差し出す。手を貸して横にならせたら、そのまま寝台の中に引きずり込まれた。

「な、何するんですか」

「いいから、側にいろ——傷が痛いから、このくらいしてくれてもいいだろう」

「……無事で、よかった」

抱きしめられて、逆にホッとしてしまい、他に何も言えない。彼の胸の鼓動が規則正しく動いていることに、ただ安堵する。

「お前が、剣を投げてくれたから助かった。……お前がこの世界に生まれてきたのは、神の采配——蘭珠、お前は俺の運命だ」

それがたとえ慰めでしかなかったとしても。

彼の言葉が、胸に染みた。

◇◇◇

襲撃から数日がたった。

蘭珠は、翠楽と滞在していた村に戻ることなく、景炎の天幕に寝泊まりしている。蘭珠のためにも天幕を用意してくれるという話だったけれど、彼の側を離れたくなかったからそれは断った。

それに、翠楽と一緒にいたくなかったというのも一つの理由だ。

負傷して寝込んでいるとはいえ、景炎のもとにはひっきりなしに部下達が出入りしているが、彼らがいる時には、蘭珠と鈴麗は外に追いやられてしまう。そういう時は、天幕のすぐ側でおとなしく話が終わるのを待っていた。

部下達が全員引き上げ、景炎がうとうととしている横で、蘭珠は鈴麗を手招きした。

「なぜ、景炎様を襲ったのか、証拠を集めてもらわなければ、ね」

自分は景炎の側を離れるわけにいかないから、鈴麗に動いてもらう。物売りの商人として紛れている百花の間者達の手も借りられるだろう。

「皇太子の差し金ではないのですか」

「翠楽様の言葉だけでは証拠にはならない。私のでっち上げと言われてしまえばそれまででしょう」

国内の有力者田大臣の娘である翠楽と、他国から嫁いできた蘭珠では信頼度がまるで違う。翠楽の方が圧倒的に有利なのだ。

「皇子達の中での序列も、景炎様は高いというわけでもないしね。だから……難しい。いろいろ考えてはいるけれど」

「何を考えているんだ？」

「景炎様！」

寝ていると思っていた景炎が起きて、蘭珠はひやっとした。景炎は全て知っているとはいえ、あまりにも百花のことなどを無防備に話していたから、冷や汗が落ちる。

「ええと、今後のことを、いろいろと。鈴麗、頼んだことを片付けてきて」

「はい。行ってまいります」

翠楽の護衛として近くの村まで来ていたはずであるけれど、肝心の翠楽を放置してこちらまで来てしまった。翠楽の様子も合わせて確認してもらわなければ。

「皇太子妃のことなら、心配する必要はない。それに、国境での戦は、決着がついたから襲撃を心配する必要もない」

「そうなのですか？」

全然気がついていなかった。景炎のことだけであまりにも手一杯になっていた点は反省しなければいけないだろう。

「だから、処理が終わり次第引き上げる。とはいえ、軍と一緒に成都に戻る必要もない。どうせ、総大将は兄上だし、途中に温泉があったから、そこでしばらく養生するか」

「それは楽しそうですね。でも、いいのですか」

実際に、温泉で療養した方がよさそうではあるが、戻らなくていいのだろうか。

蘭珠を招き、自分の側に座らせて景炎は笑った。もう、完全にいつもの調子を取り戻しているみたいだ。

「ああ、いいんだ。どうせ手柄は全て兄上が持っていくんだから」

「でも……」

景炎は気にしていないようだが、蘭珠は納得できない。

「どうせ、そのつもりで兄上もここに同行したんだろうし、それでいい」

「よくないですよ――何、考えてるんですか！」

もともと、今回の戦は景炎が出ることになっていた。そこに皇太子が強引に割り込んできたのだ。彼が立てた手柄ならともかく、景炎の手柄を横取りさせるなんて。

「いいんだ。ほら、お前を迎えに行った時、国境で襲撃されただろう」

「……はい」

あの時のことはよく覚えている。単なる盗賊にしては妙に統制が取れていると鈴麗が言っていた。

「あれは、兄上の差し金だ。お前を殺すことで、迎えに行った俺に処分を科すつもりだったのだろう。お前が薬を盛られた件を調査していた時にそれが判明したが、あれは俺への嫌がらせとお前を殺しそこねた腹いせも兼ねてたんだろうな。今回の襲撃も皇太子妃が兄上に言われて……といったところだろう」

「……たしかに仲がよくないなとは思っていたのですが……それではあんまりではないですか」

「まあな。以前から、しばしばあったし、気にもしていなかったが」

「しばしばって！」

あまりにも気楽な様子に、つい声が裏返る。

「兄上が俺にどんな感情を持っていたとしても、皇帝になるべき人間なのだから、俺は礼を尽くし、忠誠を誓うべきだと思っている。だが、どうやらそれもお気に召さないようでな」

「そうですね。皇太子は――きちんと国を治める皇帝になると思います。ただ――」

龍炎はそれなりに有能であり、また皇太子であるが故に兄妹達の中でも優遇されてきた。それだけに、自分以上に家臣達の信頼を得ている景炎のことが目障りでならないらしい。

「あの方のなさりようを見ていたら、人望が集まるとは思えません。だから、焦っているのではないでしょうか。景炎様が、自分に忠誠を尽くすと信じられないというか」

「だからといってよけいな争いを増やす必要はないだろう。一度失敗した以上今回はもう手は出してこないだろうし、手柄は兄上にやればいい。いっそ、お前の物語みたいに国境警備に行ってもいい——国境は嫌か？」

「いいえ、あなたと一緒にいられるのなら、私はどこでもかまいません」

もし、景炎が自由に主《あるじ》を選べる立場だったなら、きっと龍炎を選んだりしない。他に優れた人材はいくらでもいるのだから、そちらに行けばすむ話なのだ。

だが、景炎は皇帝一族の皇子として生を受けた。そして、上に立つ皇太子は龍炎だ。そうと決まっている以上、どれほど折り合いが悪かろうが、景炎は龍炎に絶対の忠誠心を捧げるつもりでいることを蘭珠は知っていた。

そんな話をしていたら、龍炎が景炎の天幕に入ってきた。景炎の側に座っていた蘭珠は、慌てて床に下りて頭を下げる。

そんな彼女に向かって鷹揚に手を振り、尊大な口調で龍炎は口を開いた。

「景炎、怪我はもうよいようだな」

「——兄上」

二人の間に火花が散るのを目の当たりにしたような気がした。それなのに、天幕の中の温度が一気に下がったみたいだ。

龍炎は鷹揚な笑みを口元に浮かべていたけれど、そんなことで誤魔化されたりしない。

——この方は、景炎様を蹴落としたり辱めたりするためなら、きっと何でもやるんだから。

国境の件にしてもそうだ。輿入れしてくる蘭珠を殺してまで景炎の評判をおとしめようとした。婚約者一人守れない男に、国をゆだねるわけにいかないと。家臣達からそう言わせるつもりだったのだ。

そして蘭珠に手を出そうとしたのは、景炎に恥をかかせるため。

——私は、この人を絶対に許さない。

蘭珠の中で、龍炎は改めて敵として認識された。立ち上がりかけた蘭珠を景炎は手で制し、肩を抱いて引き寄せる。そして、兄に笑みを向けた。

「妃と、話をしておりました」

「お前の妃が何でこんなところにいる？　翠楽の護衛を任せていたと思うのだがな」

龍炎の口元に、薄い笑みが浮かぶ。その笑みを見た蘭珠はかっとなって思わず口を挟もうとした。

——先に手を出してきたのは、そちらではないの！

けれど、肩に回された景炎の手にぐっと力が込められて制止される。

「皇太子妃なら、他の者が警護についていますよ。問題ありません」

おそらく蘭珠を天幕の外に出し、部下達と話をしている間にその手配をしていたのだろう。翠楽のことなんて二の次と思っていた蘭珠は、自分を恥じた。

「──だろうな。今朝、お前のつけた警護を振り切り、こちらに押しかけてきて大騒ぎだ。お前の妃がこちらに来ているのなら、自分が来ても問題ないだろう、とな」

心底嫌そうな顔をして、龍炎はため息をついた。

──気の毒と言えば気の毒なんだろうけど。

幼い頃からの刷り込みだとか、皇太子妃という立場にこだわっているから、とかいろいろ理由はあるのだろうけれど、翠楽は翠楽なりに龍炎に想いを寄せているのは見ていればわかる。それなのに相手はこの反応だ。

「……兄上の妃なのだから、兄上が相手をしてやればよいのだ。戦地に一人取り残されたら不安にもなるだろう」

「気楽に言ってくれる」

龍炎は、苦虫をかみつぶしたような表情だ。ここでもまた二人の間に火花が散っているのを蘭珠は敏感に感じ取った。

「兄上。戦の後始末をしたら、兄上は先に帰っていただけないか。俺は、この通り怪我の具合がよくない。途中にある温泉地で養生してから帰ろうと思う。父上への報告もお願いしたい──何しろ、こうして座っているのもつらい状況だ」

──それほど酷くはないはずなのに。

蘭珠の口を割らせるために、実際より重傷のような振りをしてみせたりもしたけれど、少なくとも座っているのがつらいというほどではないはずだ。

景炎の言葉が信じられないというように、龍炎はまっすぐに景炎を見つめていた。いぶかしげに眉間に皺を寄せたその表情からは、景炎の言葉を信じていないというのがありありとわかる。

「やはり、無理だろうか。無理ならば、なんとか成都に戻れるようにやってみるが」

「いや、それには及ばないだろう。ゆっくり養生するといい」

しばらく考えるように沈黙した後、龍炎はゆっくりと口角を上げた。その笑みが蘭珠をいら立たせる。

――皇太子に手柄を持っていかせると景炎様はおっしゃっていたけれど、やっぱりいらっとするのはしかたないわよね。

「それと、皇太子妃については、蘭珠のために天幕を用意させているから、そちらにおいでいただこう。その方が兄上も安心だろう？」

蘭珠としては翠楽と一緒の天幕というのは正直ごめんこうむりたい。が、龍炎は、手柄を自分のものにできることと翠楽を追い払えることに満足した様子で立ち去っていく。

「――私に、何をしろとおっしゃるのですか」

ここまで来たら逆らえない。声に不満が滲んでしまったけれど、そのまま景炎の話を聞く。

「――皇太子妃を見張っていてほしい」

「……と、言いますと？」

「昔から言うだろ、死人に口なしって。皇太子妃が関わっていたのだとすれば、兄上に口封じされてもおかしくない。俺達が一緒にいる間に、彼女に何かあっては困る」

「……そういうこと……ああ、そうかもしれませんね……わかりました」

正直、翠楽の側には寄りたくないがしかたない。景炎のためにも、翠楽を暗殺させるわけにはいかないのだ。

こうして、蘭珠の天幕に翠楽は移動してきたけれど、滞在中天幕にはずっと異様な空気が漂っていて、蘭珠も鈴麗も、都に戻る準備ができたと聞いた時には、心からほっとしたのだった。

◇◇◇

成都に戻る皇太子一行と別れ、温泉地で療養を始めてひと月。

景炎の傷も癒えてきて、そろそろ都へ引き上げようかという話が出ていたところに鈴麗から思わぬ報告を受け、蘭珠の眉間に皺が寄る。

「翠楽様が実家に帰ることになった？　どういうこと？」

「なんでも、この度の戦で、景炎殿下を暗殺しようとした疑いがもたれております。景炎様の陣を襲ったならず者達、あれを雇ったのは、皇太子妃だったそうです——というか、成都ではそういうことになっています」

届いた報告によれば、翠楽の暴走を抑えられなかった皇太子にも非があるとして、手柄を立てたにもかかわらず禁足処分を申し渡されたそうだ。今回は、以前のように数日などという軽いものではなく、少なくとも今年いっぱいは朝議への参加を許されないという。

「それは違うわ」

蘭珠は低い声で言った。

違う。あの翠楽に、自発的にならず者と接触するような度胸はない。

「わかっています、蘭珠様。先ほど、百花の者からも報告があがりました」

たしかに、もと蔡国の人間で大慶帝国で盗賊となった者達を、雇ったのは翠楽だった。だが捕えられた賊から順にたどっていったら、皇太子の側近にたどり着いたらしい。

後詰めの村で待機していた間、何もしていないと思っていた翠楽もそれなりに働いていたらしい。

景炎の剣についても、ある程度の力がかかったら折れるように陣に忍び込んだ者に細工させていたそうだ。あの時、蘭珠の剣を使えなかったらと思うとぞっとする。

「やられたな」

こちらも、自分の部下から報告を受けたらしい景炎が、厳しい表情で部屋へと入ってくる。

「証拠を集めているうちに先を越された。実際より、重傷みたいに見せかけていたんだが、兄上はだませなかったようだ」

景炎の口元に浮かぶ笑みは苦いものだった。

――ひょっとして、本編でも自分から志願して辺境に渡ったのかしら。あの時、私に言ったみたいに。

戦史本編では、景炎は辺境警備に追いやられていた。そこで蘭珠も彼に同行していたけれど――

彼が宮中に余計な波乱を起こすまいと自ら進んで辺境に向かった可能性に、今、思い当たる。

——どうしよう、景炎への気持ちがどんどん大きくなってしまう。自分の栄誉ではなくて、国のことを、民のことを考えて行動に出た。

今でも好きなのに。どんどん、好きになる。目が離せなくなる。

「まさか、こういうことになるとはな」

皇太子妃にほとんどの罪を押しつける形をとるとは思ってもいなかったと景炎は息をつく。田大臣の影響力だって、まだまだ利用できるはずなのに。

「……でも」

そんな言い訳が通るんだろうか。疑問に思っている蘭珠の方へ、景炎はさらに言葉を重ねる。

「田氏からも、娘が申し訳ないことをしたという謝罪の文が届けられた。いったんは政治から身を引くが、裏では近いうちの復帰を兄に約束されているんだろうな——以前ほどの権力は持てないと思うが」

皇太子妃が罪を犯し、皇太子とは離縁する。当然、そんな皇太子妃を輩出した田氏は政治から身を引いて贖罪の意を示すことになる。

「皇太子妃の口を塞ぐことを心配して、お前の天幕に移動させたんだが、必要なかったようだ」

「罪を着せるなら、生きていてくれた方が使いやすいんでしょうね」

龍炎は、自分に尽くしてくれた妃をいともたやすく切り捨てた。

——あれ？　でも、戦史本編では……皇后の名前は『田氏翠楽』だったはず……ということは……私、未来を変えることに成功した？

不意に、そのことに気がついて、密やかな歓喜が押し寄せてくる。

同時に、恐れる気持ちも生まれてきた。

景炎を死なせないという目的を果たすためには、歴史を変えなければならない。それはわかっていたのに、実際に変わってみると……怖くなってくる。

蘭珠が世界の歴史を変えてしまったというのならば。

これから先、何度も同じ恐怖を覚えることになるのだろう。歴史を変えてしまった今、今後の話の筋も変わり、自分の知識が通じなくなる可能性がある。それで本当に彼を守ることができるのだろうか。

——怖い。

膨れあがる不安をどう処理したらいいものか——気がついた時には、景炎の胸に飛び込んでいた。

——どうか、どうか。これ以上……この人の身に危険が及びませんように。

過去がどうであれ、今は蘭珠の側で生きている。この人を、この命を失いたくない。

「どうした、珍しいな——お前からそんな風にするなんて」

「私……怖い」

強く景炎の身体に腕を回せば、戸惑いながらも腕が回し返される。このぬくもりを、いつまで抱いていられるんだろう。

「このところ、ずっと戦地に詰めていたから気が張っていたんだろう。兄上のことは、もう少し調べを進めよう。まだ裏がありそうだからな。お前も力を貸してくれ」

「……よろしいのですか？」

蘭珠の言葉に、彼はにっと笑って見せる。その表情に、思わず蘭珠は目を奪われた。

「そのために、お前は俺のところに来たんだろ」

──ああ、この人は。

蘭珠の願う言葉をくれる。

側に控えていた鈴麗が、じっとりとした視線を送ってくるのも見なかったことにして、蘭珠は彼の首にもう一度手を回した。

◇◇◇

傷の癒えた景炎に連れられ、何も知らないふりをして蘭珠は成都へと戻った。

──もう少し、あの温泉地にいたかったたな。

側にいるのは鈴麗をはじめとした気心の知れた者達だけ。景炎の身を守る兵士達も選び抜かれた者ばかり。皇宮内の権力争いのことも完全に忘れてしまって、彼と二人で過ごす時間はとても貴重なものだった。彼の回復を待って、剣の稽古もたくさんつけてもらった。

今、蘭珠の手元には、『三海』の女将から献上された菓子の箱がある。二重の底を開いてみれば、中には、蘭珠への手紙が隠されていた。

女将の報告からすると、今年はやけに蔡国からの船が多いそうだ。商船だけではなく公的な使者と思しき船もあるらしい。

——年の瀬には、行き交う人が多くなるとは聞いているけれど、蔡国からの船が増える理由なんてあるかしら。

蘭珠がこの国で年を越すのは今回が初めてだ。だから、街の様子はよくわからないけれど、何かがあるような気がしてならない。

この皇宮で、今、蔡国ともっとも関わりの深い者といえば春華だろう。百花の報告によると、先の戦の講和条件として、向こうの王太子と春華の間に縁談が持ち上がっているらしい。それで春華のもとには蔡国からの使者が何度も訪れているとは聞いている。

蔡国との講和後は交易がさかんになると見込んで、蔡国からの船が増えているというのも可能性としては考えられるけれど、それだけとは思えない。

——そう言えば、帰ってきてから春華様とお話をしていなかったっけ。もし、婚儀の話が本当なら……蔡国に行ってしまう前に会っておいた方がいいかもしれない。

蘭珠が歴史を変えたというのなら、このまま翠楽は悪女化しないですむのかもしれない。それならば、今後もよい関係を築いておきたい。また、悪女化する未来を回避できていないのならば、彼女の真意がどこにあるのかを探っておく必要がある。

蘭珠が戦地へ行っていたり、戻ってきてからは景炎の養生に気をとられていたりで、このところ春華と会話をする機会はなかった。

――いなければいないで、出直せばいいし。

事前に使者も出さず、鈴麗だけを供に連れてふらりと訪れたのは、あまり春華に気を遣わせたくなかったからだ。

「まあ、蘭珠様――こちらへ、どうぞ」

春華の宮に行って案内を請うと、慌てた様子で奥から侍女が出てきた。鈴麗は侍女の控室へと連れていかれ、蘭珠は客人をもてなすための部屋へと案内された。

「もし、ご都合悪いようなら出直してくるわ。ちょっとご機嫌伺いに来ただけだから」

通されたのはいつも通される部屋の隣の部屋だったから、先客があるのだろうと推測する。

「いえ、しばらくお待ちくださいませ……そろそろお帰りになるはずですので」

うろたえていた侍女が引き下がっていく。その理由がわからなくて、蘭珠は首を傾げた。

「翠楽を実家に戻すはめになったぞ！」

隣の部屋から聞こえてきた怒声に蘭珠は飛び上がった。その声に聞き覚えがある気がして、蘭珠は隣室との境にある壁へと近づいて耳を澄ます。

「あら、お兄様――それこそ、望んでいたことではなかったの？　もともとあまりお好きじゃなかったのでしょ。それより禁足中なのにこんなところに来ていいのかしら」

「離縁までするつもりはなかったぞ。あれは、あれで……」

「田大臣の後ろ盾は欲しいから皇太子妃としてはちょうどいいけれど、彼女のところに通うのはごめんだとおっしゃりたいの？　それはまたずいぶん都合のいい言葉ではないかしら」

怒りを隠せない龍炎に対する春華の声は冷ややかなものだった。春華のこんな声は聞いたことがない。

——二人の会話を聞く機会なんて、めったにないし。

蘭珠はさらに耳を澄ます。だが、春華の次の言葉を聞いたとたん、一気に身体が冷たくなった。

「国境で花嫁を殺せば景炎の落ち度になる。うまくやれば失脚させることもできると、そう教えたでしょう。だから、わざわざ迎えに行くように景炎をたきつけたのに、女一人殺せないなんて。お兄様の私兵も役には立たないのね」

「ふざけるな、あの娘は病弱だと聞いていたぞ。自分で剣を取り、兵を斬り伏せるなんて想定外だ」

国境での襲撃は春華の企みだった？

——そうよ、景炎様は言っていた。

最初に皇宮内を調べていた時、春華の宮に礼をしに行った景炎と会った時のことを思い出す。そのまま皇宮内を案内してくれたけれど、あの時、「迎えに行くように言ったのは春華だから」と、たしかにそう言っていた。今の今まで忘れていたけれど。

「翠楽の房に呼ばせた時も失敗するし、この前の戦の時も失敗——でもいざという時、罪を着せるためにわざわざ翠楽を同行させてよかったでしょ。戦地までついていくよう翠楽をたきつけるのは難しい話じゃなかったけど、駒を一つ失ったわ」

——春華様は、景炎様の敵……でも、どうして……？

漏れ聞こえてくる言葉だけでは何がどうなっているのか、把握できない。

たしかに春華がこの先悪女になるという事実は知っている。けれど、今まで春華は蘭珠によくしてくれた。だから本当の彼女はそこまで悪人ではなく、この後に何か彼女を悪女にするようなことがあるのだと考えていた。

――まさか、今まで私が本性に気づかなかっただけ……。

握りしめた手が、汗でひやりとしているのを自覚した。気持ちを落ち着けようと、襦裙の胸に手を当てる。

でも、皇太子と春華は皇后から生まれた同母の兄妹だ。比較的、景炎に好意的に見せかけていたのも、兄のために景炎を失脚させる芝居だというのなら、ありえなくはない話だ。

「お前の計画が悪いんだ！」

「馬鹿ね。お兄様が、ことごとく失敗しただけじゃないの。景炎が邪魔だと言うから手を貸したのに……もう、諦めたら？　これ以上、景炎に関わっても、お父様の期待を裏切るだけ。皇太子を廃するなんて前代未聞のことになっても困るわ」

「何か、策はないのか？」

「……策ですって？」

その時、隣の部屋でなにやら侍女の声がした。おそらく蘭珠の訪れを告げているのだろう。蘭珠は周囲を見回し、机の上に置かれていた書物を取り上げる。

「これは、旅行書ね。蔡国との国境近辺を旅するのは今は危ないけれど……」

つぶやくなり、背を丸めるようにしてそれを読み始めた。耳だけは、隣の部屋に向けて澄ましているけれど、蘭珠がいることを知られたせいか、それ以上はひそひそ声になってしまって、聞くことができなかった。

——策はないのかって皇太子は春華様にたずねていた……ということは。

これからもまた何かあることだろう。耳を澄ませながらも、目は旅行書を追っている。

春華が戻ってきた時に、この本の内容について聞かれても困らないように。

どうやら、この旅行書に書かれている地域は春華の領地となっているようだ。

——そう言えば、元皇太子妃のところで出されたお茶は、蔡国との国境近辺で採れるものだと言っていたわね……。

ひょっとしたら、あれも春華から翠楽に贈られたものだったのかもしれない。蔡国との国境情勢はなかなか不安定だから、そうそう手に入らないはずだ。

「お待たせしてしまってごめんなさい。ちょうど兄が来ていたものだから。翠楽のことで、気落ちしているみたい」

ふわりと入ってきた春華からは、今日もいい香りがした。蘭珠は読んでいた旅行書を閉じて、春華の方に向き直る。

——油断しては、だめ。気づいていると知られないようにしなければ。

春華に気づかれないようにするだけではなく、春華から少しでも情報を集めたい。蘭珠は今の会話を聞いていない素振りで微笑んだ。

「お久しぶりです、春華様。いらしていたのは皇太子殿下だったのですね」

「気がつかなかった？」

「先に誰かお見えになっているというのは侍女から聞いたのですが、この本に夢中だったので……」

表情が強ばっていないことを神に祈りながら嘘をつく。春華はそんな蘭珠に向かって、微笑んでみせた。

「そうだったのね。これは私の領地の見所を書いた本よ。お父様に写本を献上しようと思って、書庫から出してきたの。装丁もうんと豪華にして、年越しの贈り物にするつもり」

「素敵ですね。春華様の領地が、蔡国と接しているなんて、全然知りませんでした」

「私も行ったことがないのよ。行く必要もないし、しょっちゅう蔡国とやり合ってるから危ないんだもの。いい場所だと派遣した役人達は言うけれど、ここを離れるわけにはいかないものね」

手にしていた本を、蘭珠は元の場所へと返す。それから、春華の用意してくれた部屋へと移動した。

「今日は何かあったの？」

「いえ、しばらくお会いしてないと思って……本当にふらりと来てしまいました」

「そう……そうね、久しぶりね。そう言えば、景炎の怪我はどう？　一度、見舞いにいったけれど、本人はいなかったのよね」

「完全に元気ですよ。温泉地で養生したおかげで、傷の治りも早かったそうです」

——この会話の中から、何か見つけることができる？

今の会話を聞いていなかったら、春華については何一つ疑いを持たなかっただろう。

「それならよかったわ。ええと……私、来年はここにはいないかもしれないから」

「そう……なんですか……？」

「蔡国に嫁ぐことになりそうなのよ。要は、講和条約の証ね。まだ、喪も開けていないけれど、婚約だけなら問題ないだろうってお父様もおっしゃるし」

「国を越えて嫁ぐのは勇気がいりますね」

その話を聞いてはいたけれど、公にはされていないことなので、何も知らないふりをして話を聞き出そうとする。

蘭珠の場合は、景炎とのことで違った緊張感もあったけれど、本来一人敵国に嫁ぐのだから恐ろしいと思っても当然だと思う。

――けれど、もしかしたら、これは。

物語に登場した時、春華は蔡国国王の妻となっていた。歴史が、蘭珠の知るものへと再び近づき始めているのだろうか。

「そうね、でも……うまくいくような気がするの。私なら、大丈夫」

きっと根拠のない自信というわけでもないのだろう。

――今の皇太子との話を聞く限り、春華様は現時点でも陰謀を巡らせている……？

もっと、春華の様子を探らねば。どうしたものかと考えていたら、春華の方から誘いがかかった。

「明後日、またいらしてくれる？　一緒に刺繍をしましょうよ。嫁ぐ時に、刺繍をした履き物を持っていきたいの。手巾もたくさん持っていきたいから、今から準備をしておかないと。それと婚約者への贈り物に帯も作りたいし、花嫁衣装もこちらで準備していきたいの」

蔡国の花嫁衣装ではなく、こちらから花嫁衣装を持っていくということは、蔡国の風習には染まらないという意思表示なのかもしれない。蘭珠にとっても、その申し出は都合のいいことであった。

「明後日ですね、わかりました」

蔡国へ嫁ぐというのなら、蘭珠の知っているものとは多少違う形でも、同じような歴史が流れるのかもしれない。

――油断できない、というより今まで油断しすぎだったのかもしれない。

別れを告げて立ち去りながら、ふと案内してくれた侍女の顔に見覚えがないのに気づく。

皇宮内にいる人間は極力顔と名前を一致させるように努力している。もちろん、厨房や庭仕事や洗濯などの下働きの者達の名前までは知る機会もないけれど、それでも知らない顔がいれば気になるものだ。

身近に仕える侍女達の動向は、各宮に入れた百花の娘達からも聞いている。

――春華様のところで最近人員の異動があったとは聞いていないけれど……。

ふと目をやれば、春華のところに新しいお茶を運んでいく侍女の顔にも見覚えがない。

とはいえ、誰かやめれば新しい人材が入るのも当然のことだ。

そう思いつつも心に引っかかるものを感じながらその場は立ち去った。

第七章

いつの間にか、季節は真冬へと移り変わっていた。蘭珠がこの国で年越しを迎えるのは初めてだ。

蘭珠は三日に一度の割合で春華の宮を訪れて、手伝いをしていた。

「春華様のお手伝いには行かなくてよろしいのですか」

「今日は……やめておこうかな。雪がひどいから」

春華の宮に行くためには、一度庭に下りなくてはならない。窓の外は一面の雪景色。

こんなにも雪が積もっている中を歩いていったら、彼女の宮につくまでに身体が冷え切ってしまうし、衣に雪がついたら溶けてびしょびしょになってしまう。

「そうですね、今日はやめておいた方がいいかもしれませんね……私、使いに行って参ります……あら？」

官吏が、こちらへと歩いてくるのが窓越しに見えた。

「……こちらに使いが来る予定はあった？」

「いいえ。私、見て参ります」

鈴麗が立って、長裙の裾を翻し、軽い足取りで立ち去っていく。

けれど、戻ってきた鈴麗の顔色はよくなかった。手にあるのは、『三海』の箱だ。

「ご注文のお饅頭ができあがりました、と伝言がありました」

「鈴麗、あなた注文した？」

「いいえ……蘭珠様も注文していませんよね」

「必要ないもの。定期報告を受け取るためにあなたに行ってもらうのは明後日の予定だし」

二人は顔を見合わせた。

頼んでもいないのに、届けられたということはかなりの緊急事態だ。二重になっている底を開き、そこにおさめられていた紙を広げる。

――皇太子の暗殺計画とおぼしきものがある？

隣からのぞき込んでいた鈴麗が、声を押し殺そうとしているかのように、手で口を覆った。

十年という歳月をかけて蘭珠と高大夫が作り上げた間諜網は、大慶帝国の暗黒面にまで食い込んでいた。その一端を担う間諜の中には、後ろ暗いところのある者達と交流のある貴族邸に入り込んだ者もいる。『三海』の女将を通じて上がってきた報告によるとその貴族は、皇太子亡き後は誰につくつもりかということを話していたそうだ。黒幕は他にいるらしい。

――皇太子を暗殺したいとなると……誰なんだろう。

皇太子龍炎は、元皇太子妃の翠楽に罪を押しつけ、離縁とした。妃を監視できなかったという理由で、再び禁足処分となっていたけれど、それも年明けには解かれるはずだ。

――皇太子が失脚して利を得るのは、他の皇子達。もちろん……景炎様も含まれる、けれど。

景炎については容疑者から除外していいだろうと蘭珠は考える。彼がそんなことをする必要はない。皇帝の決めた皇太子の地位を奪うくらいなら、自分が身を引く方を選ぶはずだ。

その景炎をのぞいて皇太子を暗殺したいと思っている者がいるとすれば。

――田大臣なんて、けっこう怪しいと思うんだけど。

娘一人に罪を押しつけた皇太子のことを、彼はきっと信頼していないだろう。皇太子の復帰と共に、田大臣も復帰してくるだろうという話ではあるが、これを機に皇太子と縁を切り、他の皇子と結ぶことを考えてもおかしくはない。

田大臣が景炎に接近してくるようなことがあれば、景炎に疑いがかかることにもなりかねない。それだけは避けたかった。

「鈴麗、手紙を書くから準備して」

この雪の中、わざわざ届けてくれた女将への礼を述べる手紙を急いでしたため、待っている使いの者へ持たせる箱の中に入れる。

もう一点。別の紙に女将への指示も急いで書き上げた。こちらは女将への返礼の品として、箱に入れた匂い袋の中に隠した。

「それから、使いにも銀子を。雪の中、大変だったものね」

「かしこまりました」

働いている者達にとって、こうやって下賜される銀子は、給料以外で得られるちょっとした小遣いとなっている。こうやって心付けを渡しておけば使いの者達も気分よく働いてくれるから、適当な袖の下というのも必要なのだ。

急いでしたためた礼の手紙と匂い袋を、蘭珠の『気持ち』として使いの者に持たせてやる。

いつもなら、手紙だけで返礼の品まで持たせることはない。百花の女将ならば、日頃と違う行いであることを察し、匂い袋の中身を改めてくれるのはわかっている。

——でも、これでは足りない。景炎様にも、お話をしておかなければ。


その日の夜、酒肴の支度を終えた侍女達は、景炎と蘭珠を残して下がっていった。蘭珠は言葉少なに景炎の側にいる。

「どうした、今日はずいぶん無口だな」

「……お話し、したいことがあります」

手紙を受け取ってからずっと考えていた。

自分の知らない方向へ歴史が流れている。余計な心配をさせたくなくて景炎に知らせる前にもっと調べを進めたかったけれど、この事態を解決するためにはどうしたらいいのだろう——結局、全てを明かすことしか思いつかなかった。

「どうした、お前がそんな顔をするのは珍しいな。何を話したいんだ？」

「ど……どこから話せばいいのか……ただ、お話をしなければ大変なことになると思って」

景炎にどこまで話せばいいのか、口火を切ったはいいが、蘭珠自身もまだ迷っている。景炎の方へ目をやったら、彼はじっと蘭珠を見ていた。

「今日は雪見酒のつもりだったんだがな――」

「ごめんなさい。後にしたら……よかったですね」

気の利かないことをしてしまったかもしれない。窓を隠している覆いを上げたら、真っ白な雪が積もっている景色が見えた。

「蘭珠がそんな顔をすることなんてめったにないんだから、よほど大事な用件なんだろう。さっさと話せ。酒はその後にするから」

景炎の前に正座した蘭珠は、膝の上で拳を握りしめた。

「……皇太子殿下の暗殺計画があります」

不意に痛いくらいに肩を掴まれる。景炎との距離は開《あ》いていたはずなのに、いつの間にこんなに接近していたのだろう。

「どこでそれを知った？」

「……知らせが……この国に入っている、私の仲間から知らせがありました。景炎様もご存じの、『三海』の女将です」

「――他に何かわかったことはあるか」

「まだ、わかりません。景炎様は市中の警備も担当なさっていましたね。どうか――街中に警戒をお願いします。今回は、今までとは……違う手を使ってきそうな、そんな予感がするんです」

「わかった」

「それと……春華様のことです。今までお話ししてはいなかったのですが」

春華が龍炎の裏で糸を引いていたということを、蘭珠はまだ景炎に話していなかった。彼にいらぬ気遣いをさせたくなかったのと、彼が知れば春華の宮への訪問をやめさせられるような気がしていた。

けれど、ここまで来たら話しておいた方がいいだろう。

春華かいずれ悪女化する可能性があることも。

景炎は心当たりがあるのか少し考え込む表情を見せたが、やがてふっと微笑んだ。

「……お前は、またそうやって抱え込む」

「だって……春華様のところに行くのを止められてしまうと思って」

「止めても無駄だろう。義姉上のところに行くなら、鈴麗だけは絶対に同行させろ。それと、こちらでも調べは始める」

景炎は、結論を出すまで時間をかけない。蘭珠の言葉を信じてくれて、すぐに手配をしてくれた。

◇◇◇

春華が悪女化し始めているのではないかという懸念を蘭珠は忘れてはいなかったけれど、春華との付き合いはやめようとは思わなかった。

景炎の許可も得たし、春華の宮には『百花』の間諜も潜り込ませてある。いざという時に自分の身くらいは守ることができるし、何より……翠楽の時と同じ過ちは犯したくない。今度こそ兆候を見逃したくないのだ。今のところ春華が蘭珠を攻撃する理由はないので、下手にこちらが疑っていると思われたくないというのもある。

「――花嫁衣裳を仕立てるのってすごく大変ですね」

「実は、私もそう思っているの。やめておけばよかったわ」

そう言いながら、春華は深々とため息をついた。本格的に手を動かしているのは侍女達で、春華も一応手を動かしてはいるが、一針縫うごとに手を止めているのだからいっこうに進まない。

――新しい侍女を入れたのは、これが理由なのかも。

そう思ったのは、春華のところに新しく来た侍女達が、裁縫に関しては素晴らしい腕の持ち主ばかりだったからだ。

「春華様、刺繍の図案をいただけますか。裾の刺繍は、私もお手伝いしますから」

鈴麗も連れてきているのは、景炎に言われたからというより、蘭珠一人では気づかなかったことを鈴麗なら気づいてくれるのではないかと期待しているから。鈴麗の裁縫の腕もなかなかなので、連れてきても不自然ではない。

「――申し訳ないと思っているのよ。私、本当に裁縫が苦手なんだもの。履き物だって結局あなたにお任せしてたでしょ」

「気にしないでください。時間があったら、もう一足作っておきますね」

繊細な刺繍を施した室内履きは、蔡国に行っても重宝すると思う。

こうして複雑な模様を刺していく作業は、実のところ嫌いではない――というより好きだった。

無心に手を動かしている間に、思いがけないことを考えついたりするし、頭を空っぽにしても手さえ動かしていれば、何かしているという感覚になれるのがいいのかもしれない。

「あちらには、刺繍の得意な侍女ばかり連れていくことにするわ。そして、私の代わりに刺繍してもらうの」

ずしりとした白の衣と赤い衣。そこに金糸と銀糸で細やかな刺繍を施していく。さらに、金糸で織られた布で要所要所に飾りをつけるのだから、仕立てるのは大変な作業だ。

「この刺繍、気の遠くなるような作業ですね」

「雪が溶ける頃までに仕上がればいいと言っても……ねえ」

もう数日もすれば年が明けてしまう。それから二月《ふたつき》もすれば雪が溶け始め、三月《みつき》もすれば春が近づくだろう。その頃には、春華も蔡国に向けて旅立っているはずだ。

「お兄様は、新年の儀式を契機に戻ってくるそうよ」

「そう……ですか。禁足が解かれるのですね」

「私としては、ずっと閉じ込めておいてもいいくらいだと思うけど」

また一針刺したところで、春華は針を置いてしまった。それから、もう一度針を取り上げて一針だけ縫う。どうやら、やる気がまったくないらしい。

「……元皇太子妃は今頃何をしているのかしら」

春華は独り言のようにつぶやいた。

翠楽については、あれから一度も情報が入ってきていない。

百花の娘に探らせたけれど、屋敷の奥にいるらしいということしかわからなかった。

「離縁されるなんてよほどのことよ。再度どこかに嫁ぐというわけにもいかないだろうし……田大臣ももてあましているというところが正解じゃないかしら」

と、自分で結論を出して、春華はもう一度針を取り上げる。

――とはいえ、景炎様を暗殺しようとしたのはこの人なのよね……。

頭を回転させていることを知られないように刺繍に視線を落としながら、蘭珠は考え込んだ。

――それで、景炎様のところに田大臣から使いが来ているのかしら。

以前の田大臣は明らかに皇太子に肩入れしていた。

だが、娘が離縁となり、皇太子は禁足処分。政治から身を引かされた田大臣の権力は、以前と比較すると衰えているのは誰の目にも明らかだ。そして、龍炎はまだ皇太子の地位にはあるけれど、実は廃太子されても文句を言えないところまで来ているらしく、田大臣から景炎にしばしば使いが来ていた。

「翠楽には同情するけれど……普段兄の言いなりになっていたのがよくなかったのよ。それで思い詰めて……」

「でも」

翠楽は、皇太子に愛情を注いでいたのではなかっただろうか。それがたとえ、彼の権力を意識したものであったとしても。

「私も相談を受けたことがあったけれど、兄は彼女に興味を持っていないんだもの。背後にある父親の権力は利用したかったみたいだけど……なのに逆に追い込まれたというわけ」

春華は、翠楽にも龍炎にも同情している気配など少しも見せない。

――でも、裏で糸を引いているのはこの人だわ。

それを思えば、油断はできない。

「そう言えば、あなたと景炎はどうなの？」

「仲良くしています、安心してください」

「あれももうちょっと上手く立ち回ればいいのにねえ……」

ちょうど最後まで刺し終えたところで、春華は糸を切り、新たな場所へと針を移動させる。

「……でも、景炎様は今の地位に満足しているから、私も、それでいいんです」

「彼なら、皇太子だって狙えたのに」

「向いていないと思います。家臣達の言ってくるあれこれに、今でも頭を抱えているんですから」

「欲がないのね」

「景炎様は、皇太子殿下に忠誠を誓うつもりでいるのに……難しいですね」

兄弟の仲をとりもつなんて、蘭珠の手の及ぶ範囲ではない。景炎も皇帝の後継者に対して最低限の敬意は払うつもりでいるのに、龍炎には通じない。

「人を信じるのって難しいわ。これから先、何度信じても裏切られる……そういう経験を繰り返す気がするの」

こんな言葉を口にするまで、春華はどれほどの経験を重ねてきたのだろう。

問いただしたい気もしたけれど、春華の心の傷に触れてしまう気がして、蘭珠は針を動かす方に専念することにした。

刺繍の手伝いを終えて部屋に帰ると、ちょうど景炎が戻ってきたところだった。

裏切る、なんて言葉を聞いていろいろと考えていたからそれが表情に出てしまっていたかもしれない。気がついたら、景炎に庭に引きずり出されていた。

「——な、何をするんですかっ！」

首筋から衣の中に雪を入れられて背中がひんやりとする。蘭珠が抗議の声を上げたら、景炎はにやりと笑って蘭珠を手招きした。

「何か考え込んでるからだろ。言いたいことがあるならさっさと言え」

「ありません知りません言いたくありませんっ！」

不意に襲ってくる不安を、どうやったら解消できるのか蘭珠自身にもわからないのだ。

「ふーん、それなら、こうだ」

「ひゃあっ！」

思いきり雪玉をぶつけられて、肩がじんわりと冷たくなる。

——なんで、いきなり子供みたいなことを。

雪玉をぶつけてくるなんて、子供の遊びみたいだ。前世で読んでいたライトノベルの世界でも、今まで蘭珠に見せた中でも、こんな子供じみた行動に出てくることはなかった。

いつもとは違う表情に、けれど胸がどきりとする。

「もうっ——景炎様のせいですからねっ！」

雪を集めて雪玉を作る。それを彼に向かって投げたけれど、あっさりかわされた。

「ずるい——！　鈴麗、加勢してちょうだい！」

「かしこまりました！　あなた達も見てないで加勢して！　景炎様にまいったと言わせたら——蘭珠様からご褒美が出るわよっ！」

鈴麗の声に歓声を上げた侍女達が、次から次へと庭に出てくる。

「おい待て、いくらなんでも多勢に無勢だろうが！」

「侍女は全員、蘭珠様の味方ですから——皆、かかれ！」

にやりとした鈴麗が、侍女達に合図する。

「お覚悟なさいませ！」

「申し訳ございませんが、私も行かせていただきますっ！」

周囲を取り囲んだ侍女達が、次から次へと雪玉を作っては景炎へと投げつける。

囲まれた上に、一斉に雪玉をくらっては、景炎もたまったものではないようだ。

——鈴麗ったら、日頃の鬱憤を晴らしてやろうとしてるのね……。

その様子を見て、蘭珠は苦笑した。景炎に雪玉をぶつける鈴麗は、実に楽しそうだ。そして、景炎も。

——たまには、こういうのもいいかもしれない。

まいったという様子で、景炎が声を上げる。

「おい、蘭珠。なんとか言え！　止めろ！」

「嫌ですっ！　覚悟してください！」

侍女の投げた雪玉をかわした景炎が、動きを止める。その一瞬の隙を蘭珠は逃さなかった。彼の背中に飛び乗るようにして、首の後ろから思いきり雪玉を押し込んでやる。

「つ――冷たい！　お前ら少しは遠慮しろっ」

蘭珠は笑い声を上げて逃げ出そうとしたけれど、そのまま景炎に捕まった。手足をばたばたさせるが、抱え上げられてしまったら抵抗のしようもない。

「まいった！　まいったからお前達ももう上がれ！　全身雪塗《まみ》れになったじゃないか」

「もー、下ろしてください！　だいたい、先に雪玉ぶつけてきたのは景炎様じゃないですかっ」

雪の中ではしゃいでいたものだから、あっという間に手足が冷たくなった。庭に下りた侍女達も我に返った様子で次々に中へと入る。

「着替えてくるから、部屋を暖めておけ」

蘭珠をぽいっと床の上に放り出した景炎は、そのまま自分の部屋へと行ってしまった。

続いて入ってきた鈴麗と顔を見合わせる。

「やりすぎた、でしょうか」

「怒ってるわけじゃないと思う――ただ、皆が加勢してくるとは景炎様も思ってなかったのでしょうね」

溶けた雪で冷たくなった衣を脱いで、乾いた新しい衣に着替える。冷たくなった手足を火鉢で温めていたら、こちらも着替えた景炎が戻ってきた。自分の着替えはささっとすませた鈴麗が、すかさず茶を渡す。

「気は晴れたか？」

「ありがとう、ございます」

鬱々としていたのは、どうやら景炎にはバレバレだったみたいだ。

――それであんな子供じみたことを。

くすくす笑いながら蘭珠が火鉢に手を差し伸べたら、景炎がその手を摑んできた。体温を確認するみたいに、彼の手の中に蘭珠の両手が包み込まれる。

「まだ、冷たいな――雪遊びをするなら、もう少し考えないとだめだな」

「先に庭に出たのは景炎様でしょ」

ぱちりと音を立てて火鉢の炭が崩れ落ちる。こうやって、彼と過ごす平和な時間がどれだけ貴重なものか。蘭珠の手を温めながら、景炎が命じた。

「鈴麗、人払いを」

「様子を見て参ります」

他の侍女達には休憩時間をやり、鈴麗は扉のすぐ外に控える。庭先にも誰もいないことを確認してから景炎は口を開いた。

「例年こちらには来ない蔡国の船の積み荷を探ってみたら、本来の目録とは違う品が収められていた樽があった。中身は火薬」

景炎の言葉に、蘭珠はぞくりとした。火薬は取り扱いが難しい。

――本編では、どんな風に火薬は使われていたっけ？

戦史本編では、火薬をつめた樽の導火線に火をつけたものを転がして、城壁を破るのに使っていたような気がする。

「火薬の持ち込まれた先は、まだ不明だ。だが、なんらかの陰謀があるんだろう――蔡国がらみということは、姉上が何か企んでいるんだろう。蘭珠から兄上と手を組んでいると聞いていなかったら気がつかなかっただろうな」

「でも、春華様は皇太子の味方ですよね？　なら……暗殺計画に気づいていて……阻止するのに火薬が必要……なんてことあります？」

「見当もつかないな。その火薬の行き先も一応追わせてはいるが、できることには限界がある」

「こちらでももっと協力できればよかったのですが……」

忍び歩きが得意な者もいるけれど、そういった者は、今、蔡国の方に行っている。大慶帝国内にいるのは、基本的には菓子屋の女将のように市井に紛れこんでいる者達ばかりだ。

「……蘭珠の方は何か摑めたか」

「いいえ。なかなか難しいですね。春華様も、表面上は今は苦手な裁縫で手一杯みたいに見えますし」

火鉢に差し伸べた手を擦り合わせながら、蘭珠はため息をついた。

頭の中で、何かが引っかかっているような気がするのに、それが何なのかわからないのがもどかしい。

「しかたないな――もう少し、手を広げて調査することにしよう」

そう言った彼に引き寄せられて、頭の中は彼のことでいっぱいになってしまった。

◇◇◇

それから半月ほどが過ぎ、いよいよ年末が近づいてきた。明日の夜から明後日にかけて、新年を迎える儀式が行われることになっている。

調査を続けた景炎により、どうやら火薬は宮中に持ち込まれたらしいということまではわかった。だが、いつ、どこで使うのかがわからない。

不安ばかりが募る中、蘭珠は鈴麗を呼んだ。

「春華様の方の動きは？」

「特に、ありませんね……でも、あの宮に入った百花と連絡が取れなくて」

「本当に……？」

鈴麗の言葉に、蘭珠は厳しい表情になった。

皇宮に勤めるためには、身元の調査が行われる。日本と違って写真や戸籍などがあるわけでもないから、しっかりした身元保証人がいれば問題ないという程度のことではあるが。

蘭珠の仲間である菓子屋の女将はともかく、その夫は長年成都に住んでいる。女将が『国許から出てきた娘』との触れ込みで身元の保証を頼んで何人か宮中に入っているのは蘭珠も知っていた。

「ええ、女将もしっかりした娘だと言っていたのですが」

「……そう」

名前を聞けば、高大夫のもとにいた頃の姿を思い出すことができた。たしかに、しっかりした態度と表情をした娘だったような記憶がある。

「……心配、ね」

「景炎様はどうなさったのですか？」

「今夜は見回り。明日の儀式のために祭壇を設けているでしょう。何かあったら困るから、見回りをするんですって」

「大変ですね、寒いのに」

鈴麗が同情するような表情になる。思えば、鈴麗もすっかり景炎と打ち解けてくれた。最初のうちは、あんなに険悪な態度だったのに。

「お部屋を暖めておくわ。あとは身体を温めるための飲み物と」

「お酒と生姜茶ですね」

きっと景炎は生姜茶ではなく温めた酒を飲むだろうけれど、茶は蘭珠が付き合うつもりだからそれでいいのだ。

「……それで、蘭珠様は、これから何を？」

「そうね。春華様のご機嫌うかがいでもしてこようかな。もし、百花が捕まっているのだとしたら、宮に変化があるかもしれないし」

「どうでしょうね……あの宮も広いですから」

「でも、行ってみなければわからないでしょう」

蘭珠はなおも言いつのる。軽い口調を装ってはいるけれど、内心では焦っているのも本当のところだった。もし、捕らえられている娘が蘭珠の間者だと白状させられていたら、春華の宮に行けば何かあるかもしれないという不安はもちろんある。

だが、その時には自力で切り抜けることができるという自信が蘭珠にはあった。温泉地で療養している間、景炎にみっちり鍛えられた。以前と同じ失敗は繰り返さないですむだろう。

「ちょうど、新しい履き物が完成したところだし、届けても不自然じゃないから……いなくなったという娘が、心配なのよ」

「そうですね、では——他の贈り物には何を」

「室内履きだけってわけにもいかないわよねえ……ああ、景炎様からいただいたお茶は？　箱に詰めて、一緒にお持ちしましょ。景炎様の領地から献上されてきたものだから、春華様のところには届いていないと思うし」

蘭珠の作った室内履きと景炎の領地から献上されてきた茶、さらに厨房で作らせた焼き菓子をそれぞれ箱に詰め、上から絹でくるんで鈴麗に持たせて歩く。

朝まで雪が降っていたが、今は使用人達の手によって歩きやすいように道が作られているから、問題なく進むことができる。

けれど、春華の宮についても今日は会うことができないと断られてしまった。あらかじめ約束をして来たわけではないから、断られても不思議ではないけれど。

「今日はお会いできないのね……では、こちらをお渡ししてくださる？」

蘭珠がそう言うと、持ってきた品が鈴麗から春華の侍女へと手渡される。その時、宮廷侍医がちょうど出てきて、蘭珠と視線が合った。

「あら？　春華様はご病気なの？」

一礼して立ち去る侍医を見送ってから、蘭珠は改めて侍女にたずねた。

「たいしたことは……ただの風邪だということでした。起きていても支障はないのですが、明日の儀式に差し支えたら困りますし……うつしてしまっても申し訳ないので今日のところはお会いできないのです」

「そうね。明日のこともあるし、今日はゆっくりなさった方がいいわ。では、年が明けたらまたご挨拶にうかがうと春華様にお伝えして」

申し訳なさそうに頭を下げる侍女にうなずいておいて、蘭珠は踵を返す。並ぶように鈴麗に合図すると、足を速めて追いついてきた。

「どうかなさいました？」

「あの侍医……どちらかと言えば怪我の方が得意なはず。なぜ、病気を得意とする侍医を呼ばなかったのかしら」

以前景炎が怪我を負った時に、温泉地まで派遣されてきて怪我の治療にあたってくれたのがあの侍医だ。切り傷や刺し傷といった武器による治療をもっとも得意としているそうだ。

むろん侍医達は皆素晴らしい腕の持ち主なのだけれど、どちらかといえば怪我の治療が得意な者と病気の治療が得意な者がいる。さらには、発熱ならばこの侍医が一番詳しい、腹痛ならばこの侍医が名医だ――というように、病気の内容によっても得意分野があって、たいていの場合は、まず病状に合った侍医が呼ばれるものだ。

風邪を引いたのに、病より怪我の治療が得意な侍医をわざわざ呼ぶ理由はないはずだ。ましてや第一公主ともあろう女性の治療において。

「……本当は、春華様が風邪を引いたのではなくて、誰かが怪我をしているのかもしれない……という可能性も否定はできないわよね。なぜ隠すのかはわからないけれど」

鈴麗が急に立ち止まって、蘭珠との距離が開く。

「ひょっとして……拷問が行われているのでは。連絡の取れなくなった娘に口を割らせようとしたら、徹底的にやるのではないかと思います。うっかりやり過ぎて、情報を吐かせる前に死にそうになったら、いったん拷問する手を止めて治療することもあると高大夫から聞きました」

言われてみれば、高大夫は間者達を集めた部隊の長だ。蘭珠の前では極力見せないようにしていたけれど、拷問に関する知識も十分持っている。彼から聞いたならば、信じてもいいだろう。

「春華様の宮のどこかで行われているのかしら？　すぐに調べて……捕らえられているようなら救出しないと……！」

ここだけの話、春華の住まいについては既に内部の見取り図が蘭珠の手元に用意されていた。まずは、どこを探すべきか、それを見て決めなければ。

「皇宮に入っている百花の娘を集めます。問題ありません」

「私も行く」

「いえ、蘭珠様は部屋でお待ちください。見つかった時、私達なら言い訳が利きますが、蘭珠様が自ら出たとなると――」

鈴麗の言いたいことはわかる。景炎の妃である蘭珠が公主の宮に押し入るだなんて前代未聞の話だ。焦る気持ちを抑えて、仲間達に任せることに渋々同意する。

「お任せください、確実に居場所を見つけてまいりますから」

鈴麗が力強く宣言する。それから彼女は急ぎ足に歩き始めた。

「すぐに仲間を集めて、作戦を練ります。蘭珠様は、皇宮内の地図と春華公主の宮の見取り図を用意してお待ちください」

大慌てで左右に分かれ、先に宮へと戻る。人払いをしてから、嫁いできてからこれまでに書き記した地図や見取り図を広げて皆が戻ってくるのを待った。

「お待たせしました。後の者は、順番にやってまいりますので」

ほどなくして戻ってきた鈴麗は緊張の面持ちだった。それから、彼女は蘭珠の広げていた皇宮内の地図と春華の宮の見取り図に視線を落とす。

「まさか、これが役に立つ日が来るとは思ってもいませんでした」

ここに広げられている見取り図は、行方不明になっている娘の提供してくれた情報を元に書き上げたものだ。

それからしばらくして、窓から鈴麗より少し粗末な下働きの衣を身に着けた娘が次から次へと入ってくる。十名にもなろうかという彼女達は、それぞれの宮で情報を集めている百花の者だった。

「蘭珠様、救出した後は、この者の部屋に匿《かくま》います」

「私の部屋は、皇宮の外に抜け出しやすい位置にあるので、追ってが来たらそこから外に逃がします」

「……お願いね」

それから鈴麗がてきぱきと指示を出す。春華の宮に忍び込む者、居場所が見つかったら見張りを縛り上げる者、仲間を救出する者。

「私の勘違いならいいけれど、侍医を呼んだということは、怪我をしている可能性もある――決行は日付が替わる頃。いいわね」

鈴麗の鋭い指示に、彼女達は一斉にうなずくと、また一人一人目立たないように姿を消す。彼女達を見送って、蘭珠は胸に手を当てた。

「誰も怪我をしないで、無事に戻ってきて」

「――お任せくださいませ」

鈴麗は自信満々に言い放った。

日付が替わる頃、蘭珠は窓のところに張り付くようにして外の気配をうかがっていた。

予定通りに進んだなら、そろそろ戻ってきてもいいはずなのにまだ戻ってこない。

「蘭珠様、ただいま戻りました」

けれど、予定の時間をはるかに過ぎてから、例の娘を連れて、鈴麗が戻ってくる。

彼女は、怪我を負っていて、自分一人で歩くのも容易ではないみたいだった。他にも二人の娘が、よろよろと歩く彼女に手を貸している。

「他の者達は、私の部屋に待たせてあります。この者の話によってはすぐに動かねばなりませんから」

鈴麗の言葉にうなずいた彼女は、蘭珠の前に進むと気丈に姿勢を正して一礼する。蘭珠は慌てて駆け寄り、彼女を床に座らせた。

「無事？　ああ、こんな怪我をして――」

「多少、怪我はしましたけれど、たいしたことはありません」

蘭珠に向かって、彼女は微笑んだ。たしかに見覚えのある顔だ。高大夫のところで、蘭珠と剣を合わせたこともある。

「春華公主に、間諜であることを知られました。申し訳ありません」

「無事に逃げ出せたのだから、それでよしとしないとね。それで、わざわざこちらに来たのは？」

予定では下働きの者の部屋に匿われることになっていたはずだ。

「皇太子の暗殺計画が決行されます――いえ、主立った皇族の方々の殺害計画といった方が正しいでしょう。春華公主の宮に最近入った侍女と実行役が話しているのを聞きました」

口早に説明する娘の言葉に、蘭珠は目を見張った。

この国では、新年を迎えるまさにその瞬間、皇帝が祭壇の前に立ち、祈りを捧げることになっている。祈りをささげた後は、祭壇と皇帝を囲むように東西南北に巨大な火が焚かれるのだ。火を焚く場所には燃焼補助のために油が仕込まれていて、火がともされるのと同時に巨大な炎が上がるのだとか。

皇帝が祈願した後、その火をともす役を負うのが、皇太子を筆頭とした四人の皇子達。そこに火薬を仕込むそうだ。

——皇太子、第二皇子、景炎様……そして、第四皇子。いいえ、皇子達だけではなくて、このままでは、皇帝も巻き込まれることになりかねない。

爆発の規模によっては、その場に参列している他の皇族たちも巻き込まれるだろう。たしかに、主立った皇族が全て吹き飛ぶことになる。

——そうなったら、この国は……どうなるというの。

皇帝を失い、皇太子を失い、皇子達に公主達。それぞれの配偶者である有力貴族の者も一度にいなくなる。そうなったら、この国がどれほど荒れることか——。

春華は一体、何を考えているのだろう。

「私も信じられません。私も実際に彼らが話している現場を見るまでは信じられなかったんです。探りを入れようとしたところで見つかって、捕らえられました。申し訳ありません。新しく入った侍女達は、蔡国や実行役との連絡係ということのようです」

――もしかして蔡国から来た火薬はこのために……⁉

春華と皇太子は協力関係にあった。いや、むしろ皇太子は春華の協力がなければ何もできなかった。それなのに、自分の両親である皇帝や皇后、他の弟妹達も巻き込むような計画を立てるなんて。

「……それで？」

「今夜、祭壇とその周囲の火をともす場所に火薬を仕込むはずです。明日はもう、祭壇の点検も簡単にしかしないだろうからと」

蘭珠は着ていた長衣を脱ぐと、身軽に動ける衣を手に取った。それから、情報をもたらしてくれた娘の方に視線を向ける。

「教えてくれて、ありがとう。とても助かった。あなたがいないことに気づかれたらきっと騒ぎになるから、すぐに傷の手当てをして身を隠してちょうだい。今度は、私も行くわ。鈴麗、誰か景炎様を呼びにやって」

「かしこまりました。あなた、行って」

鈴麗の指示を受けた娘が、一礼したかと思うと身を翻して走り出す。続けて鈴麗の部屋で待機していた娘達を呼ぶと、蘭珠は指示を出した。

「では、すぐに祭壇のある場所に向かいましょう。火薬を仕込んでいる者の姿がなければ、身を隠して待機。仕込んでいる最中だったら、その間に態勢を整えて、こちらの準備ができ次第捕縛して。裏に誰がいるのかを証言させたいから、殺してはダメ」

蘭珠の鋭い声に、娘達はきりっとした表情でうなずく。それから、蘭珠は愛用の剣を手に取ると、それを腰にさした。

まずは、目の前に立ち塞がる困難を無事に乗り切ることだけを考えよう。

誰もいない庭園内を、適度な間隔を取り、見つからないように注意しながら進んでいく。

道が複雑に入り組んでいる場所ではあるけれど、どこをどう進めば最短経路で目的地に着くことができるのか、抜け道も含めて地図は全て頭に入っている。

「蘭珠様っ！」

低い声で鈴麗が蘭珠の名を呼ぶ。同時に袖を引いて、隠れるようにうながされた。皇宮内の警護にあたっている兵士達が、向こう側を歩いている。

とっさに傍らの建物の床下に入り込む。他の娘達も皆、うまく身を潜めている。鈴麗と共に息を潜めていたら、目の前を兵士達の履き物が通り過ぎていった。

兵士達がいなくなるのを待ち、床下から這い出してまた進む。

——どうか、見つかりませんように……！

蘭珠の祈りが天に届いたのか、その後も見つかることなく祭壇の用意されている広場へとたどり着くことができた。

祭壇の傍らに立っている見張りの兵士四人。それ以外に人の気配もなく、広場もまた、しんとしていた。

「このまま、身を潜めて待機」

ささやき声と共に蘭珠が手で合図すると、一行はばらばらになって身を隠す。しばらくその様子を観察していたけれど、怪しい者が来る気配はなかった。

――あの娘の情報が間違いだったのかしら。

もし、間諜ということが気づかれていたならば。

あえてあの娘に偽の情報を渡し、救出させ、偽の情報をこちらに流す。その間に真の目的を果たそうとしている可能性も否定できない。

――偽の情報で、踊らされているだけなのかしら、どうなのかしら。

焦る気持ちばかりが大きくなってくる。踊らされているのならば、ここでこうして待っている間に別のところで事件が起こっているのかもしれない。

――どうか、何ごともなく夜が明けますように。

身を潜め、蘭珠は祈りながらも、いつでも飛び出せるよう祭壇から視線を離さない。この寒さだというのに、剣の柄にかけた手は、じっとりと汗をかいていた。

「――何者！」

不意に、鋭い声がして、蘭珠はそちらへ視線を向けた。

どこからともなく現れた十数名ほどの黒装束の男達が、祭壇を守っていた兵士達のうち三人の首を静かに絞め上げた。残る一人は襲撃に気づき、さらに大声を上げて応援を求めようとする。

だが、もう一人の襲撃者が背後からするりと近づき、その兵士の首筋も絞め上げて気絶させた。

襲撃者達は、自分達のなすべきことをわかっているのだろう。ぐずぐずして時間を無駄にはしなかった。

襲撃者のうち四人が気絶させた兵士達の防具を外し、縛り上げて物陰へと運んでいく。その間に残りの者達は、広場にしつらえられている祭壇やその周囲に何か細工を始めていた。

――おそらく、火薬を仕込んでいるのだろうけれど、運んでいった兵士達はどうするつもりなのかしら。殺した方が早いでしょうに、なぜ、わざわざ鎧を剝ぐのかしら。

予定ではこのまま捕縛にかかる予定だったけれど、思っていたよりも、敵の数が多い。使いを走らせたから、そのうち景炎がやってきてくれるのを待った方がよさそうだ。

だが、すぐに戻ってきた四人を見て、その疑問は解決した。戻ってきた男達は、護衛の兵士達が身に着けていた鎧を身に着け始めたのだ。

そうか、と蘭珠はようやく得心した。見回りの兵士を斬り殺せば、この場に血が残る。血を流さない方法で殺害したとしても、この場から見張りの兵士がいなくなってしまう。

だから、仲間を宮中の兵士に変装させ、朝の交代の時間までしのぐつもりなのだ。

仕掛けを終えたのだろう、黒一色を身にまとった男達が立ち上がった。兵士の鎧に身を包んだ男達と視線を交わして合図する。

彼らが引き上げようとしたその時――もう一つの動きがあった。

「何者！　そこで何をしている！」

誰何《すいか》の声に、男達が一斉に振り返った。

――この時間に、ここに兵士は来ないはずなのに。

こちらに向かってくるのは、警護のために巡回していた兵士達だろうか。だが、蘭珠が把握している限り、巡回が来るのはもう少し後のはずだ。

「神聖な祭壇に、何をした――捕らえよ！」

隊長らしい男が声を上げ、駆けつけてきた兵士達が剣を抜く。争いになったならば、警護の兵士達へ加勢した方がいいだろう。

蘭珠が、側にいた鈴麗に合図しようとしたその時。音もなく飛んできた矢が、兵士の喉に突き立った。喉を貫通した矢がかすかに震えている。

「矢はどこからだ！」

兵士達がうろたえる間もなく、もう一本の矢が飛んできた。二人目の兵士もすぐに崩れ落ちる。屋根の上から放たれているようだ。さらに、次から次へと矢が襲いかかってくる。

「……あそこだ！」

矢が飛んできた方向を見つけ出し、ようやくそちらへと視線が向く。

――誰？

「――撤収！」

姿まではっきり確認することはできなかったけれど、屋根の上から命じる声は女のものだ。

こうなったら、兵士達に加勢して、男達を殲滅するしかない。それに、屋根の上にいる人物を逃がすわけにはいかなかった。

「――鈴麗！」

「はいっ！」

今身を隠している場所からは、矢を放った女のところまでは行くことができない。死角になる場所から、屋根の上に上って取り押さえるしかないだろう。

鈴麗の合図で、あちこちに身を潜めていた『百花』の娘達も動き始めた。

兵士達への協力は彼女達に任せておくことにして、蘭珠と鈴麗は隠れていた場所から飛び出した。

こちらに気づいた女が、屋根の上から矢を放つ――その矢が、はねのけられた。

「どうやら、間に合ったようだな」

目の前に立っていたのは、先ほど知らせを走らせた景炎だった。彼はこんな時でも落ち着きを忘れてはいなかった。

「お待ちしておりました」

「それにしても大人数だな。全員お前の手の者か。皇宮にまで、これだけの数を入れているとは思わなかったぞ」

半ばあきれたような声で景炎は言う。そして、蘭珠から視線をそらすことなく、剣を大きく振った。飛んできた矢がもう一度払い落とされる。どうやら、射手は何人かいるようだ。

「――屋根の上に、弓を持った者が。私は、そちらに」

「無茶はするな！」

「しません！　鈴麗、先に行って！　あなた達は、援護！」

「はいっ！」

屋根に上る鈴麗に手を貸し、ついで蘭珠が上に登る。他に二人がこちらの加勢に来てくれた。

刃の打ち合わされる音、怒声、そして地面に斬られた者が倒れ込む音。先ほどまでしんと静まりかえっていた広場は、今や戦いの音に溢れていた。

蘭珠が屋根によじ登った時には、先に上がった鈴麗が三人を相手に斬り結んでいた。

そして、その向こう側にいる女が、もう一度弓を引き絞るのが見えた。その他にも何人か、弓を構えている者がいる。

「援護する！　動ける者は撤退！」

そう、鋭い声で女が命じるのが聞こえた。では、自力で動けない者はどうなるのだろう。蘭珠のその疑問はすぐに解消された。

弓を引き絞った女が、地面に倒れ込み、動けなくなっている仲間めがけて矢を放つ。

――口封じ……しようというの！

たしかにここで口封じしてしまった方が後の面倒はなくなるのかもしれない。

だが、これ以上目の前で殺人を犯させるわけにはいかなかった。

「――どいてええぇっ！」

目の前の男を蘭珠は斬り伏せた。そして、うめき声を上げた相手を屋根から地面へと蹴り落とす。

そのまま蘭珠は目の前に立ち塞がるもう一人と剣を交えた。

――この剣を直接受けてはまずい。

あきらかに力では蘭珠より相手の方が上回っている。加えて、溶けた雪が氷となり、滑りやすい屋根の上では、いつもと同じように動くことはできないだろう。

正面からにらみ合う中、先に動いたのは相手だった。勢いよく接近してきたのを、わずかに横に動くことでかわす。そして振り返ったその刹那、肩から腰まで一息に斬り下げた。

「——くそうっ！」

男はみずから地面へと飛び降りた。どさりと音がする。ここからは見えないが、着地に失敗したらしい。残った一人が、鈴麗の手にかかって腕を傷つけられ、これまた地面へと蹴り落とされた。

こうしている間にも、地面に落とされた敵は、『百花』の娘達が次々に縛り上げ、屋根上からの矢が届かない位置に引きずっていく。

蘭珠と鈴麗に続いて上がってきた二人も敵と斬り結んでいて、屋根の上も激しい戦闘の場となっていた。

ひゅんっと音を立てて飛んできた矢を、屋根の上に身を低くすることで躱し、蘭珠は飛んできた方向に目をやった。射手は他にもいたはずだが、彼らは既に地面に蹴り落とされていた。今、目の前にいるのは一人だけだ。

その目の前の相手からふわりとよい香りが漂ってくる。蘭珠は唇を噛んだ——この香りは覚えがある。命じる声で予想はしていたけれど。

「——計算違いをしてしまったようね」

ため息まじりに吐き出されたのは、春華の声だった。

――まさか、春華公主自ら指揮を執っているなんて。

様々な計画を立案していたのであろうことは予想していたけれど、まさか彼女自ら出てくるとは思ってもいなかった。

蘭珠の胸がぎりっとする。新しい矢を手にした春華は、蘭珠の胸元に狙いを定めた。

――いえ、私が間違っていたんだわ。

春華が悪女化するというのは知っていたのに、親切にしてくれた春華を信じたいという気持ちを捨てられなかった。

「――春華様、なぜ、このようなことを？」

「あなたに、わかる？　自分が道具としてしか扱われない気持ちが」

「わかりません」

蘭珠に問いかける春華の声は、いつもかけてくれる優しいものとはまるで違っていた。その声にこめられた怒りは何に向けられたものなのだろう。

「あなたになら、わかってもらえると思っていたけれど、そういうわけではなかった？」

怒りに満ちた声のまま、くすり、と春華が笑う。今まで見せたことのなかった邪悪な気配が、その笑みに込められているような気がした。

「ここに連れてきたのは、各宮に配置した間者でしょう。あまりにも多いので驚いたわ。普通なら、そこまでしない。政略結婚の道具となるのが嫌だったからだと思っていたけれど……」

「私は、道具ではありません。自分で望んでここに来ました」

たしかに、政略的な一面がある婚姻であるのも否定はしない。

けれど、それ以前に自分から望んでここに来た。道具としてではなく、自分の力で景炎を守るために、嫁ぐまでの十年を準備の期間として費やした。

「あら、そうなの？　私も、『道具』にはなりたくなかった。自分で自分の歩む道を決めることのできる『王』になりたかったの。どの兄弟よりも私は優秀よ。そうでしょう？　それなのに、女というだけで、『道具』になることしか許されないの」

春華の言葉に、蘭珠は返す言葉を持たなかった。

言葉の通り、春華はかなり優秀なのだろう。

皇太子や皇太子妃を思うままに操る一方、自分の手足となる人員も揃えていた。どうやって、これだけの数を揃えたのかまではわからないが。賞賛すべき手腕だ。

だが、この国では女性であるというそれだけで、表舞台に出ることは許されない。たしかに『道具』と言われればそうなのかもしれなかった。

「諦めて、政略結婚を受け入れるつもりになったら、相手を兄が暗殺してしまうし、ばかばかしい話よね」

「……でも、二人目の時は、あなたの方からの申し入れだったと聞きましたが」

「そうよ。景炎に肩入れして、兄を廃嫡するつもりだったのに……景炎も景炎で役に立たないんだもの。仕方がないから、蔡国と結ぶことにしたの。皇帝一族の殺害はその手土産。国内が混乱している間に、大慶帝国を乗っ取ればいい——そう言ったら、大量の火薬を調達してくれた」

春華の声は落ち着いていて、自信に満ちている。だが、それが逆に蘭珠の恐怖をあおる。きっと、彼女は兄である皇太子を直接手に掛けたとしても、眉一つ動かさないのだろうと思わされた。

――気持ちは、わからなくもないけれど……。

頭では理解できる。かねてから自分の置かれていた立場に不満があった。

ようやくその立場を受け入れる気になったら、横からそれを阻まれた。

春華の苛立ちもわからなくはないのだ。けれど、このやり方は間違っている。

「……だったら、陛下に申し出るべきだったのでは？　こんな――こんな形で」

「お父様？　ばかばかしい。お父様が大事なのは、自分と後継者だけ。私のことなんてどうでもいい――そう思っているのよ。道具の替えはいくらでもあるもの。だから、一緒に消えてもらおうと思って」

そう語る春華の口調に、罪悪感なんてものはまるで感じられなかった。

春華は、弓を構えたまま、器用に肩をすくめてみせる。

「第二皇子も、第四皇子も、巻き込むつもり？」

「その二人は不運だわね。でも、不運っていつでもどこでも起こりえることじゃないかしら」

本当に、この人は、今まで蘭珠によくしてくれていた春華なのだろうか。それとも、物語最大の悪女は、この時点から完成していたということなのだろうか。

「……景炎様も？」

「あら、彼も同罪よ。彼の友人だったからこそ、私の婚約者達は殺されたのだから――もっと早く、国境警備にでも身を引くべきだったのよ。そうでなければ、正面から後継者争いに名乗りを上げるべきだった。少なくとも、私は景炎に手を貸すつもりでいたのだから」

――止めなければ、この人を。

今を逃せば、この人を止めることはできなくなる。考えている暇などない。本能的に蘭珠は思いきり全力で突っ込んだ。

「ちっ！」

鋭く舌打ちをした春華が矢を放つが、蘭珠にはあたらない。放り出された弓が、屋根の上に落ちた。さらに迫る蘭珠に、とっさに短剣を引き抜いた春華が応戦する。かんっと乾いた音を立てて、刃がぶつかり合った。

「あなたのやったことは、許されることじゃない！」

一度、二度、三度。続けざまに繰り出される蘭珠の刃を、その度に春華は受け止めてみせる。

「許さない？　それがなんだと言うの。私は、私の目的のためにできることをしただけよ。皆、面白いくらいに私の言葉に簡単に従うんだもの」

不気味な笑みを浮かべる春華は、何一つ悪いことをしたとは思っていないのだろう。物語上最大の悪女が、目の前にいるのを蘭珠は実感した。

春華と打ち合ううちに、他の射手達を全て倒した鈴麗が、蘭珠の隣に駆け寄ってくる。

左右に視線を走らせた春華は、そのまま一息に屋根の端から飛び降りて剣を抜いた。

「――逃がさない！」

蘭珠も続けて地面に飛び降りた。着地の瞬間を狙って斬りつけてきた春華の攻撃を刀身で受け止め、さらに足払いを加えてやる。大きく飛び退き改めて蘭珠に剣を向けた春華は、肩で息をしていた。

「やあああっ！」

鋭く突き出した刃を、けれど春華は俊敏にかわす。

——腕は同等？　いえ、向こうの方が……少し、上……？

今、数度打ち合っただけでもわかる。春華の腕は蘭珠より幾分上のようだ。

横薙に払った剣を、春華はまたもやひらりと躱す。彼女の反撃を、蘭珠は剣で受け止めた。

二度、三度とさらに打ち合い、ぶつかった刃が音を立てる。力押しになったけれど、春華の方が有利だった。ぎりっと歯を食いしばり、春華の攻撃をこらえる。

「蘭珠様！　加勢いたします！」

「春華様お逃げください！　再起をはかるのです！」

春華を逃がそうと立ちふさがった男達と、蘭珠、娘達の間で争いになる。

「蘭珠！」

鋭い声に視線をやれば、背後から蘭珠に斬りかかろうとした男を、景炎がばっさりと切り捨てたところだった。

——この人は、私が危ない時はいつでも駆けつけてくれる。

最初に縁側から転がり落ちた時も、国境で襲撃された時も、彼を助けるつもりで逆に窮地に陥った時も。彼はいつでも蘭珠に手を差し伸べてくれた。

「お前は目の前のことだけに集中してろ。俺の背中はまかせた」

「はいっ」

――大丈夫。私は、大丈夫。

安堵して、蘭珠は剣を構えなおす。背中を心配する必要はない。だって、背後に景炎がいてくれる。彼がいてくれるのなら――どこまでも強くなってみせる。

「蘭珠、お前を信じているぞ」

彼の背中をまかされた。その信頼が、蘭珠の胸を熱くする。

「姉上――なぜ、このような愚かな真似をした」

背中を向けたままの景炎の言葉に、身を翻した春華は神経質な笑い声を上げた。そして、剣を構え直す。逃げるのはあきらめたらしい。

「愚かな真似――？　そうでしょうね、あなたから見たら愚かでしょうよ！」

すさまじい勢いで突きかかってきた春華の剣を、蘭珠はぎりぎりのところで躱す。そこから後は春華が一方的に押す形になった。

右から左から打ち込まれる剣を、躱したり受け止めたりするのに精一杯で、こちらから打ち込む隙を見つけ出すことができない。

――あと少し、もう少しなのに。

ここまできて、春華の方も、もう後には引けないということなのだろうか。

「——私が！　男だったら！　あんな真似はさせなかった！　片方は縁談を押しつけ、もう片方はその縁談をつぶそうとする！　私が男だったら——そうよ、自分の道くらい自分で開くことができた！　今だって、ここまでできたんだもの！」

血を吐くような春華の叫び。

「だけど、あなたの行動は間違ってる！　人を操るのではなくて、別の手段を見つけるべきでしょう！」

翠楽を操り、龍炎を操り、皇宮を揺るがした。

「他国に間者を送り込んだあなたがそれを言うの？」

春華が笑う。

次々に襲いかかってくる春華の攻撃を受け止め、払いのけ、蘭珠もついに攻勢に出た。

「そうよ、だって……私は優れた人間じゃないから、他の手段を思いつかなかった！」

幾人もの娘を、自分の協力者として各地に送り出した。こんな風に、他の人間を巻き込むべきじゃなかったと思ったことは何度もある。

多くの人の手を借りなければここまで来ることができなかった自分の罪を、蘭珠は理解しているから——だからこそ、ここで負けるわけにはいかなかった。

「——でも、後悔はしないから！　私には守りたいものがあるの！」

どんな手を使ってでも、景炎を守りたいと思った。まだその結果は出ていないけれど、まずは道を開くことに成功した。

ここで、後悔なんかしない。これからだって、ずっと前を見据えて進むだけだ。

二人の剣がぶつかり合い、宙に舞ったのは、春華の剣だった。十歩ほど離れたところに落ちたそれに、春華の目が吸い寄せられる。飛びつこうとした春華の前に、蘭珠は剣を突き出した。

「……これで、終わりにしましょう」

「――まだよ！　まだ、終わってない！」

「いいえ、終わり。周りを見てみなさい」

肩で息をする春華の視線の先で、景炎が春華の剣を拾い上げるところだった。

剣を手にこちらに近づいてきた彼が、誇らしげに微笑んだ。春華の鼻先に、拾い上げた春華の剣をつきつける。

「俺の嫁はなかなかやるだろ――これで、終わりだ」

地面に倒れる男達の姿。互いに身を寄せ合い、座り込む娘達の姿。動ける者は、動けない者に手を貸して応急処置を施し、いたわり合っている。

周囲の戦いは終わっていて、最後まで剣を交えていたのは蘭珠と春華だった。

「――広場に火薬を仕込もうとした者達は全て、死亡するか捕らえるかしました。こちらは、重傷者四名――死亡者はいません。残る者は皆、軽傷です」

そう報告する鈴麗も、腕に傷を負っているようだ。いつの間にか応急処置を終えていたようで、衣の袖は切り裂かれて取り払われ、腕に布が巻き付けられている。

「……いつの間に」

呆然と春華がつぶやいて、その場に崩れ落ちる。

彼女の唇が、かすかに誰かの名を呼んだけれど、それが誰の名前なのか蘭珠に知る術《すべ》はなかった。

◇◇◇

次の日の夜。二人きりの寝室の中、敷物の上でくつろぎつつ蘭珠を腕の中に抱え込んだ景炎が嘆息した。

「――こちらの警備態勢を見直さなければならないな」

もともと祭壇の周囲を警護していた兵士達は、縛り上げられて、広場の周囲を囲む建物の一室に監禁されていたところを発見された。

もっとも、用意されていた火薬が爆発していたら、確実に巻き込まれる位置に転がされていたというから、証拠隠滅のために消してしまうつもりだったのだろう。

広大な皇宮では、兵士が何人かいなくなったところですぐには見つけ出すことはできないし、朝、交代要員と入れ替わるまで春華の部下が身代わりをするために防具を剝いでいたのだから、爆発するまで行方不明だとは気づかれなかったはずだ。

「――無事に年を明かすことができてよかったです」

先ほどまでの儀式の様子を思い出し、蘭珠はうっとりとささやいた。

自分の国にいた頃も、新年を祝う儀式はあったが、こちらは大国だ。集まる人数が違う。

蘭珠達皇帝一族は特別席にいたけれど、家臣達や皇宮で働いている使用人達にまで決められた位置に席が用意されていた。

事件後、景炎の報告を受けた皇帝はさすがに動揺したそうだ。

皇太子と春華については、体調不良で欠席ということにして取り繕い、第五皇子が皇太子の代わりに祭壇に火をつける役を与えられた。

久しぶりに見た皇帝は、自身の動揺をいっさい周囲に見せることなく、堂々と祈りを捧げた。四人の皇子達が東西南北に火をともした瞬間、空高く炎が上がった瞬間の美しさは、一生忘れることはないだろう。

いずれは、ある程度公にすることになるだろうけれど、当面は二人とも病気ということで押し通す予定だ。

「お前にも、苦労をさせた」

「いえ、そんな……私は、自分のやりたかったようにしただけで……皆が力を貸してくれたから、です」

「そうだな。お前にはたくさんの仲間がいる……それは、お前がよい長《おさ》だったからだ」

景炎の胸に背中を預けるようにして座っていたら、耳の上に唇が触れる。そうやって、触れられる度に、また、強くなれるような気がする。だから、彼とこうしているのは好きだ。

「それなら……いいのですが」

右の耳の上、左の耳の上、それから髪にも、頬にも、いたるところに彼の唇が触れる。くすぐったくて、気分がふわふわして、お腹の奥の方が温かくなってくる。

景炎の腕の中で向きを変えて、膝立ちになった。すぐそこに彼の顔があって、蘭珠はふっと息をつく。

――生きてる。

しみじみとそれを実感した。

額と額が触れ合って、互いの呼吸も混ざり合う。お腹の奥の方が温かくなっていたのが、じわりと胸まで上って、そこから幸せが体中に広がった。

――景炎様は、生きてる。

今はそれで十分だ。腕を回したら、彼の体温が伝わってくる。困難を乗り越えて生き延びてくれて本当によかった。

想いの強さを伝えるように、彼の身体に回した腕に力を込めた。唇と唇がぶつかり合って、そのままじゃれ合いへと変化していく。

背中が床に押しつけられるまで、さほど時間はかからなかった。慣れた手が、衣の合わせ目を思わせぶりに撫でて、意図せずに肩が跳ね上がる。

「ちょ、待って……」

「待たない」

目に危険な光が浮かんだ、と意識の底で認識したとたん、口づけがいきなり深いものへと変化する。

無遠慮に口内をまさぐられ、舌を吸い上げられて、腰のあたりに甘いうずきが走った。そうしながら、首筋をすっと撫でられたら、合わされた唇の間から声が漏れた。気づいていない間に、帯が解かれている。

「やっ、だめ……だめですってば！」

「何がだめなんだ？　お前だってその気だっただろうに」

「だからっ、その……」

眉を上げてたずねてくるのがなんとも憎らしい。一瞬言いよどんだけど、しぶしぶ蘭珠は口にした。

「……背中が痛いので、ここは嫌です」

「背中？」

「そうです、背中ですよっ！　景炎様の体重がかかると、背中が痛くて……！」

まったく、なんてことを言わせるんだろう。敷物が敷かれていても、その下は板だから押し倒されると背中が痛いのだ。

「俺は気がきかないから、言ってもらわないとわからないな」

結局いつものように抱え上げられて、寝台の上へと移動させられる。

ここしばらくの間、彼とこんな風に睦み合うこともなかったから、なんだか初夜の時と同じくらいどきどきしている。皇宮全体を巻き込んだ事件のせいで二人とも忙しかったから、互いにその気になれなかったということもある。

「……どきどき、しますね」

彼の心臓に、自分の手を当ててみる。頰を当ててみたり、手を当ててみたり、今まで幾度となく確認してきた。彼の心臓が動いていることに安堵して、いつまでも動いていることを願って。

衣はさっさと奪われてしまったから、蘭珠の方からも積極的に手を伸ばす。よく鍛えられた素肌が露わになって、蘭珠は彼の胸に顔をすり寄せた。

「んっ……んぁ……」

先ほどまでの性急さが嘘みたいに、今度はじっくりと口づけられる。角度を変えて何度も重ねて、離れて、その合間に互いの舌が絡み合う。

大きな手が乳房を揺らすと、これから先の期待に身体がうずく。指で先端をつつかれたら、反射的に背中が弓なりになった。

喉の柔らかな皮膚を吸い上げられる感触。わき腹を撫でおろす手の動き。

全てが官能へと塗り替えられて、もっと深い悦楽が欲しくなる。

「景炎様……」

吐息混じりに呼ぶのは彼の名。身も心も彼を求めているから、もっと奥まで触れてほしくなる。

わき腹を撫でていた手が骨盤を擦り、そのまま足の間に入り込んでくる。そして、耳朶に唇が這わされ、それと同時に脚の付け根をくすぐられた。

次にくる快感の予感に、思わずつま先をもじもじとさせる。思わせぶりに何度も何度もそこを撫でておいて、それからおもむろに中心へと指が滑り込んできた。

「今夜はずいぶん濡れるのが早いな」

「んっ……い、言わないで……あぁっ」

蜜を零している花弁の間を、彼の手がすっと撫で上げて、撫で下ろす。蘭珠はねだるように腰をせり上げた。

「――だめだ、そんな顔をしても、まだ早いぞ」

「だって……あっ、こ、今夜の景炎様は……あ、あぁぁんっ」

たぶん、大きな仕事を一つ終えた今、身体が敏感になっているのだと思う。

――私は、この人を愛している。

久しぶりに触れ合って、気持ちが昂ぶるのを抑えることができない。

一気に二本の指を中に入れられたけれど、蘭珠の身体はそれをやすやすと受け入れた。

指を抜き差しされただけで、快感が身体の奥からうねり立つ。その快感をたしかな極みへと変化させたくて、蘭珠は自分から腰を揺らした。

景炎の指は的確に蘭珠の官能を煽り、高め、追い上げていく。

いつからだろう、彼の指の動きに自分の動きを合わせることができるようになったのは。

身体の芯がずきずきし、もっと深い充溢感を求めて、つま先が敷布をかき乱す。

「あっ……景炎様、わ、私……！」

――愛している、この人を。

心の奥で、そう思う。全身全霊で愛している。

身体をひくつかせると、どろりとした蜜が流れ落ちる。彼の指がそれを掬い取り、自分の口元に持って行ってぺろりと舐めた。

その光景が壮絶に色っぽくて、蘭珠は思わず視線をそらす。顔がかっと熱くなるのを感じたけれど、彼はそんな細かいことは気にしていないようだった。

受け入れる準備ができていると見て取ると、張りつめた屹立を、濡れた花弁の間に押し当ててくる。満たされる期待に、きゅっと奥が締まるのを意識した。

「お、お願い——早く……！」

「せかすのが、ずいぶん上手くなった」

くすりと笑った景炎が、蘭珠の頰に口づけを落とす。そして、ぐうっと身体の奥まで一気に貫かれた。

「あぁぁっ！」

彼の腕の中で背中をしならせると、そのまま彼は力強い律動を送り込んできた。

膝裏に手を差し込まれ、そのまま腰が浮き上がりそうなくらいまで身体を折り曲げられる。そうされると、淫らな振動が敏感な芽まで伝わってきて、より強い喜悦に声を上げてしまう。

二人の身体がぶつかり合う度に、幸福の果てまで飛ばされるような気がした。

力強く穿たれる度に寝台がきしむ音、あふれる蜜液の立てる音。互いの体温に、室温まで上昇していくみたいでさらに快感を煽られる。

寒い時期だというのに、上からぽたりと汗が落ちてきて、落ちた場所がなぜか痺れた。

こんなに幸せでいいのだろうか——彼の動きに合わせるように腰を突き上げたら、不意に彼がささやいた。

「蘭珠、お前を……愛している」

「あ、あぁっ……わ、私も……あなた、を——」

愛している、と告げようとした時、一際強く突き上げられて、あっという間に絶頂へと放り上げられた。

愛している。今は言葉にできなくても、きっと彼には伝わっている。

送り込まれる律動に、彼の愛の言葉が重なって、ますます深い快感へと導かれていく。

彼の背中に回した腕に力を込めたら、蘭珠の身体に回された腕にも力がこもる。

ひときわ奥まで打ち込まれ、高い嬌声が部屋の空気を震わせる。最奥で精の飛沫が飛び散って、彼のすべてを呑み込もうと内部が激しく収斂《しゅうれん》した。

「愛している、お前を」

額を合わせてささやかれ、痺れるような幸福が胸を満たす。

「……私も、愛しています……」

彼の言葉に重ねるように、蘭珠は精一杯の思いを告げた。

終章

皇太子である龍炎の廃嫡が決定した。

その決定を受けて、家臣達から人望の厚い景炎に皇太子位に就くよう打診があったが、景炎は上に第二皇子がいるからと固辞した。

やる気のない者を無理に帝位に就けてもしかたないし、政権争いから遠いところに身を置いていた第二皇子も十分な素養を持っているからと、最終的に皇帝は第二皇子を皇太子にすると決めた。

新たな皇太子が主導して、今は宮中の人事改革が進められているところだ。

春華の罪は公にされ、皇帝一族の葬られている墓所の守人となることが決められた。先日、墓所に護送されていったところだ。彼女が持っていくことを望んだのは、最初の婚約者、そして二人目の婚約者の遺品のみだった。

生涯、都に戻ることは許されないし、身の周りの世話をする者二名以外と顔を合わせることもない。死ぬまで毎日、先祖に自らの過ちを詫びる日々が待っている。

そして景炎と蘭珠は旅支度を調え、皇宮の入り口のところで馬が用意されるのを待っていた。

「お前は、姉上の処分は軽いと思うか？」

「そうですね……皇帝陛下が毒酒を渡しても、不思議ではないと思いました」

皇帝まで爆殺しようとしていたのだから、処刑されても驚くほどのことではない。けれど、流刑に止《とど》めたのは、皇帝の甘いところなのかもしれなかった。

――それについて、私がとやかく言える立場でもないし。

龍炎については皇太子としての地位を奪われただけではなく、皇子としての身分も奪われた。春華に操られていたとはいえ、彼の景炎に対する害意が宮中への火薬持ち込みという前代未聞の事態を引き起こしたのだから、責任は取るべきだ。

今後はただの領主として、皇帝の指定した領地を治めることになる。その領地も、荒れた貧しい土地だから、これから先、苦労することになるだろう。こちらも、生涯成都に戻ってくることは許されていない。彼の犯した愚行は、過ちですませるにはあまりにも大きかったということだ。

龍炎の元妃であった翠楽は、今は実家で過ごしているが、龍炎の後を追っていくつもりはないようだ。出家したいと言っているらしいが、元来の気概のなさゆえか、まだ実行には移していないそうだ。

「……それにしても、楽しみですね。国内を見て回るの」

新たに皇太子になった第二皇子は、景炎を敬遠したりしなかった。

それどころか、自分を助けてほしいと言ってくれて、皇族を守る軍を新たに組織。そこの将軍に任じるよう皇帝に働きかけてくれた。軍部における景炎の影響力は今まで以上に大きくなることになるけれど、それでいいと周囲の者は誰もが認めてくれている。

蘭珠の頭を自分の肩へと引き寄せて、景炎は小さく息をついた。

「こういう時、普通なら皇宮で待たせておくんだけどな」

「待っているより、一緒に行きたいです。自分の身ぐらいなら守れるの、景炎様も知ってるでしょ？」

景炎の新たな任務の第一歩は、国境近辺の確認だ。今回の事件で周辺諸国との関係が悪化する恐れもあり、皇族が自ら足を運ぶことで軍の士気を高めたいという思惑もある。

「だから心配なんだ！　屋根によじ登るわ、そこで剣を振り回すわ、飛び降りるわ……！」

あの時落ち着いているように見えて内心はそうでもなかったのか、額に手を当てて彼が嘆息する。

横から口を挟んだのは、鈴麗だった。

「それについては、諦めた方がよろしいかと思います。蘭珠様がこの先変わるとも思えませんもの」

「それもそうか」

「そうです。蘭珠様に無茶をするなと言う方が無理なんですよ」

鈴麗の言葉に、景炎がにやりとする。

いつの間にか、この二人はすごく気が合うようになったみたいだ。仲良くしてくれるのは嬉しいけれど、二人揃って蘭珠をやり込めようとするのはやめてほしい。

「別に好き好んで屋根に上ったわけではありません！　もう、二人揃って言いたい放題なんだから！」

正直に言えば、屋根に上るのは二度とやりたくないが、今言っても説得力はなさそうだ。

二人を言い負かすのは諦めて、蘭珠はおとなしく馬にまたがる。

馬上からぐるりと視線を巡らせれば、身の周りの品を積んだ荷馬車に護衛の兵士達。皇子とその妃の旅支度だから、行列もかなり長くなっている。

「全員用意はいいか？　では、出立！」

景炎の合図を受けて、一行はゆったりと動き始めた。

これから半年にわたって、国内のあちこちを視察し、戻ってくるのは秋になってからだ。

「言っておくが、これからもっと大変になるぞ」

「……わかっています」

まさか、この世界で、こんな平和な時間を過ごすことができるなんて思ってもいなかった。

――未来は、自分で摑むもの。

馬を歩ませながら、蘭珠はそう思う。景炎が死ぬ未来を変えたいと願った。

だから、記憶がよみがえってから懸命に努力した。

蘭珠が歴史を変えてしまったから、これから先、景炎以外の五人の英雄が現れるかどうかわからない。

蘭珠の母国である玲綾国との関係はあいかわらず良好であるけれど、蔡国との仲は険悪なまま。

春華の方から、いつぞやぼろくそに言っていた王太子に縁談を持ちかけていたというから、蔡国が春華に持つ恨みも大きいだろう。あの国がこれからどう出てくるのかも予想できない。

「楽しみですねえ……国中のおいしいものがいただけるのでしょう？」

鈴麗が食い意地の張った発言をして、思わず蘭珠は噴き出した。三海から献上される菓子だけでは足りないというのだろうか。今の深刻な空気は、それで一気に崩れ去った。

「好きなだけ食え。各地の銘酒も飲ませてやる」

「お酒はいただけないんですよ、残念ですね。おいしいと思わないんです」

「味覚が子供なんだろ」

「飲んでも酔わないし、おいしいと思わないんだから飲む必要ないじゃないですか！」

景炎と鈴麗が軽口をたたき合うのを見て、蘭珠は口角を上げた。こんな風に過ごせるのは、幸せだ。

——私は、これから先もこの人と歩いていく。

改めてそう決意する。

蘭珠の行動は、たしかに歴史を変えた。だが、景炎の死を回避できたかどうかはまだわからない。

これから先、変化した歴史がどう変わっていくのかもわからない。

だが、彼を守っていくと決めたのだ。後悔なんてしない。

——ずっと、彼とともにあると決めたから。

「景炎様」

先を行く彼の名を呼んでみる。

今、あえて誓いの言葉を口にはしなかったけれど、全てを理解したかのように振り返った景炎が笑みを向けてくれた。

——生涯ともに歩いていこう。

彼のそんな言葉が聞こえたようで、蘭珠は馬を急がせると彼に並んだのだった。

最愛キャラ(死亡フラグ付)の嫁になれたので命かけて守ります

著者　七里瑠美　

2017年12月5日　初版発行

発行人　神永泰宏

発行所　株式会社 J パブリッシング
〒102-0073　東京都千代田区九段北1-5-9 3F
TEL 03-4332-5141　FAX03-4332-5318

製版　サンシン企画

印刷所　中央精版印刷株式会社

ISBN:978-4-86669-048-3
Printed in JAPAN